Les Mondes Cachés

Leizu

Éditeur :
FRAISSE Rachel
Montpellier, Hérault
France

Correction :
Maenola Correctrice
maenolacorrectrice@gmail.com

Graphisme couverture :
DERICK Anaïs
FRAISSE Rachel

ISBN : 978-2-9592234-0-2
Prix TTC : 15,90 €
Dépôt légal : avril 2026

R.G. BIERNE

Les Mondes Cachés

Tome 3 – Leizu

« La voyageuse déchirera le voile du secret et poussera la Reine Blanche à reprendre le cours de son destin.

Les tambours de la guerre résonneront au loin. Pour leur renouveau ou leur déclin, les Peuples devront choisir leur camp.

En choisissant la liberté et la vie, ils permettront à la Reine et sa cohorte de prendre la place qui leur revient par le sang et l'âme. »

Prophétie de Himawari-hime 498 av. J.-C.
Traduction et interprétation : Matsumoto Imeji 1832
Conservée au Ise-daijingū (grand sanctuaire d'Ise)
Préfecture de Mie, Japon

Chapitre 1

Aleksander

Reviviscences

Je n'entends rien.

Je ne sens rien.

Ni mon corps, ni mon souffle, ni les battements de mon cœur, ni même le poids des souvenirs. Seul le noir, infini, m'enserre et me tient prisonnier comme une bulle de ténèbres. Je flotte sans but dans un néant qui pourrait durer l'éternité.

Après ce qui me semble être des jours et des jours, je perçois une légère pulsation, comme le son d'un tambour lointain. À mesure qu'il se rapproche, qu'il résonne de plus en plus fort, quelque chose s'ouvre en moi. Et soudain, les images affluent.

Mon dernier jour.

Je le revis dans la douleur, telle une plaie béante palpée par des doigts impitoyables.

La nuit était tombée sur la forêt brumeuse. Mes soldats et moi avions installé notre campement en un temps record pour éviter le brouillard dense qui envahit les lieux au coucher du soleil, mais aussi pressés de dîner, et surtout de dormir. La cité de Claris, dans laquelle mon père m'avait envoyé en inspection, se situe bien au-delà des montagnes rouges. Même à dos de dragon, le voyage dure plus de deux jours. Ces bois sont à une demi-journée de vol de notre capitale, Oloba. Nous rentrerions assez tôt le lendemain.

Je revois Hautiare, la belle Aquatique, émergeant, en compagnie d'Ashar, des profondeurs de la forêt. Son visage, illuminé par la lueur des torches, figé dans un masque de peur. Je me rappelle son corps tremblant, son regard voilé par une profonde inquiétude qu'elle ne peut pas cacher. Quelle jeune femme courageuse ! Mais je sais que son clan ne manque pas de bravoure. Ashar m'explique qu'elle a passé le portail seule, et a affronté la terreur que lui inspire mon peuple pour me rencontrer. Je l'invite à me suivre sous ma tente pour la protéger un peu de l'aura de mes soldats, tout en contrôlant la mienne. Metyr, mon compagnon, s'enfonce au plus profond de mon être pour ne pas l'indisposer. Quelle douce attention…

D'abord pétrifiée, la vahiné finit par me suivre, le regard baissé et le pas chancelant.

— Je t'en prie, assieds-toi.

Sa crainte ne s'atténue pas. Son corps est parcouru de frissons incontrôlables et son visage reste empreint d'une tristesse infinie.

— Je… Je suis navrée de m'imposer ainsi alors que vous êtes si occupé, mais…

Soudain, une rafale de vent soulève le pan de toile qui fermait ma tente et s'engouffre à l'intérieur, puis s'enroule autour de la jeune femme. Le souffle s'apaise aussi vite qu'il est apparu.

Hautiare se lève et redresse la tête pour plonger son regard dans le mien. Mais est-ce bien son regard ? Ses yeux noirs ont maintenant une profondeur insondable. Son attitude aussi a changé : elle ne tremble plus du tout. Il émane d'elle une puissance et une assurance que je n'ai jamais vues chez aucun thérianthrope. Une force telle qu'elle me pousserait presque à mettre un genou à terre. Ce n'est plus la jeune vahiné que j'ai face à moi…

Mon dragon réagit avec force à ce pouvoir et revient sur le

devant de la scène. Mes sens se mêlent aux siens, plus aiguisés. Corps et esprits tendus, nous sommes prêts à réagir.

— Jeunes princes du Peuple des Dragons, commence-t-elle en inclinant la tête.

— Qui êtes-vous ?

Elle fait quelques pas et observe avec curiosité ce qui l'entoure avant de me répondre.

— Au fil du temps, les Hommes m'ont donné, ou me donnent encore, bien des noms… Gaïa, Tellus Mater, Shakti, ou encore Ala. Pour le Peuple des Bêtes, je suis la Déesse Mère ou la Grande Mère.

Malgré mon envie presque irrépressible de me jeter face contre terre, je lutte et parviens à la saluer avec respect et mesure, dans les règles de l'art.

C'est certainement ainsi que nous perçoivent la majorité des thérianthropes… Je comprends mieux leur malaise en notre présence.

Mes muscles, tétanisés par l'effort, se mettent à trembler. Elle me sourit, fière de ma résistance.

— Tu es un être très puissant, jeune Aleksander. Une âme ancienne… Une âme qui a réussi à se scinder en deux. Je comprends pourquoi Il t'a choisi. (Elle s'approche de moi, ferme les yeux et pose deux doigts sur mon front.) Avant que je ne bouleverse votre vie à jamais, montre-moi qui vous êtes vraiment, ton compagnon et toi.

Ça ne dure que quelques secondes, mais elles s'étirent… Elle fouille nos esprits et nos âmes jusqu'au tréfonds de notre être, et nous n'avons d'autre choix que de la laisser faire. Metyr et moi sommes incapables du moindre mouvement.

Pourquoi la Grande Mère occupe-t-elle le corps de Hautiare ? Et qui m'a choisi ? Qu'a-t-elle de si important à dire qui changerait notre vie ? Leizu serait-elle en danger ?

À cette dernière pensée, je grogne de frustration. Les

interrogations de mon dragon et les miennes s'entremêlent. Il est si proche de la surface !

— C'est bien plus que cela, répond-elle, comme si nos esprits lui étaient accessibles. Non seulement son existence est en jeu, mais la vôtre aussi, celle de vos familles et de vos amis, ainsi que celle de nombreux innocents. Le monde tel qu'il est aujourd'hui ne tient plus qu'aux caprices d'une reine aux désirs de grandeur et de domination. La colère, la vengeance, l'envie, décident de ses actes, et son orgueil l'aveugle.

— Fódla est folle !

— Fódla souffre, Prince Dragon. J'ai vu ce dont tu serais capable si par malheur la belle Leizu venait à disparaître. Penses-tu être si différent de cette reine ?

Un ange passe.

— Maintenant que je t'ai donné à réfléchir, reprend-elle, j'ai une dernière chose à faire. Si j'ai emprunté le corps de cette enfant, c'était avant tout pour connaître la valeur de ton âme entière, mais aussi pour l'aider à te transmettre la révélation qu'elle a reçue des alizés. La terreur que lui inspire ton peuple aurait obscurci son message. Et pour y remédier, tu serais allé voir en elle, ce qui l'aurait traumatisée. Peut-être même tuée…

— Je ne suis pas un monstre ! Je ne lui aurais fait aucun mal !

— En es-tu si sûr ? Ton père et toi n'êtes pas connus pour votre patience et votre douceur.

Avant que je puisse réagir, elle pose à nouveau ses doigts sur mon front. Mais cette fois, elle partage la vision de la jeune vahiné. Une vision de cauchemar…

Je me retrouve dans le corps de quelqu'un qui souffre le martyre, face à… moi ? Je m'observe et j'ai l'impression d'être au cœur d'un volcan et que mon sang n'est plus que lave en fusion. Brusquement, un cri inhumain déchire le silence et ce corps se détend à une vitesse terrifiante. Des mains griffues passent dans mon champ de vision et m'attaquent. J'esquive de justesse. Dans mes yeux, je ne vois que de la tristesse. Les bras en avant, je tente de parer les coups que mon adversaire fait pleuvoir sur moi. Très vite couverts d'éraflures, ils sont en sang. Mes gestes sont trop doux.

— C'est moi, *telam* ! crié-je. Calme-toi, je t'en prie !

Il n'existe qu'une seule personne à qui je peux dire « chérie », et c'est Leizu. C'est donc par ses yeux que je vois tout ça, et ce que je ressens lui appartient.

Les griffes s'allongent un peu plus à chaque offensive, comme si ce corps était en pleine métamorphose. Le regard que je partage ne quitte pas ma gorge, c'est clairement son objectif.

— Écoute-moi ! continué-je. Ne te laisse pas envahir par la rage ! Tu es plus forte que ça ! Ma chérie, s'il te plaît !

Ces mots sont si plats, si inutiles ! Je sais qu'ils ne l'atteindront jamais ! Elle est dans le même état que le jour de la mort de mama… *Pourquoi suis-je aussi mou ? Ce n'est pas moi, ça !*

Je sens l'odeur de mon propre fluide vital, et Leizu en a l'eau à la bouche. La douleur augmente encore, la vision se trouble. Par la Grande Mère ! Comme elle a faim ! Une faim infernale, insoutenable, incontrôlable. Et cette rage, mêlée de douleur, qui bouillonne en elle ! Je n'ai jamais rien ressenti de tel. Mes sensations se confondent avec les siennes et une pensée me traverse : *« Serais-je dans le corps de… » ?*

Cette supposition est sans doute celle d'Hautiare.

Un mouvement vif, et une courte mèche de cheveux blancs passe soudain devant mes yeux, venant confirmer ce que je sais depuis mes premiers mots. Une nouvelle pensée m'assaille : *« Je suis dans le corps de* baba *! »*

Les attaques redoublent, je suis assez vite débordé. Mais ne me laisserais-je pas submerger ? Je n'utilise pas toutes mes capacités. Je me retiens, peut-être de peur de la blesser.

— *Pourquoi ne vous défendez-vous pas ?* crie alors la vahiné dans sa tête. *Je sais que vous l'aimez ! Vous ne pouvez pas renoncer comme ça !*

Battez-vous ! Aidez-la à revenir !

Elle a beau s'époumoner, ses mots intérieurs n'atteignent pas le moi de ce cauchemar, bien sûr. Il s'agit d'une vision, d'un avenir probable…

— *JE NE VEUX PAS !* hurle-t-elle en silence.

Soudain, je me sens projeté vers l'avant, c'est violent. J'ai maintenant le visage dans mon propre cou, les crocs dans ma chair. Je sens Leizu exulter, sa cible atteinte. Le sang coule dans sa gorge tel du miel pendant de longues secondes, c'est divin. Mes bras l'entourent avec tout mon amour, j'ai cédé.

— *Non ! Non ! NON ! Vous ne devez pas abandonner !* m'ordonne Hautiare.

L'euphorie gagne Leizu. Elle boit, elle se remplit de cet élixir jusqu'à plus soif. Je sens la vie revenir en elle à une vitesse vertigineuse. « *Je suis si bien ainsi enlacée, nourrie, aimée !* » pense-t-elle alors.

Cette réflexion, tandis que mon étreinte se relâche, la ramène à la réalité. Elle repousse mon corps collé au sien, et celui-ci s'affaisse lourdement. Elle le rattrape *in extremis*, avant que ma tête heurte la pierre. Je me vois là, étendu à ses pieds, inerte. Une nouvelle douleur envahit alors tout son être, terrifiante, insupportable, comme si son âme se déchirait, comme si elle perdait la moitié d'elle-même. Et tout à coup, une terrible prise de conscience : *« J'ai tué celui qui n'était que pour moi, mon âme sœur, celui que mon cœur avait choisi sans me demander mon avis, celui qui m'aimait plus que sa propre vie ! »*

Elle tombe à genoux, hébétée, anéantie. La souffrance provoquée par cette soudaine lucidité la paralyse, la brise en mille morceaux. Un hurlement terrible de bête blessée lui échappe, et je suis expulsé de son corps et de la vision avec fracas.

Je chancelle, mais une main ferme agrippe mon épaule et me stabilise. Je suis toujours face à la Grande Mère, dont l'aura et le visage se sont adoucis.

— Vous allez devoir faire de terribles choix, ton dragon et toi, dans les prochains jours, jeune Aleksander. Je sais que tu ne manques ni de détermination ni de courage, et ton compagnon est à ton image. Vous saurez quels chemins emprunter.

— Vous aviez raison, murmuré-je. Je n'aurais pas été doux avec votre hôte. Et je ne suis sûr que d'une chose, mes… non ! *nos* sentiments pour l'Immortelle Leizu. (Je me redresse et plonge mon regard dans ses yeux insondables.) Vous avez répondu à toutes nos questions muettes sauf une : qui m'a choisi ?

— Tu ne l'as pas deviné ?

Je fais « non » de la tête. Elle me fixe un moment, comme si elle cherchait la réponse en moi.

— Tu ne sais pas encore qui elle est vraiment ! poursuit-elle, surprise. Je sais que, depuis peu, tu connais la prophétie de la Reine Blanche. Je vais donc te mettre sur la voie… Tu as l'âme flamboyante d'un gardien divin, et celle-ci est plus ancienne que Leizu elle-même. Tu es celui qui doit se tenir à ses côtés quand la prophétie s'accomplira. Tu es celui qui mènera sa cohorte dans son sillage parce qu'elle est ton âme sœur. Pour cela, tu dois devenir plus que toi-même.

Je sens la colère monter en moi comme la mer un jour de très grande marée. Elle me donne la force d'affronter la Déesse du regard.

— Cessez donc vos paroles sibyllines ! Depuis le début, il ne s'agit que d'un affrontement céleste, n'est-ce pas ? Cette vision ne m'a pas montré mon avenir, parce que ce n'est pas vraiment moi que j'ai vu. Tout était trop net. La prescience des thérianthropes ne fonctionne pas comme ça. Je n'aurais ni parlé ni agit comme ce « moi » illusoire. Une sorte d'injonction, voilà ce dont il s'agit ! Si cette vision horrible n'avait pas atteint Hautiare, celle-ci ne serait jamais venue me voir pour m'avertir, et je ne serais jamais parti rejoindre Leizu à ce moment précis, bouclant la boucle de cette pseudo révélation. Vous, les Dieux, jouez avec nous comme avec les pièces d'un échiquier… Alors je suis quoi ? Le fou ? Le cavalier ? La tour ? L'un des deux adversaires veut que je retrouve Leizu et que je la sauve de la rage de sang au prix de ma vie. Mais la véritable prémonition est là ! Leizu, pour une raison grave que j'ignore, mais qui est sans aucun doute un coup de l'autre joueur, va sombrer dans cette rage destructrice, compromettant ou retardant ainsi l'accomplissement de la prophétie de la Reine Blanche. Je pense que *vous* êtes à l'origine de cet ordre implicite. Vous vouliez me rencontrer en personne, alors vous avez choisi Hautiare comme véhicule parce qu'elle vous adresse ses prières, et cela vous donne un pouvoir sur elle que vous n'avez pas sur moi !

La Déesse plisse les yeux.

— Il avait raison… lâche-t-elle dans un murmure, en pleine réflexion.

Puis elle reprend à voix haute, un léger sourire aux lèvres.

— Ta perspicacité t'honore, jeune Aleksander. Je ne te ferai pas l'affront de te mentir, tu as vu juste. Cependant, tu ne devrais pas mettre tous les êtres supérieurs dans le même sac. Ton « vous » me gêne un peu, je l'avoue. Je n'ai jamais pris part aux querelles intestines qui gangrènent peu à peu le Royaume des Dieux, mais elles existent, c'est un fait. Même si certains humains m'adressent leurs prières, et que ceci me donne effectivement une forme de pouvoir sur eux, je n'en ai nul besoin pour exister, à la différence des divinités créées au fil de l'Histoire par les habitants de ce monde. Les Dieux, à l'instar des Hommes, tiennent à leur position, ainsi qu'à leurs prérogatives. Quand ils le peuvent, ils utilisent volontiers leurs dévots à leur profit. Pour ma part, je ne joue pas avec la vie. Je *suis* la vie ! De la même façon, la vie est la source de mon existence. Je suis née de la Terre, et avec elle je disparaîtrai. Je n'ai pas ma place parmi eux, et ne la désire pas le moins du monde. Mon devoir est de préserver le vivant et l'équilibre des forces. Aujourd'hui, cet équilibre menace de voler en éclats, raison pour laquelle je me tiens devant toi, Prince d'Héridane.

— Qui est ce « il » dont vous parlez depuis tout à l'heure ?

— Quelle obstination… marmonne-t-elle.

La Déesse hésite, son dilemme se lit sur le visage de la vahiné. Elle finit par s'accroupir, poser une main sur le sol naturel de ma tente, et fermer les yeux pendant de longues secondes. Je prends mon mal en patience. Mais comme elle l'a si justement fait remarquer, ce n'est pas ma plus belle qualité…

Je soupire de frustration quand elle se redresse.

— Garder le silence serait une insulte à ton intelligence, reprend-elle enfin. Comme tu l'as sans doute compris, je ne suis pas seule à faire contrepoids au chaos qui nous menace. Ce « il » qui t'intrigue autant n'est autre que celui qui est né de l'eau et en est le gardien, ainsi que le souverain. Comme moi, il porte bien des noms, mais tu le connais sous celui de Ryūjin.

— Le nom du Dieu Dragon du pays d'origine de Leizu…

— Lui-même ! Maintenant, je dois partir. Ne t'inquiète pas pour Hautiare, je ne la laisserai qu'aux bons soins de son époux, une fois revenue sur l'île de Ha'apū. Je t'ai donné autant de cartes que je le pouvais. Je suis sûre que tu en feras bon usage.

Elle se dirige vers l'entrée de ma tente d'un pas tranquille. Alors qu'elle soulève le pan de toile qui sert de porte, elle se tourne une dernière fois vers moi. Ses yeux d'obsidienne luisent dans l'obscurité.

— Pour nous, tu es le Roi, et Leizu, ta Reine. À bientôt, jeune Aleksander.

Je reste seul un long moment, le temps de bien comprendre ce qu'impliquent les fameuses cartes qu'elle m'a données.

Puis je prends enfin ma décision. La seule qui s'impose : partir. Seul. Pour retrouver Leizu, malgré les ombres, malgré l'injonction, malgré la certitude de ne pas en revenir. Si je dois affronter mon destin, je refuse d'y mêler mes soldats. Je n'hésite pas.

Pendant que je rassemble quelques effets personnels, j'appelle mentalement Ashar. Il est le seul en qui j'ai une confiance absolue.

— *Mo miira, mon prince*, répond-il dans la seconde. *J'arrive tout de suite.*

Je soupire face à son formalisme.

— *Quand cesseras-tu enfin de ne jurer que par cette fichue étiquette ?*

— *Jamais, mo miira.*

— *Je suis sûr que tu le fais exprès… Juste pour m'agacer !*

— *Loin de moi cette idée, miira Aleksander*, répond-il en entrant, le sourire aux lèvres.

— *Ôte-moi donc ce sourire de ton visage, face de krul ! Ce que j'ai à te dire doit rester entre nous, au moins le temps que la troupe regagne Oloba. Je sais que face à mon père, tu ne pourras rien cacher plus de quelques secondes.*

Son sourire s'efface instantanément quand il constate que je suis sur le point de m'en aller.

— *Je dois me rendre dans le monde des Hommes et rejoindre Leizu de toute urgence. Et je dois y aller seul.*

— *Mais…*

— *Pas de « mais », Ashar. C'est ainsi que les choses doivent se passer.*

— *Si c'est une prémonition de la clairvoyante des Aquatiques, je ne peux que m'incliner. C'est à l'une d'elles que le jeune Nicolas doit la vie.*

— *C'en est une.*

— *Alors, ainsi soit-il…*

— *À compter de cet instant, je te confie le commandement. Je ne sais pas si… Non, oublie !* (Je lui saisis l'avant-bras dans un salut de guerrier à guerrier.) *Ashar, ce fut un honneur de t'avoir à mes côtés pendant toutes ces années, et je suis heureux de te compter parmi mes rares amis.*

Le visage du commandant se décompose.

— *Vous parlez comme si nous n'allions jamais nous revoir…*

— *Ce sera peut-être le cas, ou alors, pas tel que je suis aujourd'hui.*

— *Aucune cause ne mérite que vous y laissiez votre vie !* s'insurge-t-il. *Vous êtes notre futur Roi, Aleksander !*

— *Plus maintenant, mon ami. Plus maintenant. La personne à qui je tiens plus qu'à ma position, mes titres, ou même ma propre vie est en danger, et je sais que je peux l'aider.*

Le soldat est choqué par cette affirmation débitée sans aucune hésitation.

Je me saisis du petit sac que j'ai préparé et en profite pour me précipiter dehors, laissant Ashar, interdit, au milieu de ma tente.

— *Tu diras à ma famille que je les aime, et à Tihomir, en particulier, qu'il sera le meilleur des Princes Héritiers. Je sais que tu le serviras avec autant de dévouement que moi. Adieu Ashar Ehayem, Commandant en chef de notre chère Garde Royale…*

Je romps le contact et m'enfonce dans la forêt.

Plus loin, je laisse Metyr prendre ma place dans le monde. Il vole à tire-d'aile jusqu'au seul portail qui mène directement dans le Sidh, le monde souterrain du Peuple des Collines, en Irlande.

J'ai la surprise de le trouver ouvert, alors qu'il ne sert plus depuis bien longtemps. Plusieurs centaines d'années, en réalité. Peu de gens en connaissent l'existence, d'ailleurs…

Je n'ai pas le loisir de m'arrêter sur cette question. Il est ouvert ? Parfait ! Je reprends forme humaine et le traverse…

Un souvenir de la ville me revient, comme suspendu dans le temps.

Je me rappelle d'abord les faubourgs. Des maisons basses, faites de pierres claires et de bois, couvertes de lierre ou de glycines, des rues étroites animées d'une vie discrète, rythmée par les pas, les sons et les voix feutrées des artisans, des marchands ou des enfants jouant sous des arches modestes. La magie y circule, presque de façon naturelle, comme un souffle ancien auquel chacun semble habitué.

Mon regard progresse vers le cœur de la cité, le souvenir devient plus lumineux. Les avenues s'ouvrent, bordées de grandes demeures aux façades ajourées, de jardins suspendus et d'arches finement sculptées. Tout y respire l'harmonie et l'élégance, façonnées au fil des siècles.

Plus loin, toujours là, dominant la ville, se tient le palais principal de la reine Fódla. Ses tours ouvragées s'élèvent vers le ciel, baignées d'une lumière claire, immuable, mais que je sais artificielle. Des arches monumentales entourent l'édifice comme une promesse de permanence.

Je me souviens d'avoir été frappé par la beauté de Seoda, par l'impression d'une cité qui semblait avoir trouvé un merveilleux équilibre entre pierre, bois, magie et éternité.

Alors que je m'attendais à retrouver cette vue magnifique sur la capitale du royaume, le passage débouche directement dans des tunnels sombres. Un grondement secoue la voûte sous laquelle je me tiens. Loin au-dessus de ma tête, j'entends des cris, le fracas des armes. Je sens l'odeur âcre de la fumée. Une bataille fait rage. Le sol, les parois, les plafonds, tout tremble.

Je me précipite en avant, à la recherche de Leizu. Pour plus d'efficacité, je lance aussi mon esprit dans ces souterrains inconnus.

Et là, le chaos !

Je perçois autour de moi de nombreux esprits affolés, souffrants, et certains, mourants : des sidhes. Je sens aussi tout de suite les esprits de trois de mes semblables, et je les connais bien. Leur présence, comme leur odeur, est très nette. Ils ne sont pas loin… Peut-être juste à l'étage supérieur.

Mais que font nos guérisseurs dans ces galeries sombres et malodorantes ?

Je n'ai pas le loisir de me questionner davantage. Une puissance colossale, dont je ne reconnais qu'une partie de l'essence, percute mon esprit. Elle est d'abord sous mes pieds, puis elle… se rapproche ?

Mais comment…

La terre tremble de plus belle. Des murs s'écroulent dans les boyaux adjacents. Je cours toujours. Au bout d'un long couloir, j'aperçois tout à coup une vive lueur. Puis l'obscurité relative revient aussi soudainement, alors que j'arrive à l'entrée d'une immense salle où quelques *sféars* dispensent encore une lumière blafarde. Il y a d'étranges bancs retournés, des objets insolites semés un peu partout, et surtout du sang. Beaucoup de sang ! Son odeur métallique m'agresse le nez. Tout est sens dessus dessous. Au milieu de la cavité, un trou béant bordé d'un large bourrelet s'enfonce dans les profondeurs de la terre. Le pouvoir immense que j'ai senti plus tôt s'est considérablement atténué.

Mon regard est d'abord attiré à ma droite par deux corps, allongés l'un à côté de l'autre. Leurs vêtements colorés tranchent sur le fond terne des parois de la caverne. Même morts, je reconnais leur odeur. Il s'agit de Charles et Léonie, les membres les plus âgés de la famille de Leizu. Une vague de tristesse m'envahit.

Un gémissement de bête blessée attire mon attention de l'autre côté.

Leizu est là.

Mais pas telle que je l'ai toujours connue. Je découvre celle que j'aime recroquevillée le plus loin possible des corps de ses enfants. Nue, meurtrie, méconnaissable. Ses longs cheveux de soie blanche ont disparu, son corps n'est plus qu'un amas de plaies, de boue et de sang séché. Jamais je ne l'ai vue ainsi. Pas même après son combat contre l'assassin de ma mère.

Ses yeux, deux rubis d'un rouge profond, me révèlent qu'elle a déjà succombé à la Rage de Sang.

— Va-t'en ! me hurle Leizu, d'une voix rauque qui ne lui appartient pas. Tu ne peux rien contre nous aujourd'hui !

Nous ? Bah ! Peu importe !

Je n'obéis pas et m'approche d'elle d'un pas décidé. Je sais ce que je dois faire, je ne me déroberai pas. Les conséquences ? Je les affronterai quand elles se présenteront, quelles qu'elles soient !

Nous y sommes… L'instant de vérité…

Dans un cri déchirant de bête blessée à mort, elle se jette sur moi, tous crocs et griffes dehors, le regard fou.

Il n'y a aucun combat. Les mots, autant que toute résistance, sont inutiles. Ses griffes lacèrent mon armure jusqu'à la réduire en charpie, et atteignent bientôt mon corps. Par un énorme effort de volonté, je n'esquisse pas le moindre geste de défense malgré la douleur. Quand elle perçoit l'odeur de mon sang, elle se fige un instant, comme si elle essayait de résister à la tentation. Elle finit par céder et me saute à la gorge avec un hurlement sauvage.

J'accepte ce qui doit se passer, et attends donc son dernier assaut les bras ouverts. Quand ses crocs approchent de mon cou, je les referme autour d'elle avec tout mon amour en une étreinte mortelle.

— Qu'il en soit ainsi, murmuré-je.

Elle doit survivre. Elle doit accomplir son destin.

Quand ses canines percent ma peau, je sens la vie me quitter à une vitesse terrifiante. Puis tout disparaît.

Je dérive encore.

La pulsation est toujours là.

Soudain, d'autres images.

Un décor inconnu se forme autour de moi. Une forêt, dense, humide, éclairée par les dernières lueurs du jour. L'air est doux et parfumé, comme une belle soirée d'été. À mes côtés, marchent deux fillettes de sept ou huit ans, semblables en tous points. Des jumelles. *Mes* jumelles ! Je le sens dans mon cœur qui déborde d'amour pour elles. Leurs cheveux noirs, retenus en deux longues tresses, dansent dans leur dos au rythme saccadé de leurs petits pas. Elles portent les mêmes vêtements sobres : de longues jupes rouges plissées assorties de chemisiers blanc cassé. Sur leurs flancs battent deux lames courtes encore dans leurs fourreaux magnifiquement ouvragés. Leurs visages sont fermés et leurs yeux brillent d'une volonté de fer. Ma poitrine se serre.

Nous avançons ensemble, vers un petit bâtiment qui se

découpe à l'horizon. À l'entrée, un homme nous attend, sabre au clair, près d'une sorte de haut portail en bois. J'ai déjà vu ce genre de structures dans le pays que les Humains appellent Japon. C'est un *torī*. Ils sont érigés à l'entrée des sanctuaires pour en séparer la part sacrée de l'environnement profane.

Mon regard revient sur l'homme. Mon hôte le connait bien. Il s'appelle Satake, de la maison Fusaharu, et c'est un proche conseiller de l'empereur.

À côté de lui, une femme est attachée à l'un des piliers. Sa tête tombe sur sa poitrine, ses longs cheveux noirs, en désordre, dissimulent ses traits. Je sais qu'elle est encore en vie. Je le sens. J'entends encore les battements de son cœur. Elle porte les mêmes vêtements que les petites filles. Sur son chemisier blanc, s'étale une longue traînée de sang venant de son cou. Mon regard descend malgré moi, et s'arrête sur son ventre arrondi. Un enfant. *Mon* enfant, j'en ai la certitude ! Une vague de fureur, amplifiée par un amour profond, me submerge. Je la reconnais sans même voir son visage : Leizu ! Mais un autre nom me vient en tête : *Himawari-hime*, fille d'*Itoku Tennō*, quatrième empereur du Japon. La tendre épouse de celui dont je partage le corps, le regard et la rage.

Ma femme ! Ici, Leizu est ma femme ! Je suis lui, mais sans vraiment l'être… Serait-ce une sorte de reviviscence d'un moment que j'ai déjà vécu ?

En arrivant près du dénommé Satake, les petites demoiselles dégainent leurs lames, et je fais de même.

— *Fusaharu ! Kitanai uragirimonome ! Kono watashi ga batsu wo ataete yaru !* Sale traître ! Je vais te faire payer ! hurlé-je.

En tant qu'Aleksander, Prince d'Héridane, je n'ai jamais pris le temps d'apprendre la langue de celle que j'aime… Néanmoins, je comprends les pensées de mon hôte. Je saisis donc parfaitement le sens de ce qu'il jette au visage de celui qu'il va, sans aucun doute, combattre.

— *Hahaue* ! crient les fillettes en s'élançant vers la prisonnière.

Ce mot-là, je le connais ! Il signifie « mère » ! Il échappait parfois à Leizu lorsqu'elle s'adressait à mama.

Au même instant, des flammes commencent à courir sur mon corps, jaillissant de tous les pores de ma peau. Elles m'enveloppent bientôt comme une armure vivante. Le feu gronde, répond à ma rage. Je charge l'homme resté silencieux.

Serais-je dans le corps d'un sorcier de feu ?

Les mots de la Grande Mère me reviennent en tête : « Tu as l'âme flamboyante d'un gardien divin, et celle-ci est plus ancienne que Leizu elle-même. » Soudain, la lumière se fait en moi et je sais maintenant qui je suis.

Au même moment, le conseiller bouge avec une rapidité surhumaine. C'est un Immortel, je le comprends aussitôt, et mon autre moi, aussi. Nos lames s'entrechoquent, les étincelles pleuvent. Mon adversaire est d'une force hors du commun et doué dans le maniement de son arme. Je pare ses assauts avec difficulté en essayant de l'éloigner de Leizu et des petites.

Alors que ces dernières tentent de détacher leur mère, deux autres Immortels surgissent de l'ombre et se jettent sur mes filles. Elles font volte-face et engagent le combat. Elles sont douées, mon autre moi le sait, mais pas au point de rivaliser avec ces êtres surnaturels. Elles sont si jeunes ! La lutte est rapide et violente, totalement déséquilibrée. Trop vite, elles sont submergées. Chaque blessure leur arrache des cris de douleur qui déchirent mon âme. Aux prises avec Satake, je ne peux rien faire pour les aider.

Je tente de rompre le combat pour me porter à leur secours, mais trop tard. Elles tombent.

Mes anges… Mon sang…

Leur flamme s'éteint sous mes yeux.

Une douleur animale m'arrache la poitrine.

Je rugis à m'en arracher la gorge.

Mes flammes redoublent d'intensité.

Une pensée ardente éclate dans ma tête, juste avant qu'il ne l'exprime à voix haute en japonais : *« Je suis Suzaku ! Gardien céleste né des larmes d'Izanagi ! Aussi puissants que vous soyez, je vous tuerai tous ! »*

Ma rage embrase le monde. Dans un déferlement incandescent, j'abats les deux Immortels responsables de la mort de mes enfants. Mais il reste le dernier, le plus fort. Le combat s'éternise. Il évite avec adresse mes attaques de feu. Je commence à faiblir, la lutte tourne peu à peu à son avantage. Trop souvent, son arme mord ma chair. Je chancelle, mais je ne cède pas. Un assaut, plus violent encore que les précédents, arrache ma lame de mes mains.

Sans mon arme, je vais avoir du mal à résister à ses coups…

Une feinte, une ultime attaque, et je suis pris au piège. Son épée me transperce de part en part.

Dans un dernier sursaut, avant qu'il ne se dégage, je l'attrape par les épaules et le serre contre moi. Alors que mon corps se vide de son sang, je déploie mes ailes de feu en lui rugissant ma rage au visage. L'Immortel hurle dans mon étreinte ardente. Le brasier s'intensifie au-delà du supportable puis s'éteint dans une explosion de lumière.

Quand celle-ci disparaît, je ne suis plus dans le corps de Suzaku, mais à côté. Comme un fantôme. Il ne reste plus rien de lui ni de l'Immortel. Rien qu'un tas de cendres encore brûlantes.

Un cri de douleur déchire le lourd silence recouvrant la scène.

Leizu s'est réveillée.

Elle hurle en voyant les corps de ses filles, les restes fumants de son époux. Le monde entier s'effondre dans son regard. Elle vient de perdre les êtres qui lui étaient les plus chers.

Je suffoque.

La colère, la tristesse, la perte, tout me consume !

Je viens de revivre le dernier jour de Suzaku, premier époux tant aimé de Leizu, dont moi, Aleksander, je suis la réincarnation.

Après cette prise de conscience, les ombres commencent à s'épaissir autour de moi.

Je pars à nouveau à la dérive.

Chapitre 2

Fódla

Fleuve d'argent

Le soleil tombe derrière les montagnes ocres et mon armée attend. Des milliers de silhouettes cachées dans des grottes que la nature a façonnées au fil du temps. Les Sans-Âmes ne respirent pas, ne parlent pas, ne rêvent pas : ils *sont*, et c'est exactement ce dont j'ai besoin. Par petits groupes ou bien seuls, ils emplissent les cavernes : une marée mortelle prisonnière de la roche, prête à déferler sur la Terre. Le silence est troublé par quelques gémissements de ces bêtes assoiffées de sang, mais surtout par le vent sec du désert qui balaye les falaises, s'engouffre sous les arches ou dans les souterrains en un chant lugubre. Le requiem du monde…

Caldwell s'avance à mes côtés, droit, impénétrable.

— Tout est prêt, nous pouvons y aller, Majesté, m'annonce-t-il de sa voix profonde.

J'acquiesce et l'observe un instant.

Bien plus grand que moi, les cheveux blonds, maintenant coupés courts, un visage émacié rasé de près, il pose sur moi un regard brun, dur, minéral. Je préfère de loin cette apparence. Il n'a cependant pas changé sa mise. Tiré à quatre épingles, il est toujours vêtu de son gilet et de sa veste ajustée, tous deux noirs, sur une chemise blanche et une cravate rigide. Aujourd'hui, il a choisi la couleur rouge. Violence et colère, c'est parfait.

Cet homme m'a donné cette idée, ce repaire au milieu de nulle part, dans un parc national de son immense pays. Je dois reconnaître que je savoure son intelligence. Mes Sans-Âmes sont à l'abri, invisibles aux regards des mortels.

Mais ce soir, ce n'est pas encore leur heure.

J'emboîte le pas de Caldwell, suivie de deux autres Immortels chargés de deux énormes jarres, ainsi que de dix de mes meilleurs guerriers, guidés par mon fidèle Gaelin.

Ce soir, je vais me baigner dans des flots divins et m'en abreuver, reprendre aux miens ce qui m'est dû et retrouver la couronne du Roi des Ombres. Ce soir, je franchis le seuil du Royaume des Dieux…

Je prends une longue inspiration et imagine son parfum, fétide et doux à la fois, mélange de prières enfiévrées et de peurs étouffées. Ogme m'y attend. Le Dieu guerrier et magicien n'a pas accepté la mort de Liadan, sa seule descendante, et j'ai juré de lui offrir sa vengeance. En échange, il m'a promis la puissance des attributs que seuls les plus puissants de mon peuple, les Tuatha Dé Danann, détiennent, et dont ils m'ont privée en fuyant vers un panthéon illusoire. Mais je ne suis pas dupe. Il ne me tend la main que parce qu'il a besoin de moi, autant que moi de lui.

Je ris.

Le son brise le silence et ricoche contre la pierre, faisant trembler quelques grains de sable. Ma troupe s'immobilise, puis reprend sa marche sans broncher. Ils savent que la nuit va être longue.

Les trois pierres en forme de gouttes pèsent dans ma paume. Je les sens vibrer au rythme de mon sang. Une douce chaleur se répand en moi, comme si elles répondaient à mon excitation.

Une fois que nous sommes suffisamment éloignés des grottes, je les dépose sur le sol carminé. Rien ne se passe. Il faut les disposer d'une certaine façon pour que la clé s'active… Je sais qu'il s'agit de reconstituer un *tomoe*, cet antique symbole héraldique japonais, mais je n'en connais pas encore la configuration.

Patience… Il n'y a pas tant de possibilités que cela.

Je prends le temps de toutes les essayer.

Quand je trouve enfin la place de chacune, la dernière petite larme m'échappe aussitôt. Les trois se libèrent de la poussière pour léviter devant moi. Une lumière, d'abord faible, émane d'elles comme un soupir hésitant, puis elle devient plus vive, plus éclatante, de seconde en seconde. Mes guerriers détournent le regard et les deux Immortels gémissent de douleur. Caldwell lui-même lève un bras pour protéger ses yeux sensibles. Moi, je fixe l'éclat en face, sans ciller. J'observe avec délectation la formation du bijou qui me donnera accès à ce que je convoite.

Lorsqu'il est entièrement formé, une explosion sourde retentit, accompagnée d'une luminosité encore plus intense qui me contraint à fermer les yeux un instant. Quand je les rouvre, la porte est là. Au centre, le médaillon doré brille de mille feux. Les pierres, serties par des griffes, vibrent d'énergie.

Je pose la main dessus et, d'une légère poussée, les vantaux s'ouvrent dans un souffle.

Un souffle suspendu, hors du temps.

La clef reste au creux de ma main, et à peine ai-je dépassé le seuil que les battants commencent à disparaître. Ma suite traverse juste avant la fermeture du passage. Face à moi se déploie un large pont en arc translucide et brillant. Il enjambe une mer sombre et mène jusqu'au cœur de ce lieu sacré que je brûle de profaner. Sans hésiter, je pose le pied dessus la première. La matière est étrange, à la fois solide et vibrante. Ma troupe me suit, disciplinée. Certains jettent un regard autour d'eux, curieux ou éblouis, mais je ne tolère aucun retard. Nous devons avancer.

Au point le plus haut du pont de cristal, un spectacle hors du commun nous attend. La matière n'obéit plus aux lois connues. Le royaume est comme suspendu dans un ciel de nuit piqueté d'étoiles. Quelle vaine ostentation ! Derrière moi, quelques murmures admiratifs m'agacent au plus haut point. Je jette une œillade assassine par-dessus mon épaule, et le silence revient.

Au centre, les colonnes frémissantes des palais s'élancent vers le ciel. Certaines diaphanes, d'autres de marbre, leurs pierres pulsent comme si elles respiraient au rythme des suppliques murmurées par les vivants. Entre les immenses demeures, des avenues baignées de lumière grouillent d'une activité grotesque. Artisans, commerçants, artistes ou badauds, tous de faux joyeux façonnés par la croyance des hommes.

Je les méprise, mais je les jalouse aussi. Car en ce lieu, l'air vibre de milliers de voix invisibles : des prières récentes, ardentes, qui s'élèvent comme des lucioles argentées. Elles emplissent l'espace de la même chaleur que celle des pierres, je la sens déjà glisser sur ma peau. Et, en bordure des chemins, des fleurs extraordinaires s'ouvrent à leur contact.

Ici, les Dieux et leurs élus resplendissent, changeant d'apparence au gré des croyances, comme si la foi des mortels les sculptait en continu.

Mais, à la lisière de toute cette clarté, je vois aussi l'autre visage de ce royaume. Là où les ténèbres s'étendent sans fin. Là où le silence a effacé les noms, où les temples se sont fissurés, réduits à des squelettes de pierre suspendus dans le vide. Des statues sans yeux pleurent une poussière noire. Des ombres rampent, chuchotent, se lamentent, fantômes des divinités presque oubliées. Ils ne survivent que grâce à la ferveur mourante, quelque part dans le monde, d'un vieillard en fin de vie ou d'une femme désespérée.

Je souris.

Voilà leur plus grande faiblesse ! Leur dépendance aux hommes !

Les Dieux, immortels tant qu'ils sont aimés, règnent sur la

beauté fragile de cette cité qui ne respire que par la grâce des mortels.

Raison pour laquelle je n'ai jamais voulu rejoindre cette mascarade. Je préfère régner, plutôt que mendier.

Au cœur du royaume coule le fleuve, argent liquide, pur, infini, au flot paisible et continu. Chacune de ses gouttes est une offrande, une pensée, une litanie ou une prière, confiées par les dévots dans l'intimité. Chaque vague transporte, fervents ou désespérés, les murmures des hommes. Les Dieux le contemplent, le touchent ou s'y abreuvent, tels des parasites.

Moi, je viens le voler.

Mon regard peut enfin se poser de l'autre côté du pont où, comme je m'y attendais, Banba et Ériu se dressent face à moi.

Arrivée à quelques dizaines de mètres de leur barrage dérisoire, je m'arrête et observe avec dégoût leurs silhouettes ternes. Elles osent me défier, le regard lourd d'un mélange de peur et de rancune.

— La truie et la putain des milesiens… Quelle surprise ! ironisé-je en guise de salut. La grisaille des faubourgs ne vous sied guère, chères sœurs. Vous avez une mine affreuse !

Elles s'empourprent de rage.

— Tu n'as rien à faire ici, Fódla ! crache la première. Nous ne te laisserons pas souiller notre royaume de ta noirceur visqueuse !

— *Votre* royaume ? Laissez-moi rire ! Mais regardez-vous donc, pauvres petites créatures ! Vous pérorez alors que vous transpirez la faiblesse ! Vous n'êtes plus rien, juste des oubliées !

Banba s'avance, lève les bras et commence à façonner une petite boule de feu entre ses mains.

Sans doute à dessein, la garce me renvoie au visage mon récent échec avec la sorcière de feu, le seul élément qui me reste inaccessible. Tout cela parce que, par pur égoïsme, elle en a gardé le secret et l'a apporté jusqu'ici ! Je serre les dents.

Dans mon dos, les soldats s'activent. Les deux récipients en terre sont déposés près de moi après un ordre bref de William.

— Petit cochon pathétique ! lancé-je, méprisante. Penses-tu réellement pouvoir m'empêcher d'obtenir ce que je veux ?

Je lève les mains à mon tour et invoque le vent. Une véritable tempête s'abat sur les deux femmes, faisant virevolter leurs cheveux blond filasse et leurs vêtements élimés. La petite sphère incandescente de ma sœur vacille mais continue de grossir, et autour de ces deux vipères, le vent se calme. L'œuvre d'Ériu, sans aucun doute. Je dois me débarrasser de ces gêneuses au plus vite, le temps presse. Je ne veux pas que d'autres déités interviennent. Je passe alors les mains au-dessus des deux jarres.

— Venez à moi, *cúpla oighir* !

La peur envahit leur regard. Je jubile ! Elles connaissent bien les jumelles de glace pour avoir déjà subi leur morsure. Deux énormes serpents d'eau sortent de leur cachette et avancent à vive allure, droit sur les deux Déesses fanées. À quelques mètres d'elles, les reptiles se dressent et déploient leurs capuchons. Sans hésitation, l'un d'eux crache sur Banba.

Une nuée de lames de glace se précipite sur elle. D'une bourrasque, Ériu tente de dévier les pointes luisantes et acérées, sans grande efficacité.

Paniquée, Banba lance sa boule de feu dans l'espoir de contrer l'attaque de l'élémentaire. Au contact des flammes, les cristaux de gel éclatent dans un bruit infernal et entourent les deux femmes d'un nuage de givre. C'est l'instant qu'attendait l'autre cobra aqueux pour envoyer une nouvelle salve sur elles, troublant à peine le silence qui venait de retomber.

Pressée d'en découvrir les effets, je m'avance et dissipe la brume glacée d'un grand geste de la main.

Mes sœurs se sont éloignées, mais l'une d'elles gît, inconsciente, aux pieds de l'autre, le corps sanguinolent hérissé d'aiguillons chatoyants.

Le petit cochon est devenu porc-épic !

Cette pensée me fait sourire. Alors que je caresse la tête des jumelles et les renvoie dans leur tanière provisoire, Ériu prend Banba dans ses bras.

— Tu n'as plus ta place parmi nous, Fódla ! hurle-t-elle, la voix éraillée, avant de s'éloigner. Ce que tu cherches n'est même pas ici ! Quitte le royaume tant que tu le peux encore !

Que sait-elle de ce que je cherche, cette idiote ?

— Cette place, je n'en ai jamais voulu ! rétorqué-je sur le même ton. Tu ne sais rien ! Tu ne comprends rien ! Moi, je ne me plie pas aux caprices des hommes ! Je veux les dominer ! Les asservir ! Les broyer !

Mes derniers mots se perdent dans le vide. Elles ont disparu dans les ombres, derrière une enfilade de palais défraîchis.

Voilà donc où est relégué mon peuple…

Avant de me rendre dans la demeure du Dieu guerrier qui m'attend, je m'avance près d'un bras peu fréquenté de la rivière, vers ce qui pourrait s'apparenter au sud de la ville céleste. Mon corps frémit, fébrile. Chaque fibre de mon être réclame le pouvoir de ce précieux liquide.

Je me déshabille sans honte ni pudeur. Alors que je m'apprête à me glisser dans le ruban étincelant, à commettre le plus grand des sacrilèges, le silence devient lourd, épais, annonciateur d'une calamité. Caldwell, les deux Immortels et mes soldats tiennent leurs positions, mais je sens leur tension face à cette menace invisible.

Soudain, un cri strident déchire l'air, juste avant qu'un éclair incandescent s'abatte sur nous.

Un oiseau de feu !

Dans un premier temps, il tente de m'empêcher de profaner le fleuve sacré. Ses ailes embrasent le ciel au-dessus de moi, il piaille sa rage.

Ma petite troupe s'élance, Caldwell et Gaelin en tête, pour l'occuper, détourner son attention et sa fureur.

Maintenant entièrement nue, mon corps pâle reflète la lueur argentée du doux fleuve divin. Impatiente, je m'immerge sans attendre, au mépris du danger.

L'eau m'engloutit dans une étreinte impitoyable. Glaciale et brûlante à la fois, elle me pénètre en m'arrachant un cri muet. Ma chair absorbe son pouvoir. Je bois avec avidité, la gorge ravagée par la douleur, et mon âme en vibre de plaisir. Je sens des millions de prières me traverser. Je vois des millions de visages, et des millions de voix murmurent à mon oreille leurs vaines suppliques. Puis le sublime liquide devient liqueur et calme le brasier qui se déchaîne dans tout mon corps.

Je deviens autre. Plus qu'une reine. Presque une Déesse.

La puissance est là, fulgurante, véritable ouragan dans ma poitrine. Mes mains tremblent d'une énergie nouvelle, mon esprit s'élargit et mes perceptions s'étendent au-delà du pont de cristal, jusqu'au cœur du royaume. Je pourrais anéantir des armées, mettre le monde à genoux, écraser mes sœurs d'un seul regard. Je sais cependant que tout ceci n'est que provisoire. Dans le monde des Hommes, ce pouvoir se dissipera au fil du temps, comme les récits anciens me l'ont appris. Mais j'ai le médaillon !

J'ai la clef, et je reviendrai, encore et encore ! Je volerai cette force à chaque visite, jusqu'à ne plus avoir besoin d'elle !

Je sors de l'eau, ruisselante et triomphante. L'oiseau crie encore et pique sur moi, furieux. Je tends le bras dans sa direction. Un souffle titanesque en jaillit, le faisant à peine vaciller. J'en appelle alors à la terre – cette terre divine qu'il défend avec tant d'obstination – et des pointes jaillissent du sol par dizaines, comme autant de javelots mortels.

Il esquive mes projectiles en grande partie, mais l'un d'eux lui transperce une aile, un autre, une patte. Un sang incandescent jaillit de ses blessures et touche le sol qui grésille à son contact. Blessé, il s'envole de façon erratique et s'enfuit, hurlant sa souffrance à la face du ciel étoilé.

Je me rhabille avec lenteur, le sourire aux lèvres, chaque geste empreint d'une certitude nouvelle : la guerre sera rapide, car elle a déjà son vainqueur. Si la couronne du Roi des Ombres n'est pas ici, peut-être Ogme saura-t-il où elle est cachée…

Je la trouverai, je la ceindrai, et alors le monde pliera face à moi !

Chapitre 3

Leizu

Choix

Mes pensées s'égarent encore du côté des tunnels où j'ai abandonné ceux que j'aime.

Aleksander… Je ne peux pas… Je ne peux pas fouler cette terre où tu n'es plus… Le monde se portera mieux sans la menace que je représente… Mes enfants… Je suis désolée… Comment faire face à mon père, à ma mère, aux jumeaux ? Je ne peux pas… Pas après ce que j'ai fait ! J'ai commis l'irréparable… Il ne s'est même pas défendu ! Pourquoi m'a-t-il ainsi donné sa vie ? Sans combattre, sans même un seul mot pour tenter de me faire revenir à la réalité. Il s'est contenté de m'ouvrir les bras, et moi j'ai… J'aurais dû résister ! Ou bien fuir, dès qu'il est entré dans cette grotte ! Je n'ai pas su me reprendre à temps… Je n'ai pas su reconnaître mon âme sœur avant qu'il ne soit trop tard. La vie m'avait pourtant fait un si merveilleux cadeau… Une seconde chance… Je n'ai pas su la saisir, ni l'accepter. Dada… Je ne peux pas tenir la promesse que je t'ai faite. Pas dans ces conditions. Je n'ai pas pu sauver Alek de moi-même. Je n'ai rien d'une reine… Je suis la Mort Blanche…

Alors que je nage toujours plus loin vers le Liban, et la cité de Byblos, où je souhaite m'endormir, je sens soudain un léger changement de pression. Une onde douce me traverse, comme un message des abysses.

Un séisme ?

Je sors la tête de l'eau et aperçois au loin un panache de fumée au sommet d'une montagne. Le dessin de cette côte, ce volcan… Je suis près de la Sicile, et l'Etna s'est encore réveillé.

Depuis combien de temps ai-je quitté d'Irlande ? Je n'en sais rien. Ça n'a plus la moindre importance de toute façon. Et si…

Je pique à gauche, vers le rivage de la ville de Catane. Je la contourne avant de sortir de l'eau et de me diriger droit sur ce géant toujours en colère. Il sera ma fin, mon salut, et ainsi je retournerai à la terre. Les gardiens n'auront pas à s'occuper de moi pendant mon long sommeil.

Voilà… J'ai trouvé la solution…

Je me tiens au bord du cratère incandescent, prête à mettre fin à ma si longue existence, quand une voix s'élève dans mon esprit. Une voix que je ne reconnais pas, mais qui agite quelque chose au plus profond de moi.

— *Nous partageons à nouveau la même place dans le monde, Himawari-hime. Si tu choisis de disparaître, je disparais avec toi…*

— Qui es-tu ? demandé-je à voix haute. Et comment connais-tu mon véritable nom ?

— *Aurais-tu oublié ? Deux mille cinq cents longues années sans échanger le moindre mot ou la moindre pensée, c'est long, je l'admets. Je suis la part de toi que tu as héritée de mon père à ta naiss…*

Le souvenir de ma compagne jaillit dans mon esprit, aussi imprévisible et puissant que le *Steamboat*, le plus grand geyser du monde.

— Ki… miko ? Mais je… Tu… Comment ?

J'en pers mes mots.

— *Mon père t'a choisie avant même ta venue au monde comme réceptacle de son pouvoir de guérison. Il ne pouvait pas te laisser arpenter cette terre seule et sans protection. C'est pourquoi il m'a créée pour toi.*

— Mais, la Transition !

— *Omoidashite, aisuru Hime yo…* Souviens-toi, ma chère

princesse…

Cette douce injonction dans ma langue natale me plonge dans des souvenirs que je croyais disparus à jamais. Mon esprit libère des images d'une gangue d'oubli, perdues au fin fond de ma mémoire : les derniers jours de ma vie humaine. Le chagrin m'engloutit aussitôt comme au premier instant.

J'entends la voix de ma compagne dans ma tête, me poussant à reprendre conscience. Mais quand j'ouvre enfin les yeux, c'est pour les poser sur les corps ensanglantés de Chikara et Chisame, mes petites filles, mes adorables jumelles, et les cendres de Suzaku, mon époux tant aimé. Mon hurlement de bête blessée à mort engloutit le silence. Puis vient la douleur, presque insoutenable, causée par le sang de Fusaharu-san. Mon corps entier réagit à ce poison qui met en danger le bébé que je porte. Je m'avachis contre le poteau sur lequel je suis encore attachée. Je n'arrive plus à bouger. J'entends à nouveau la douce voix intérieure de Kimiko, elle me berce, me cajole, me console et me pousse à agir, à utiliser mon don sur mon futur enfant afin de le sauver de son avenir funeste. Je ne veux pas de cette Transition offerte par le conseiller de mon père. Hélas, le processus est irréversible. Il me l'a dit. Il m'a aussi avoué que l'idée n'était pas de lui, et que c'était un ordre de mon père. Ce dernier, ayant déjà obtenu sa Transition, veut garder sa fille adorée à ses côtés pour l'éternité. Pour moi, c'est la pire des trahisons. Ceux que je chérissais le plus viennent d'y laisser la vie ! Son égoïsme et sa vanité m'ont tout pris !

Non ! Il me reste mon bébé !

Je dois vivre encore un peu pour lui permettre de voir le jour. Je cède ma place dans le monde à ma compagne afin qu'elle me libère de mes entraves et pour mieux me concentrer sur ma lutte contre cette toxine.

Kimiko décide de filer vers le *Ryūgū-jō*, le palais sous-marin de son père, dans l'espoir que celui-ci me guérisse. Les pouvoirs de

Ryūjin sont grands, mais insuffisants à contrer cette magie de sang. Je le sais, je le sens au plus profond de moi. Je vais mourir, puis devenir autre : une Immortelle.

C'est à cet instant précis que je me fais la promesse, si je réussis à sauver ma petite, d'être à ses côtés pour la soigner, la protéger et la chérir, le plus longtemps possible. Et si, pour mon plus grand bonheur, elle a des enfants, je resterai dans le monde pour eux. Oui, il s'agit d'une petite fille, ça aussi je le sens. Tant que ma lignée vivra, je serai là.

Comme je le présageais, le Dieu de la mer ne peut rien faire pour moi. En revanche, il m'est d'un soutien inestimable pour sauver mon bébé. Car, même si ma source est considérée comme immense pour une mortelle, je n'y arriverai jamais toute seule. Le poison de cette magie est bien trop violent.

Je ne reste que quelques toutes petites minutes dans le palais. Un jour y est égal à un siècle en dehors de ses frontières. Quand Ryūjin me mène des profondeurs du lac Biwa jusqu'à l'une de ses demeures terrestres, une grotte près du village de Uda, presque trois mois sont passés et ma grossesse est déjà à terme.

C'est là qu'il m'aide à donner naissance à mon bébé. Je le revois encore, penché sur moi, à marmonner des mots incompréhensibles, un bras tendu au-dessus de ma poitrine, et dans l'autre, le petit corps vagissant enveloppé avec tendresse. Il a fait ce qui était en son pouvoir pour me soutenir et soulager ma souffrance, je lui en serai éternellement reconnaissante.

Mais c'est aussi là que je meurs.

— Mon père m'aura tout pris, murmuré-je, haletante, même l'autre moitié de mon âme. Ma fille… Hikari… *Kami-sama,* je vous en prie, prenez soin d'elle. Kimiko… Je suis désolée…

Les ténèbres m'engloutissent. Je n'entends pas ce qu'il me répond. Je garde les yeux rivés à mon enfant, ma lumière, Hikari. C'est la dernière image que je veux garder. Kimiko disparaît alors que ma fille pousse ses premiers cris, et que la douleur me submerge.

Je tombe à genoux près du cratère principal du volcan sicilien. La chaleur y est suffocante. Des larmes de sang dévalent mes joues, incontrôlables, et sèchent aussitôt.

— *« Tant que ma lignée vivra, je serai là »*, me murmure Kimiko. *C'était ta promesse, Himawari. Tes enfants ont besoin de toi. Aujourd'hui plus que jamais. Moi aussi, j'ai besoin de toi. Toutes ces années à dormir au fond de toi… Tu m'as terriblement manqué.*

— Dormir ? Mais j'ai toujours cru que la Transition t'avait tuée ! Fusaharu-san ne l'avait donnée qu'à ma part humaine, alors…

— Père devait *pourtant tout t'expliquer…*

— Peut-être… Je n'en ai aucun souvenir. Je me rappelle qu'il me parlait dans mes derniers instants, mais je ne comprenais pas ce qu'il disait.

Ma compagne garde le silence un moment. Est-elle, elle aussi, plongée dans le passé, ou doute-t-elle de la parole de son père ?

— *Il ne pouvait pas te laisser m'emmener avec toi dans cette mort-là, reprend-elle. Il m'a donc scellée dans la source de ton don de guérison. C'était le seul endroit sur lequel il avait encore un certain pouvoir, puisque c'est lui qui t'en avait fait cadeau. Cette toute petite part de toi est restée bien vivante, alors que le reste de ton corps est mort…*

— Je ne sens pas cette vie en moi…

— *Pourtant, elle est là, et moi aussi. Je suis dans une grande étendue d'eau cristalline, entourée d'une magnifique forêt. Du moins, c'est ce qu'il y a aujourd'hui. Au moment où mon père m'y a envoyée, il n'y en avait pas tant. Seuls quelques* kosugi, *de jeunes cèdres, lançaient leurs troncs bruns et leurs rameaux vers le ciel. Mais le plus beau reste, encore aujourd'hui, ton* yakusugi, *ton premier cèdre. Il a maintenant plus de deux mille cinq cents ans…*

— Mon lieu-ressource… C'est le seul endroit où mon esprit peut se rendre quand mon corps est malmené. Mais il n'a aucune existence réelle ! Comment ton père a-t-il fait pour t'y sceller ?

— Ça, je l'ignore… Ma seule certitude, c'est que ce lieu est lié à la source de ton don, et que j'y ai dormi bien trop longtemps.

— Je ne peux pas rester dans ce monde, Kimiko… Je n'apporte que la tristesse et la mort à mes proches.

— Ne dis pas n'importe quoi, princesse ! N'inverse pas tout ! C'est ta disparition qui affligera ton entourage !

— Mais je l'ai tué ! J'ai pris la vie d'Aleksander !

— Non ! Quand tu l'as laissé dans la caverne, il était aux portes de la mort, mais encore vivant.

— Vivant…

Mes larmes se remettent à couler…

Ma compagne me laisse seule un moment avec mes tristes pensées. Ou peut-être n'existe-t-elle pas, tout simplement, et que je divague.

Oui, j'ai fait des promesses… Et je ne peux les honorer. Tant que ma lignée vivra…

— *Hime-sama ? Iie, shiro no joō-sama…* Princesse ? Non, Reine Blanche… appelle une voix douce et mélodieuse dans mon dos.

Je sursaute. Je n'ai entendu personne approcher !

L'aurais-je invoquée sans m'en rendre compte, ou est-ce une nouvelle facétie de mon cerveau surchauffé ?

Lorsque je me retourne, Tsukuyomi, Dieu de la lune et divinité tutélaire de ma famille depuis toujours, se dresse devant moi dans toute sa splendeur. Son aura bleutée, sa longue silhouette éthérée, son kimono bleu nuit brodé d'argent, son visage pâle au léger sourire énigmatique, ses longs cheveux noirs libres dans son dos, ainsi que ses yeux argentins qui semblent lire mon âme… Il tient un magnifique miroir ouvragé entre ses mains.

— *Kami-sama…* Je n'ai plus droit à ce titre… Je ne suis plus rien aujourd'hui, dis-je, malgré tout.

— Tu es et resteras toujours l'enfant de tes ascendants, Himawari. Si tu persistes dans la voie que tu as choisie, le temps des Hommes prendra fin, et le monde verra l'avènement des sidhes avec Fódla à leur tête. Est-ce vraiment ce que tu veux ?

— Ce que je veux ? Il y a quelques minutes encore, je voulais disparaître… Mais j'ai retrouvé ma compagne. Ou peut-être pas, tout compte fait… Et maintenant vous êtes là… Je ne sais plus ce que je veux…

La divinité garde le silence pendant de longues secondes, les yeux fermés, puis pousse un long soupir, comme résignée.

— Tu tentes encore de te soustraire à ton destin, mon enfant. Tu auras beau continuer de le fuir, il ne changera pas pour autant. Tu ne feras que retarder l'inévitable et la situation sera bien plus difficile qu'aujourd'hui. Tant de vies sont liées à la tienne !

— Mais tant de morts aussi !

— Dois-je te rappeler qui tu es, et de qui tu es la fille ? N'as-tu vécu plus de deux millénaires que pour te jeter au cœur d'un volcan ?

— Je n'ai pas choisi tout ça !

Tukuyomi tend le miroir dans ma direction et le monde qui m'entoure s'évapore. Les images se succèdent en un kaléidoscope sanglant.

Fódla sur le trône de l'Ombre, Caldwell à ses côtés.

Des villes ravagées.

Des morts par milliers.

Des Sans-Âmes se repaissant d'humains ou de non-humains.

Eldur sur le trône de Oloba.

Ha'apū déserte et dévastée.

Les tombes de ceux que j'aime tant… Dragons, sorciers, clans marins, chats, loups et ours… Puis celles de ma famille…

— Certes, reprend-il, tu n'es pas responsable de ta naissance ici-bas, mais tu l'es de tes choix et de tes actes. Tu as en toi le pouvoir de décider du chemin que prendra le monde, *Hime-sama* ! N'as-tu pas déjà commencé à changer les choses ? Toutes les vies que tu as sauvées… Tu as modifié le cours d'un nombre incalculable de destins, Himawari. Par ta volonté, la face du monde a déjà changé ! Si tu choisis d'en finir ici et maintenant, tout ce que je t'ai montré sera de ta responsabilité ! Parce que tu auras baissé les bras ! Parce que tu auras abandonné le monde ! Parce que tu auras refusé de te battre pour lui ! Voilà la vérité ! Je ne peux pas te promettre que ceux que tu aimes seront toujours là à l'issue de cette guerre, mais si tu abdiques, ils mourront tous, sans exception. Ça, je le sais ! Ils mourront au combat en ton nom, ou juste parce qu'ils étaient proches de toi.

Tsukuyomi-sama se tait enfin.

Je reste prostrée. Ses mots peinent à atteindre ma conscience. Mais peu à peu, ils sapent l'immense barrière de chagrin que j'avais érigée autour de mon esprit.

Le Dieu de la lune et du temps s'approche de moi et prend mon visage défait en coupe. Son regard hypnotique plonge dans le mien. Je sens son pouvoir me traverser, une douce caresse, une onde fraîche au milieu de la fournaise.

Tout cela est-il bien réel ?

De ses pouces, il sèche mes larmes écarlates. Je ne sais pas ce qu'il voit en moi, mais son petit sourire énigmatique revient sur ses lèvres. Son aura bleutée m'enveloppe un instant. Je me sens comme revigorée par la clarté de la lune. Ma peau picote là où sont mes blessures, mes cheveux repoussent et semblent flotter dans cette douce lumière. Et soudain, je ne suis plus nue, mais vêtue du même kimono que lui.

— Je dois partir, Himawari. Mon devoir m'appelle. J'ai confiance en toi, tu prendras les bonnes décisions pour l'avenir du monde.

Son corps disparaît lentement, puis son visage, et enfin son aura. Il ne reste derrière lui qu'une légère sensation de fraîcheur et un parfum fugace d'ipomée, la fleur de lune.

Je reste seule dans la fournaise, face à mes doutes, mes responsabilités et aux choix qui s'offrent à moi. Mes larmes se sont enfin taries, mais au fond de moi, la culpabilité et la tristesse sont toujours là, acides. Elles me hantent, me rongent, me consument…

Chapitre 4

Fódla

Serments

J'arrive enfin devant le palais sans éclat du Dieu Ogme. Celui-ci m'attend en haut d'une petite volée de marches décrépies, silhouette encore massive malgré son âge apparent très avancé. Le front dégarni, de longs cheveux blancs tombent sur ses larges épaules. Vêtu d'une tunique grise, il a cependant conservé sa fourrure de lion sur le dos. Son regard reste profond et brillant de magie, au milieu d'un visage ridé à la peau rugueuse et tannée par le soleil. Même si sa demeure est maintenant dans l'ombre, il n'est pas encore sur le point de disparaître.

Je m'incline poliment face à lui, ce qui incite mes suivants à m'imiter. Le Dieu me salue de la tête et m'invite d'un geste à le suivre à l'intérieur.

— Tu as donc réussi à obtenir la clef… murmure-t-il lorsque j'arrive à sa hauteur.

— J'ai pris ce dont j'avais besoin, en effet.

— Que comptes-tu faire à propos de Leizu ?

— Ce que je compte faire ? Mais rien de plus ! Cette peste est maintenant ensevelie sous mon palais et je…

— Elle en a réchappé, me coupe-t-il.

Il lève les bras et forme un cercle lumineux avec ses mains.

Le disque se met à luire, puis cède la place à une image : l'Immortelle aux longs cheveux blancs debout près du cratère d'un volcan, vêtue d'un magnifique kimono bleu nuit agité par le vent.

J'enrage, mais ne laisse rien paraître. Je dois tenir mon rang, je suis une reine !

— Elle est bien plus coriace qu'elle en a l'air, continue-t-il. Ne la sous-estime pas, tu t'en mordrais les doigts… Connais-tu la prophétie de la Reine Blanche ?

— Bien sûr, puisque je suis cette reine ! Manar Ballaban me l'a révélée il y a bien longtemps… J'ai tout mis en œuvre pour qu'elle s'accomplisse, et que je prenne la place qui me revient par le sang et l'âme ! Le temps des Hommes est révolu ! Les Mondes Cachés ne le seront bientôt plus et mon peuple retrouvera enfin la douce caresse du soleil.

— Certains Dieux, dont je fais partie, pensent effectivement que tu es cette reine prophétique. Ton grand dessein en est la preuve. Mais d'autres croient qu'il s'agit de l'Immortelle Leizu.

— Encore elle ! Sa présence ne change rien à mon plan. Elle est impuissante contre une armée de Sans-Âmes. Si elle est si forte, elle résistera et assistera à la chute de ses précieux amis et de sa famille avant que je lui assène le coup de grâce. Elle sentira à nouveau la douleur de perdre ceux qui lui sont si chers ! Pour la mémoire de Liadan !

— Je nous le souhaite, pour ma chère Liadan…

— Grand Champion, ma Reine, intervient William, je suis navré de vous interrompre, mais le temps presse. Notre présence ici agite le royaume tout entier.

Après un instant de stupeur face à l'audace de l'Immortel, Ogme se ressaisit.

— Oui… Passons à la véritable raison de ta présence ici. Après une longue discussion avec Morrígan, elle s'est finalement rangée à nos côtés. Elle m'a cédé le chaudron de son époux. *Coire*

Ansic, c'est son véritable nom, assurera votre subsistance, et peut-être bien plus encore. Tu seras libérée de cette contingence. Elle a accompagné son cadeau d'une promesse de présence lors de notre grande bataille, mais à la condition de la lui consacrer par vos prières.

— Il y aura donc une grande bataille…

— Hélas, cela semble inévitable. Tu devras l'emporter pour obtenir la couronne de Waldemar. Comme te l'ont révélé tes sœurs, elle n'est pas ici. Le dernier Roi des Ombres a refusé de rejoindre le Royaume des Dieux. Il a préféré rester en sommeil, parmi les hommes. Il repose dans le temple dédié à la Déesse Ashtart, dans…

— La ville cachée de Byblos, murmure William, derrière moi.

— Exactement, jeune Immortel, confirme Ogme.

— Byblos n'existe plus aujourd'hui. Quel est cet endroit ? demandé-je.

D'un geste de la main, le Dieu invite William à répondre à ma question.

— Ma Reine, commence-t-il, il s'agit de l'endroit où les Immortels se rendent quand la Mélancolie les submerge, quand ils se sont lassés de l'éternité. Cette cité est cachée aux yeux des mortels par un puissant sortilège. Comme Héridane, le monde des Dragons, elle n'est pas dans le même espace que la ville actuelle de Jbeil.

— T'y es-tu déjà rendu ?

— Non, ma Reine. Son entrée est très bien gardée par le Peuple des Alhurras, et son accès est réservé aux Immortels qui souhaitent s'endormir.

— Qui sont-ils ? Font-ils partie du Peuple de la Nuit ?

— Cette petite nation est très indépendante. Même au sein du Grand Conseil nous n'en savons presque rien.

— Les êtres vivant dans cette société ne sont pas liés par nature, ajoute Ogme, mais par un serment de sang. Il se peut qu'ils soient très disparates.

— C'est aussi la conclusion à laquelle nous sommes arrivés après enquête. En tant que membre du premier cercle du Grand Conseil, j'ai eu le privilège de rencontrer la délégation qui s'est déplacée pour escorter le Sultan vers Byblos. Il y avait une humaine, sans doute une prêtresse, et deux mâles thérianthropes étranges dont nous n'avons pas identifié les compagnons. Trois êtres très puissants.

— Que savez-vous de ce serment solennel ? Quelle promesse contient-il ?

— Je peux vous le citer, Majesté. La femme l'a prononcé en préambule de notre entrevue et nous…

— Eh bien, faites, William ! coupé-je.

— « Que la terre protège leur corps, que l'eau lave leurs rêves, que le feu brûle leurs ennemis, et que l'air murmure leur nom à jamais. Que mon corps devienne cendres si jamais je laisse une ombre troubler leur Grand Sommeil. Par mon sang versé sur la pierre sacrée du temple de notre Déesse, je scelle ma vie à leur repos. Que notre bien-aimée Ashtart, notre Grande Mère, en soit témoin : Je suis maintenant leur bouclier jusqu'à la fin des temps. »

— Et cette Déesse… Ashtart… Est-elle ici ?

— Non, répond Ogme. Elle est l'une des rares divinités à avoir choisi de rester proche des mortels. Elle vit sur sa chère île de Chypre depuis plusieurs millénaires. Il se peut que tu la rencontres, elle ou son avatar, lors de la bataille. Si elle est présente, je serai celui qui lui fera face. Je ne sais pas pour Morrígan, mais je tiendrai ma promesse, reine Fódla. Je serai à tes côtés.

— Morrígan veut juste retrouver son pouvoir… Elle est souvent égoïste et versatile. Je ne pense pas que ce soit une bonne chose de lui demander son aide…

— En effet, elle est bien telle que tu la décris, et plus encore depuis que nos quartiers sont à la lisière des ténèbres. Tu décideras, le moment venu, si tu souhaites faire appel à elle ou non. (Il fait quelques pas vers le fond de la pièce et récupère un objet long, enroulé d'un tissu blanc.) J'ai autre chose pour toi. Quelque chose qui te revient de droit, à toi qui as été couronnée reine des sidhes, adossée à *Lia Fáil*, la pierre du destin.

— *Claíomh Solais*… soufflé-je.

— Oui, l'épée de lumière est à toi. Puisse-t-elle t'apporter la victoire comme à notre roi Nuada en son temps. Ton armée et toi serez certainement attendues à Byblos. Leizu et ses soutiens n'ont pas dit leur dernier mot. Ils essayeront de t'empêcher de t'emparer de la couronne de Waldemar.

Ogme se dresse tout à coup et tend l'oreille, les sourcils froncés.

— Vous devez partir, annonce-t-il. Les plus grands protecteurs de Leizu sont en chemin pour t'affronter. Leur domaine est assez loin d'ici, vous avez encore le temps de regagner le pont de cristal.

Nous nous dirigeons vers la sortie du palais divin.

— Qui sont ces soutiens ?

— Les trois Dieux les plus puissants de son pays d'origine, le Japon : Amaterasu, Susanoo et Tsukuyomi. L'oiseau de feu que tu as blessé tout à l'heure est le gardien du sud du royaume, au service de cette trinité. Face à eux, je ne suis pas sûr que vous soyez de taille. Tu as une mission, un destin à accomplir ! Va ! Je protègerai votre départ…

Je quitte le palais d'Ogme après l'avoir remercié avec chaleur pour son aide.

Quand j'arrive à proximité du pont qui enjambe le fleuve d'argent, la lumière devient aussi aveuglante que l'astre du jour à son zénith. Les Immortels qui m'accompagnent ont du mal à garder les yeux ouverts. Ils saignent, blessés par la trop forte luminosité.

Trois silhouettes se précisent peu à peu. La première, un géant hirsute aux traits sauvages, équipé d'une armure légère de cuir, se précipite vers nous en hurlant de rage, l'épée brandie par des bras couverts de tatouages. Les deux qui l'accompagnent restent en retrait. L'une est une magnifique femme aux yeux verts et à la chevelure d'encre, vêtue d'une longue robe blanche tissée de fils d'or. C'est d'elle qu'émane le flamboiement douloureux. L'autre est un homme en kimono bleu nuit piqueté d'étoiles. D'une beauté froide, son visage à la peau diaphane est encadré par de longs cheveux noir cordeau. De son large éventail, il provoque un souffle puissant et glacial.

La Tempête, le Soleil et la Lune approchent, accompagnés du cri perçant d'un grand oiseau de feu.

Il ne nous reste que quelques dizaines de mètres à parcourir pour atteindre la passerelle de cristal.

— Majesté ! lance William. Prenez les artefacts et traversez avec vos soldats. Nous allons essayer de les ralentir !

Les trois Immortels se dressent face à la trinité japonaise, rempart dérisoire devant tant de puissance. Ogme réussira-t-il à protéger notre traversée ? Je serre *Claíomh Solais* contre moi et mes guerriers se chargent du chaudron et des jarres contenant mes jumelles de glace.

Alors que je m'apprête à m'engager sur le pont, je m'arrête un instant et adresse une prière au Dieu guerrier-mage, pour qu'il soutienne au moins William lors de ce combat. J'ai encore besoin de lui…

— Ogme, Dieu des mots et des batailles, entends ma prière. Que William porte en lui ta sagesse et ta fureur, qu'il soit ton champion dans cette lumière, et tienne nos ennemis à distance.

Je me précipite ensuite vers le portail du royaume, qui s'est rouvert à mon approche grâce au médaillon, entourée de mes soldats.

Chapitre 5

Vaiana

Voyage vertigineux

Au chevet d'Aleksander, Nicolas et moi attendons son réveil. Il ne devrait pas tarder, il s'agite beaucoup.

Je suis si fatiguée… Sur le coup, il m'a semblé que c'était la seule chose à faire. Mais retenir deux âmes, aussi puissantes que celles du prince et de son dragon, dans mon esprit consume toute mon énergie. Mon cher mari s'inquiète, je le vois bien. Sans cesse il touche mes mains, caresse mes cheveux ou mon visage, et en profite toujours pour vérifier mon état de santé ou me donner un peu de son énergie curative. Il pense peut-être que je ne m'en rends pas compte, mais je sens sa chaleur et son amour me traverser. Ils sont comme un baume apaisant sur mon esprit.

Alors que je suis un peu somnolente, je me sens irrésistiblement attirée vers l'Entre-Monde. J'essaye d'abord de résister. Maintenant, je sais comment faire pour ne pas m'y rendre par accident. Mais c'est peine perdue. C'est comme si une force supérieure m'enjoignait d'y entrer.

Dans ma tête, apparaît l'image d'une femme…

Non, elle émerge, telle une île longtemps cachée par la brume. Ce n'est ni une statue ni une ombre, mais une présence vivante et puissante, un mélange de terre, de roche, de racines et de feuilles. Elle se dresse face à moi de toute sa taille, plus grande que le plus grand *uru* que je connaisse. Ni nue ni vraiment vêtue… Sa peau, à la fois lisse et rugueuse comme de l'écorce, est parsemée de petites fleurs, de pousses d'un vert tendre, et parcourue de minuscules ruisseaux chantants. Son visage doux et serein se penche vers moi et elle me tend la main. Ses yeux sont magnifiques ! Une nuit sans lune constellée d'étoiles d'une profondeur captivante. Une mèche de ses longs cheveux noirs glisse sur ses épaules, entraînant dans son sillage un parfum envoutant de forêt après la pluie.

— *Viens, mon enfant*, souffle-elle dans mon esprit. *L'oiseau t'attend…*

— Vous… Vous êtes la Déesse Mère… n'est-ce pas ?

Je sens la main de Nicolas sur la mienne.

— Vaiana ? Quelque chose ne va pas ?

— Je dois… partir, lui murmuré-je sans le regarder.

Je ne vois que la Déesse Mère. Son léger sourire me fascine. Il est comme le premier rayon de soleil après une tempête…

J'accepte son invitation sans me poser plus de questions. Dans un petit coin de ma conscience, j'entends Nicolas s'alarmer de ma soudaine torpeur, puis plus rien. Je retrouve la nuit étoilée de l'Entre-Monde, la main toujours dans celle de la divinité. À mon plus grand étonnement, celle-ci jette un regard émerveillé autour d'elle. J'ai le sentiment que cet endroit est une découverte pour elle.

— Vous n'êtes jamais venue dans… commencé-je.

Mais une douleur aigüe dans la poitrine me foudroie. Je me plie en deux, écrasée par la souffrance.

— En effet, jeune Vaiana. Ce domaine m'était inaccessible jusqu'à ton arrivée dans le monde. Je suis navrée de t'imposer ce voyage douloureux, mais tu es la seule à pouvoir sauver l'âme de Metyr.

— Me… tyr ?

— Quand tu arriveras à destination, tu sauras tout, petite demoiselle si courageuse. Va ! L'enfant de Ryūjin t'aidera.

Une force immense me pousse en avant, à travers les étoiles petites et grandes de l'Entre-Monde. Le périple est long et vertigineux, je suis au bord du malaise. Je ferme les yeux dans l'espoir de limiter le vertige, alors que la douleur dans ma poitrine s'estompe un peu.

Je ne sens plus la présence écrasante de la Déesse. Serait-elle retournée dans le monde physique ?

Quand tout cesse de s'agiter autour de moi, je rouvre les yeux et me retrouve face à un petit oiseau de feu d'une luminosité incroyable. Je n'ai jamais rien vu de tel !

Son corps allongé et sa longue queue en éventail ressemblent à ceux d'un paon, mais en miniature. Son petit poitrail est recouvert de plumes écarlates qui brillent comme des braises vives, tandis que son ventre et ses pattes sont d'un or pâle à peine rosé évoquant la teinte du soleil couchant. Son bec, droit comme celui d'un passereau, et ses yeux rubis sont auréolés d'une crinière de plumes enflammées.

Pendant un instant, j'oublie l'élancement dans ma poitrine.

Qu'il est beau !

Légèrement aveuglée, je me détourne, un bras sur les yeux.

Dans mon dos, je découvre le refuge d'un esprit puissant, qui brille autant que celui de Volodya, le Roi des Dragons. J'en suis stupéfaite. Son éclat m'était caché par celui du petit oiseau de feu. Sa lumière est douce et réconfortante.

Curieuse de savoir à qui il appartient, j'effleure la surface de la petite étoile.

Leizu ! Leizu a un refuge !

Je prends un peu de distance pour avoir une vue d'ensemble. La petite boule de feu m'intrigue beaucoup.

Soudain, un filament incandescent, comme un tentacule d'une grande finesse, se forme à partir de la poitrine du petit volatile ardent et s'approche de moi. Il reste ensuite en suspens, comme s'il me laissait le choix d'entrer en contact avec lui ou non.

Je suis perplexe.

Qui est cet oiseau ?

Il déploie alors ses ailes de feu et me fixe de son regard de pierre précieuse.

Les explications d'Effie au sujet de l'Entre-Monde me reviennent en mémoire, mais elles ne me sont pas d'un grand secours. Les voyageurs sont naturellement attirés par les bulles spirituelles les plus lumineuses, certes, mais ici, il ne s'agit pas d'un esprit.

Serais-je face à une âme errante, comme l'était mon amie avant qu'elle me trouve ? Tant d'autres questions me passent par la tête… Pourquoi la Déesse Mère m'a-t-elle envoyée ici ? Si ce petit être de feu est bien une âme, pourquoi est-il juste à côté du refuge de Leizu ? Et depuis quand l'Immortelle a-t-elle un refuge, d'ailleurs ? Je n'en savais rien…

Autant d'interrogations qui pourraient trouver une réponse si j'acceptais le contact de cette sublime créature.

O.K. ! Allez ! Un peu de courage ! Au pire, je m'en sortirai avec une brûlure au bout des doigts…

Je touche le fil de flammes avec la plus grande douceur.

Un amour sans commune mesure se déverse en moi, accompagné d'une chaleur intense mais supportable. Mon cœur se serre et mes tempes me lancent. Je porte mon autre main à mon front douloureux sans pour autant rompre le contact.

— Bon… Bonjour… bredouillé-je. Qui êtes-vous ? Et pourquoi suis-je ici ?

Une image s'impose à mon esprit : l'immense corps d'un dragon noir recroquevillé sur lui-même, endormi au fond d'une grotte que je connais bien.

Quoi ? Mais… c'est le compagnon d'Aleksander ! Et la grotte… Comment peut-il savoir ça ?

Mon cerveau tourne à plein régime. J'ai cependant la

confirmation que cet oiseau est bien une âme errante, et celle-ci est sans conteste animale et d'une grande puissance. Je le sens au plus profond de moi. En plus, elle serait liée au dragon d'Aleksander dont j'ai sauvé l'esprit en le liant au mien. J'ignorais d'ailleurs que j'étais capable de faire quelque chose d'aussi merveilleux…

L'âme du dragon ressemblerait à un oiseau de feu ? Le corps, l'âme et l'esprit, donc… Elle se serait détachée de son esprit lors de la Transition ? Serait-ce pour cette raison qu'il ne se réveille pas ? Mais du coup, pourquoi cette âme est-elle ici, près de Leizu ?

Une nouvelle image arrive. Des points lumineux reliés par des fils très fins, comme une immense toile d'araignée.

D'autres paroles d'Héfadia me reviennent en tête : « Même si ces fils nous semblent invisibles, ils existent et ils sont d'une solidité incroyable. »

— Les liens… dis-je à voix haute. Les sentiments qui nous unissent les uns aux autres…

Une bouffée de joie brûlante me percute sans douceur, accentuant la douleur sous mon crâne.

Je cherche du regard un lien quelconque entre cette âme et la bulle de la belle japonaise. Après de longues secondes à scruter le vide, je finis par discerner un fil qui les relie. Plus fin qu'un cheveu, sa couleur rouge unique me renseigne bien mieux que n'importe quelle explication : le fil rouge du destin…

L'oiseau de feu et Leizu sont des âmes-sœurs. Donc Aleksander et Leizu sont âmes-sœurs ! Ça pour une surprise !

J'en reste pantoise.

Une flambée d'adoration me traverse et me ramène à l'instant présent. Je reviens à l'une de mes premières questions.

— Mais pourquoi suis-je ici ? Vous avez besoin de moi ? Dois-je vous ramener auprès du dragon ? Je ne sais même pas comment je pourrais faire une chose pareille, mais si c'est ce qu'il faut faire, je suis prête à essayer…

La petite créature penche la tête sur le côté. Pendant de longues secondes, rien ne se passe. Elle semble réfléchir à ma proposition, puis finit par la décliner d'un mouvement du bec.

Une troisième image se forme dans ma tête. Je me vois, l'oiseau perché sur l'épaule, toucher le refuge de Leizu et y entrer.

— Vous voulez que je vous serve de passeuse ?

L'oiseau acquiesce. Une nouvelle bouffée d'amour s'infiltre en moi et trouve le chemin de mon cœur. Cette fois, celle-ci m'est destinée. Sans plus cogiter, j'accepte de faire ce qu'il me demande. En un battement d'ailes, il vient se poser sur mon épaule.

Au même instant, un nouveau lien se forme entre lui et moi, qui claque dans le silence comme un élastique.

Je pénètre donc ainsi dans la bulle de l'Immortelle. Mais à peine la frontière franchie, mon périple mental continue, toujours aussi long et désagréable. Mon esprit file à une vitesse qui me donne la nausée, m'empêchant d'identifier les lieux que je traverse. C'est certainement mieux ainsi… En plus de celle qui pulse sous mon crâne, une douleur sourde s'installe entre mes côtes.

Mon voyage prend fin près d'un magnifique lac entouré d'une forêt luxuriante, sous un arbre encore plus majestueux que les autres. Le petit oiseau de feu se détache de moi, se dirige vers le centre de l'étendue d'eau et en frôle la surface avant de disparaître dans les frondaisons.

Malgré la beauté de cet endroit et la disparition de l'âme errante, mes douleurs ne se calment pas, bien au contraire. Elles s'intensifient.

Pendant quelques minutes, un calme inquiétant s'installe sur ce lieu ravissant. Soudain, une énorme tête émerge des profondeurs du lac. Elle ressemble à celle d'un chameau, auréolée d'une large crinière aux poils aussi blancs que le lait, et coiffée d'une gigantesque ramure de cerf. Ses yeux dorés plongent dans les miens. Alors que la créature s'approche de moi en ondulant, je me sens comme mise à nue sous son regard irréel.

Subjuguée par sa beauté, j'oublie la douleur qui me déchire la poitrine. Étrangement, je ne ressens aucune peur face à ce magnifique dragon asiatique, à la blancheur d'un nuage d'été.

Chapitre 6

Kimiko

Âme pure

Ce petit bout de femme est étonnant. Je ne sens aucune peur en elle. Juste de l'émerveillement… Comme si la vue d'un dragon lui était familière. Son énergie est puissante, mais ce n'est pas la sienne qui m'a attirée hors du lac. Et ce parfum de forêt après la pluie…

Quelque chose se cache aux portes de ma mémoire, un souvenir refuse de remonter à la surface.

Je fouille l'esprit de la petite créature à deux pattes jusque dans les moindres recoins à la recherche d'un indice, sans succès. Ce faisant, je ne trouve pas la plus petite trace de noirceur en elle. Rien de rien. Pour un être humain, c'est plutôt exceptionnel. En revanche, son esprit… Non. Son corps… son corps physique souffre.

Qui est-elle ? Comment est-elle arrivée jusqu'ici ?

Poussée par la curiosité, je m'approche de cet être si pur. Plus mon corps serpentin sort de l'eau, plus l'éclat de ses yeux s'intensifie.

— Qui es-tu, jeune demoiselle ? demandé-je, tout bas.

— Je… commence-t-elle en bafouillant. Je m'appelle Vaiana, et… je suis une voyageuse. Je croyais entrer dans le refuge de Leizu, mais… Je ne sais pas ce qui s'est passé, je… je ne m'attendais pas à vous rencontrer.

— Tu connais ma princesse ?

— Heu… oui ? murmure-t-elle, timide.

— Et tu ne sais pas où tu es ?

Elle fait « non » de la tête. Sa perplexité se lit sur son visage.

— S'il vous plaît, pouvez-vous me le dire ? demande-t-elle dans un chuchotement.

Je sonde à nouveau son âme, mais aucune trace de mensonge ou de duplicité. Je suis maintenant à moins d'un mètre d'elle et la domine de toute ma taille. Elle n'a toujours pas peur de moi…

Ce parfum de forêt… Il me dit quelque chose. Pourquoi ai-je le sentiment que je peux lui révéler les secrets d'Himawari ? Enfin, Leizu, puisqu'elle la nomme ainsi. Quelque chose en elle me pousse à la confidence. Quelque chose de doux, de sensible, de tendre… Et en même temps, son esprit est d'une puissance extraordinaire. Cette petite est vraiment captivante.

— Je m'appelle Kimiko, et je suis la compagne de celle que tu appelles Leizu.

— La comp… Mais…

— Tu es ici en elle, à la source même de son pouvoir de guérison.

La jeune femme en reste sans voix, éberluée.

— Comment… j'ai fait… ça, moi… ? Elle… elle a dû m'aider, ou peut-être est-ce l'oiseau… ? Une petite minute ! Quand vous dites « en elle », ça veut dire que je suis dans son corps ? Directement ?

— Plutôt dans son esprit. Quant au « comment » tu es arrivée ici, par la force de ton esprit, je suppose. Tu es une voyageuse, non ?

— Oui, mais… Je n'avais jamais fait ça avant, et je…

Elle ne peut terminer sa phrase. Une terrible douleur la terrasse. Elle tombe à genoux, une main sur la poitrine. Sa respiration devient laborieuse et elle pâlit. Puis elle glisse sur le côté, à peine consciente. Par réflexe, je la retiens pour lui éviter un choc à la tête. Malgré l'altération de son état, son image reste bien nette.

Ce n'est donc pas son esprit qui défaille, mais son corps, loin d'ici. Son cœur, pour être précise. Il a du mal à suivre sa puissance mentale. Je dois agir vite ! Il faut que je comprenne ce qui s'est passé pour pouvoir l'aider !

J'approche ma tête de celle de la petite Vaiana, et touche son front avec une infinie délicatesse. Là, les images défilent devant mes yeux. Je découvre ses écrits et les révélations qu'ils contiennent. Je vois son agression, son retour aux sources, sa rencontre avec son futur époux – qui n'est autre que l'un de mes descendants – puis la révélation de son pouvoir, son enlèvement, sa libération, son mariage, et enfin, la lutte contre la reine des shides, la victoire, et la découverte de Leizu au fond des souterrains, le Prince Dragon agonisant dans ses bras…

Cette petite serait-elle la voyageuse de la prophétie ?

En quelques secondes, je sais tout de son histoire, et surtout de l'évolution si rapide de son pouvoir. En plus d'être une chamane exceptionnelle, elle possède le pouvoir de psychopompe. Son esprit a recueilli les âmes de deux humains et d'un dragon avant que celles-ci ne passent dans le monde des morts ! C'est inouï ! Je comprends aussi son enthousiasme face à moi.

Elle en connait du monde ! Le Roi des Dragons, rien de moins ! Et, unie à l'un de mes enfants, cette petite fait maintenant partie de ma famille…

J'assiste aux derniers instants de la jeune femme à l'extérieur de l'esprit de Leizu. Le parfum de forêt trouve son explication : la Déesse Mère est à l'origine de son voyage. Puis apparaît dans ses souvenirs le petit oiseau de feu. Le fragment de mémoire qui se cachait refait surface avec fracas.

Suzaku…

Une joie intense m'envahit, j'ai retrouvé mon âme-sœur !

L'oiseau choisit ce moment pour sortir de la forêt. Il se pose délicatement sur l'épaule de son hôte et lui caresse la joue du bec pour la réconforter. Mais Vaiana ne se redresse pas. Elle gémit de douleur, la main toujours au niveau de son cœur.

Tout s'éclaire en un instant. Le Prince Dragon est toujours de ce monde. Il est devenu un Immortel, comme ma princesse. Ce petit oiseau n'est autre que l'âme de Metyr, son dragon, et la quatrième âme que la jeune femme prend en charge. C'est beaucoup pour elle ! Trop, au vu de son malaise. Une explication s'impose avec cette petite, mais pour l'heure, sa santé prime sur tout le reste.

J'arrache une mèche de mes poils, ainsi que quelques-uns de ses cheveux en marmonnant une prière à mon père. Les brins se tressent en un cercle noir et blanc, lumineux et parfait.

— Petite Vaiana, tu m'entends ?

Elle gémit de plus belle. Je suppose donc que oui…

Alors que je lui passe le bracelet au poignet, son effet est immédiat. Elle revient à elle en douceur, essoufflée, le visage légèrement cyanosé.

— Que… m'arrive-t-il ?

— Ton cœur, dans ton corps physique, ne supporte pas bien l'énergie mentale que tu déploies. Ton esprit abrite trop d'âmes puissantes, petite Vaiana. J'ai tant de choses à te dire… Te sens-tu capable de rester encore un peu ici ?

— J'ai moins mal, mais…

Elle penche la tête sur le côté et son regard se fait lointain, puis ses yeux s'écarquillent de surprise.

— C'est mon mari ! J'entends qu'il m'appelle ! Il me demande de revenir ! Il s'inquiète beaucoup et il… Il n'est pas seul ! Ils sont tous autour de moi !

— Qui ça, « ils » ?

— Son père, sa sœur, son neveu… Il y a même Siobhán ! Ils sont tous là !

— Mes enfants… Ils sont forts, j'en suis sûre. Ton cœur ne lâchera pas. Mais il faut quand même faire vite. Je ne veux pas qu'ils s'épuisent à soutenir ton corps. (Je lui montre son poignet.) Cette amulette aidera ton corps lors de tes prochains voyages. Mais il ne s'activera vraiment que quand tu le réintègreras. Pour l'heure…

Je lève la patte et approche une griffe du cou de Vaiana. Celle-ci sursaute quand le petit oiseau de feu quitte son épaule pour ce nouveau perchoir. Elle ne l'avait pas vu. De la griffe voisine, je coupe le lien qu'avait établi le volatile avec l'esprit de la jeune femme.

— Voilà ! ajouté-je en me redressant. Un de moins, et pas des moindres. (Vaiana se relève aussi, et reprend des couleurs.) L'âme de Metyr s'est liée à toi pour pouvoir entrer ici et me retrouver. C'est le seul moyen qu'il a trouvé pour ne pas s'épuiser dans l'Entre-Monde.

— Metyr ? La Grande Mère a mentionné ce nom…

— Le compagnon du prince Aleksander. Quand tu l'as recueilli en toi, après la Transition, son âme était déjà liée à son corps par cette magie de sang. Mais celle de son compagnon a rejoint l'Entre-Monde. Elle a réussi à y rester grâce au fil du destin qui nous unit. Ta force mentale t'a cependant permis de garder son esprit près de toi.

— C'est pour ça qu'il est comme endormi…

— Oui.

— Mais si je lui rends son âme, il pourra se réveiller, non ?

— C'est un peu plus compliqué que ça, hélas, petite Vaiana. Le corps, l'âme et l'esprit constituent les trois dimensions de notre être. Le corps est notre véhicule, l'âme est notre essence, et l'esprit, notre conscience. Nous sommes le fruit de l'interaction entre ces trois aspects de nous-même. La magie de sang des Immortels peut lier une âme, un esprit et un corps au-delà de la mort. Mais le sang d'un être de la nuit ne peut créer qu'un seul lien. Or, les thérianthropes se distinguent des humains par leurs âmes doubles. Quand Aleksander a reçu la Transition, il était sous forme humaine. C'est donc cette part de lui qui a été privilégiée. Pour créer le lien de sang de Metyr, il aurait fallu qu'il prenne la place d'Aleksander dans le monde juste avant sa mort, et qu'un deuxième Immortel lui offre la Transition aussi. Ce savoir s'est visiblement perdu dans les méandres du temps. En grande majorité humain, le Peuple de la Nuit ne voulait sans doute pas se lier à des non-humains. Ce sont pourtant les Premiers qui ont donné naissance aux thérianthropes… Mais je m'égare.

— Les Premiers ? Les premiers Immortels ? Et pour vous, comment se fait-il que vous partagiez encore la place de Leizu dans le monde ? Ne devriez-vous pas…

— C'est là où je voulais en venir, la coupé-je. Nous reparlerons des Premiers une autre fois, si tu veux bien. Ainsi que de ma présence ici. Nous sommes un peu prises par le temps. Tu dois retourner dans ton corps, petite Vaiana. Mais ta curiosité fait plaisir à voir. (Je lui souris.) J'ai besoin que tu expliques la situation d'Hima… de Leizu à nos enfants et au prince quand tu le reverras. Surtout à lui, en fait. Il est le seul à pouvoir la faire changer d'avis… Lorsque vous êtes passés par Héridane, avant votre voyage en Irlande, Leizu avait enfin accepté son destin. Mais aujourd'hui, tout a basculé. Elle est convaincue qu'Aleksander n'est plus et que le monde se portera mieux sans la menace qu'elle représente. Elle rejette tout ce qu'elle est et veut mettre un terme à son existence dans le cœur d'un volcan qui s'appelle Etna. Le prince doit la retrouver au plus vite car, même si je lui rapporte ce que j'ai vu dans ta mémoire, elle ne me croira pas.

— Je parlerai à Aleksander. Mais pour Metyr, ne puis-je rien faire pour l'aider ? Pour qu'il se réveille ?

— Oh ! Tu fais déjà beaucoup pour lui ! Grâce à toi, il a de grandes chances de retrouver sa place dans le monde. Mon père pourra certainement faire quelque chose pour lui. En attendant, je garde son âme ici, avec moi… Le plus urgent est de sauver

Leizu d'elle-même. Sans quoi, tout ceci n'aura servi à rien. Maintenant, tu dois rejoindre ton corps et ta famille. Si… non, quand tu reviendras me rendre visite, tu seras la bienvenue et je répondrai à ta soif de connaissance.

— Merci beaucoup, Kimiko-sama, dit-elle en levant le poignet orné du bracelet. Pour tout !

— Non ! Un grand merci à toi, petite Vaiana. Prends bien soin de ton corps et renforce-le afin qu'il puisse suivre ton esprit, d'accord ? De mon côté, je vais faire mon possible pour retenir Leizu. Mais que le prince fasse vite…

J'approche à nouveau ma tête de la sienne. Elle lève une main timide vers mon visage, comme pour me demander la permission de le toucher. Avec délicatesse, j'enroule un barbillon autour de son poignet et le dirige vers ma joue. Sa main caresse mes poils avec douceur, et ses yeux brillent à nouveau d'émerveillement. Un sourire immense illumine son visage. Front contre front, je renvoie ma visiteuse à ceux qui l'attendent avec tant d'impatience.

Chapitre 7

Aleksander

Retour au présent

J'ouvre une nouvelle fois les yeux dans un lieu que je ne reconnais pas, allongé sur un lit moelleux très confortable. Autour de moi, tout est fait de bois sombre rehaussé de coussins ou de tissus multicolores. Les murs en rondins me rappellent les chalets alpins du monde des Hommes. Un parfum familier flotte dans la pièce. Il y a quelqu'un d'autre dans cette maison.

Je me lève avec précaution. Mes jambes flageolent un peu, un instant de faiblesse.

Où suis-je encore tombé ? Je dois cesser de dériver…

Je pousse la porte de la petite chambre et tombe nez à nez avec…

— *Mama ?*

— Mon enfant, enfin tu reviens parmi nous !

Héfadia, Reine des Dragons, mère adorée, décédée depuis de nombreuses années, vient à ma rencontre et m'enlace avec tendresse. Je lui rends son étreinte, bien que je doute un peu de la réalité de ce que je vis. Vêtue, comme dans mes souvenirs, de sa longue tunique blanche brodée de fils chatoyants, retenue sur son épaule gauche par une broche d'argent aux armoiries de notre famille, son visage aux traits fins rayonne de bonheur. Ses longs cheveux noirs bouclés cascadent dans son dos, simplement retenus par un bandeau de fleurs fraîches. Elle est toujours aussi belle et elle sent toujours aussi bon.

— C'est quoi cette maison, *mama* ? Où sommes-nous ?

— Tu es en sécurité, dans le refuge de l'esprit de Vaiana, Aleksander.

L'endroit même où demeure l'essence de ma mère depuis plus de vingt ans… Serais-je enfin revenu dans mon présent ? Je dois vérifier ! Il faut que je voie l'extérieur… Je suis déjà venu ici grâce à la petite vahiné.

Je me dirige vers l'entrée et débouche sur une vision de paradis fleuri. Le jasmin, qui court sur la façade, embaume l'atmosphère. Un silence apaisant règne dans l'immense prairie que je contemple. Les abords de la maisonnette sont dégagés, et un chemin serpente entre les champs de fleurs. D'un côté, un parterre de coquelicots, petites taches rouges délicates qui ondulent dans la brise. De l'autre, une colline couverte de fleurs multicolores. Un peu plus loin, un ruisseau chante, contrepoint parfait aux vocalises de petits oiseaux nichés dans un chêne majestueux.

Je suis bien dans le jardin de Vaiana, dans le présent…

Mon premier réflexe est de chercher en moi la présence familière de l'autre moitié de mon âme, mais je ne trouve rien.

Le vide.

Je ne sens plus qu'un gouffre sombre à la place qui devrait être la sienne.

— Où est Metyr ? demandé-je à ma mère, légèrement en panique.

— Il dort encore… Il est couché derrière la maison. Notre petite voyageuse a pris vos esprits dans le sien pour vous protéger et renforcer les liens qui vous unissent. Ainsi que ton cordon d'argent, d'ailleurs… Le pouvoir de cette petite est chaque jour un peu plus impressionnant ! Aujourd'hui, elle est l'hôte de trois âmes complètes et de l'esprit d'un dragon adulte, ce n'est pas…

Je sens la peur ramper dans mon dos…

— Tu veux dire que l'âme de Metyr n'est plus là ?

Les yeux gris de ma mère se voilent de tristesse.

— J'ai bien peur qu'elle soit passée dans l'Entre-Monde au moment de ta… Mais son âme est puissante, Alek. Rien n'est encore perdu. Grâce à Vaiana, tu as de grandes chances de le retrouver.

Je m'affale sur le petit banc à côté de l'entrée, la tête dans les mains, les jambes soudain coupées. Mon meilleur ami, mon alter-ego, ma conscience, mon modérateur… Il n'est plus là !

— Que m'est-il arrivé, *mama*, pour que Metyr disparaisse ? Je m'attendais à mourir, pas à être amputé d'une part si importante de moi-même !

— Comment ça « mourir » ?

— Je savais ce qui allait se passer en me rendant dans le Sidh. La Déesse Mère m'a visité par l'intermédiaire d'Hautiare, alors que nous étions sur le chemin du retour vers Oloba…

Je lui raconte ma rencontre avec la jeune thérianthrope aquatique, la Déesse qui prend sa place, et la vision, sans oublier mes conclusions confirmées par la divinité.

— Que s'est-il passé ensuite ? demandé-je à nouveau.

Ma mère baisse le regard, l'air coupable. Mais coupable de quoi ?

— *Mama*… insisté-je.

Elle vient face à moi, et s'accroupit en me prenant les mains. Son regard de fumée, si semblable au mien, brille de larmes contenues.

— J'ai forcé une Immortelle à te donner la Transition…

— Tu… Quoi ?

Je me lève, soudain très agité, et commence à faire les cent pas. Ma mère se redresse et prend ma place sur le banc, accablée.

— Je me suis souvenue trop tard que la transformation n'aurait d'effet que sur ta part humaine. Quand je t'ai vu, allongé sur le sol de cette caverne, ensanglanté, agonisant, je t'avoue que je n'ai pas beaucoup réfléchi. Je voulais juste que tu restes, que tu vives, même si c'était autrement… Je suis désolée…

Je reste silencieux un moment, à réfléchir à ce qu'elle a fait. Je suis donc un Immortel, maintenant, comme Leizu…

Les paroles de la Déesse me reviennent en mémoire : « Tu es celui qui mèneras sa cohorte dans son sillage parce qu'elle est ton âme sœur. Pour cela, tu dois devenir plus que toi-même… ». Elle savait… Peut-être même que c'était son idée ! Ces sournoiseries divines commencent à m'énerver sérieusement.

Il faut que je reprenne la main ! Je ne peux pas laisser les Dieux décider de tout pour moi ! Pour Metyr, rien n'est encore perdu. Je trouverai une solution pour le ramener !

— Ne soit pas désolée, *mama.* Tu n'avais pas le choix. Depuis longtemps déjà, nous ne sommes plus seuls à décider des chemins de vie que nous empruntons. Les Dieux se jouent de nous. L'ordre et le chaos s'amusent à la guerre sur le grand échiquier du monde des vivants. Allons voir Metyr…

Je tends une main à ma mère. Quand elle la saisit et se lève, je la serre contre moi avec tendresse. Je ne peux pas lui en vouloir, je l'aime. Elle a fait ce que toute mère aurait fait à sa place : protéger son enfant. J'ai la chance inouïe de pouvoir encore la prendre dans mes bras alors qu'elle est morte depuis bien longtemps, et je bénis l'existence et le pouvoir de la petite Vaiana.

Nous contournons ensemble la chaumière.

À l'arrière, il y a toujours beaucoup de fleurs, c'est la signature de la petite demoiselle, mais le paysage est plus caillouteux et escarpé. À la base de la colline la plus proche, une clairière aménagée donne accès à une grotte, dont la large entrée est surplombée d'un rocher, et protégée de la lumière par un immense arbre à pain. Cette cavité ressemble à s'y méprendre à la grotte de l'île de Ha'apū, mais en plus grand…

— Cet endroit n'était pas comme ça avant, si ? demandé-je,

étonné.

— En effet… Notre chère hôtesse a inconsciemment modelé cette caverne pour accueillir Metyr. Je pense que c'est la vision qu'elle a d'un antre de dragon… Ceci dit, c'est parfait pour lui.

Je pénètre dans le tunnel sombre, ma mère sur les talons. Au fond, roulé en une colossale boule d'écailles, sommeille mon dragon. Bien malgré moi, je suis impressionné par sa taille et la profondeur de sa couleur, plus noire qu'une nuit sans lune. La même que celle de son père. Je le trouve magnifique. C'est la première fois de ma longue vie que j'ai le plaisir d'être au même endroit et au même moment que lui. Je le contemple, le cœur triste qu'il ne puisse pas me voir en retour. Avant de sortir, je prends le temps de lui caresser la tête.

— Je trouverai une solution… murmuré-je.

Une promesse pour laquelle je n'ai même pas un embryon d'idée qui me permettrait de l'honorer.

À l'entrée de la grotte, un grondement rauque nous interpelle, *mama* et moi. Il est suivi de gémissements plaintifs inquiétants. Nous nous précipitons dehors et découvrons Millyth, la magnifique dragonne gris acier au ventre blanc de ma mère. Cette dernière est ébahie par la présence de sa moitié. Je suis le premier à m'approcher d'elle et à la câliner. Ça faisait si longtemps que je ne l'avais pas serrée contre moi ! Elle baisse la tête à ma hauteur, et ses yeux gris me détaillent avec tendresse. Une sorte de ronronnement lui échappe.

— Ma douce… murmure ma mère, un large sourire aux lèvres. Merci… Oui, mon garçon est devenu un bel homme.

Millyth tourne la tête vers l'entrée de la grotte et gémit. *Mama* perd son sourire. Elle s'approche à son tour de sa compagne et enfouit sa tête dans son cou en se serrant contre elle.

— Oui, le tien est au fond. Il… dort, en quelque sorte. Je suis désolée.

— Je ferai ce qu'il faudra pour le ramener dans le monde, *mama*, je te le promets, ajouté-je, la main sur sa joue.

Elle me répond par un léger grondement.

Je sens ensuite une légère pression à la lisière de mon esprit. Malgré les années, je reconnais tout de suite le contact télépathique plein de délicatesse de la dragonne. L'opposée de mon père ou de Agan, son compagnon. Je lève mes boucliers psychiques.

— *Mon cher petit…* me dit-elle, sa voix mentale empreinte d'une profonde tristesse. *Il est une partie de toi, je sais que tu feras tout ce qui est en ton pouvoir pour le retrouver. J'ai confiance en toi. Tu as hérité de l'opiniâtreté de tes parents… En attendant ce jour béni, je vais rester près de lui et veiller sur son sommeil. Mais avant, je dois vous dire quelque chose à tous les deux.*

— *Je t'écoute… Je répèterai tes paroles à* mama.

— *Bien… Jusqu'à aujourd'hui, mon essence même protégeait l'esprit de la petite Vaiana. Je n'avais pas revu ma compagne depuis plus de vingt ans…*

— *Je comprends mieux ses frontières hermétiques…*

— *Ses boucliers naturels étaient déjà puissants, mais son pouvoir était tel qu'il fallait la préserver de toute intrusion. Elle était si innocente, si pure… En accord avec Héfadia et Moerani, la grand-mère de notre précieuse petite, j'ai choisi cette tâche dès que nous sommes entrées ici alors que cette jeune femme n'était qu'un bébé. Mais aujourd'hui, il s'est passé quelque chose en elle qui a renforcé son esprit de manière considérable. Il est devenu largement plus puissant que le mien, si bien que je suis maintenant inutile à sa protection. Quand elle reviendra ici, je pourrai enfin la voir, lui parler, et peut-être lui serai-je utile d'une autre façon… Quoi qu'il en soit, ce changement brutal n'est pas naturel. Lorsqu'il est advenu, j'ai senti une puissance colossale l'envahir, et j'ai perdu tout contact avec elle. Sa conscience a quitté son corps physique et ses pensées ne me sont plus accessibles. Je ne sais pas ce qui se passe, et je suis inquiète pour elle… Les dernières choses que j'ai ressenties sont une vague d'admiration très intense et un parfum de sous-bois humide, puis plus rien.*

Millyth ne pouvant parler qu'à une seule personne à la fois, je répète ses paroles à ma mère. Et ce maudit parfum… La Déesse Mère ne m'aurait-elle quitté que pour se rendre aux côtés de Vaiana ? Ce serait logique, au fond… Elle semble déterminée à intervenir en notre faveur, et cette petite humaine possède le pouvoir de voyager dans l'Entre-Monde, entre passé et futur.

— *Penses-tu que la visite d'une divinité puisse être à l'origine de cette transformation ?*

La dragonne réfléchit un long moment, revenant sans doute sur ce qu'elle a éprouvé à cet instant-là.

— *Je crois que c'est même la seule explication possible*, admet-elle. *Il n'y a qu'une entité divine pour traverser ses boucliers mentaux sans que je ne m'en aperçoive.*

— *Alors, j'ai peut-être un début d'hypothèse sur cette question : la Déesse Mère. Nous nous sommes déjà…*

Millyth m'interrompt en levant brusquement la tête vers la maisonnette. Ses ailes se déploient dans un claquement sec et d'un puissant battement, elle décolle pour passer par-dessus.

— *C'est Vaiana !* me dit-elle en plein effort. *Elle est de l'autre côté !*

Je me tourne vers ma mère, mais celle-ci court déjà dans la même direction que sa compagne.

Je la suis, inquiet.

Nous trouvons Vaiana devant la petite maison, allongée sur un lit de fleurs comme sur un lit de mort. Un frisson d'horreur remonte ma colonne vertébrale, mais il ne dure pas. La petite vahiné lève un bras et le pose sur ses yeux, gênée par la lumière vive qui règne dans sa bulle.

La dragonne approche son museau de la jeune femme et la pousse avec douceur en gémissant.

— *Je n'arrive pas à lui parler*, se plaint-elle. *Son esprit m'est inaccessible !*

Alors que ma mère se jette à genoux à côté d'elle, j'essaye à mon tour pour voir ce que ça donne et, en effet, je reste coincé à la frontière de son esprit. Ce qui est étrange, dans la mesure où je suis déjà dedans…

— Vaiana ! lance ma mère en la redressant dans ses bras. Ça va ? Tu as mal quelque part ?

La petite voyageuse grommelle des paroles indistinctes.

— Prends ton temps, ma fleur.

— Je ne dois pas, marmonne la vahiné. Effie… il faut que je parle au prince Aleksander, c'est urgent, c'est…

À ces mots, je rejoins *mama* et Millyth à son chevet.

— Du calme, petite Vaiana, je suis là. Je t'écouterai dès que tu sortiras des brumes de l'inconscience, ne t'en fait pas.

La jeune femme ouvre enfin ses grands yeux chocolat sur le visage de ma mère. Un léger sourire éclaire son visage pâle. Puis elle suit le regard de son hôte et tombe sur la dragonne. Subjuguée, sa bouche s'ouvre en une exclamation silencieuse, mais tout de suite, son sourire s'agrandit. Son bonheur lui redonne des couleurs. Elle tend une main vers celle qu'elle n'avait encore jamais vue.

Millyth, ravie que sa petite protégée se sente mieux, lui facilite les choses en baissant à nouveau sa grosse tête, et émet une sorte de roucoulement rauque, un son de pure satisfaction.

— Je te présente enfin ma compagne, Millyth.

Ma mère lui explique en deux mots la raison pour laquelle elle n'a jamais pu la voir jusqu'à aujourd'hui.

— Quel joli nom pour une si belle créature, murmure-t-elle en lui caressant l'arcade sourcilière… Merci infiniment de m'avoir protégée comme ça. Je suis heureuse de faire enfin ta connaissance.

Je remarque alors le bracelet luisant que la jeune femme porte au poignet. Cet objet irradie d'une magie que je reconnais sans peine puisque c'est la même que celle de Leizu. En y regardant de plus près je remarque les fils blancs et noirs qui s'entrelacent.

Où a-t-elle bien pu aller ?

Ma mère l'aperçoit aussi et tend la main pour le toucher. Elle la retire soudain comme si elle s'était brûlée.

— Ce bijou ! commence-t-elle.

— C'est Kimiko-sama qui l'a façonné pour moi, afin de renforcer mon corps par rapport à mon esprit, indique-t-elle. Mais il faut que je revienne au début de cette histoire, ajoute-t-elle en me fixant d'un regard triste.

Vaiana nous raconte alors son étrange voyage, de l'urgence dans la voix. Son esprit vif, animé d'une curiosité insatiable, saute de temps en temps du coq à l'âne, mais je m'accroche pour ne rien manquer. Les informations sont un peu en désordre, je comprends cependant l'essentiel.

Quand elle termine par l'avertissement de la dénommée Kimiko, le silence s'installe dans la clairière. Ce qu'elle vient de nous révéler est si stupéfiant que j'en reste sans voix. Les éléments s'imbriquent peu à peu les uns dans les autres, et je constate de nettes ressemblances avec l'expérience que j'ai vécue avant de me réveiller ici. Je jette un coup d'œil à ma mère pour voir si elle est dans le même état de sidération que moi, mais j'ai la surprise de constater que ce n'est pas du tout le cas. Les sourcils froncés, la mine soucieuse, son regard est accroché à celui de sa compagne. Elles sont en pleine conversation. Une certitude me frappe alors comme une gifle en plein visage.

— *Mama*… Tu savais !

Elle se tourne vers moi.

— Oui, mon fils, je savais. J'étais encore de ce monde quand le Dieu Dragon Ryūjin est venu nous voir, ton père et moi. Il nous a transmis un sortilège destiné à libérer la compagne de Leizu. Il nous a laissé juger du moment opportun, quand nous estimerions qu'elle serait prête à l'accueillir, et à accepter son destin.

— Celui de la prophétie de la Reine Blanche…

— Oui. Mais les événements se sont précipités. J'ai été assassinée et ton père a sombré dans la mélancolie, s'enfonçant jour après jour un peu plus loin dans l'Entre-Monde à la recherche de mon âme. Ce fameux bon moment ne s'est jamais présenté, jusqu'à ce que ma *telam shamii* passe par Oloba avant son voyage en Irlande. C'est là que ton père a utilisé le sortilège pour réveiller Kimiko de sa longue torpeur.

— Où était-elle enfermée ?

— Elle n'était pas enfermée, mais profondément endormie au fin fond de la source du don de guérison de Leizu. Ryūjin nous avait raconté son histoire et nous avait expliqué ce qu'il avait fait pour sauver Kimiko, sa fille, des effets de la Transition.

— Je… je suis désolée, intervient Vaiana, le regard dans le vide. Je dois regagner mon corps. Nicolas m'appelle encore. Mon enveloppe charnelle faiblit à nouveau et il est très inquiet.

Avec l'aide de ma mère, elle se met debout et se plante devant moi. Elle prend mes grandes mains dans les siennes et me regarde droit dans les yeux.

— Tu dois à présent choisir si tu veux revenir ou non dans le monde. Je pourrais t'y contraindre et t'emmener avec moi, mais ça ne serait pas juste. Tu n'as pas eu voix au chapitre pour ta transformation, alors je te donne ce choix maintenant. Même si je pense connaître ta décision, je peux encore te garder ici un petit moment si tu as besoin d'y réfléchir. Mais ne tarde pas, le temps presse.

Quelle évolution depuis la dernière fois où elle m'a fait face ! Elle a encore gagné en pouvoir et en assurance. Tu ne peux pas m'entendre, mais tu es une femme exceptionnelle, petite Vaiana…

— Quand tu… Si tu décides de continuer d'exister parmi nous, poursuit-elle, tu n'auras qu'à suivre ton cordon d'argent pour regagner ton corps.

— Je l'aiderai, ma fleur.

— Bien… J'ai transmis le message de Kimiko-sama… Ah !

Une dernière chose ! Nous t'avons nourri pendant ton sommeil. Tu n'as donc pas à t'inquiéter de ça quand tu… Enfin, tu vois, quoi…

Son corps commence à s'effacer, perdant peu à peu toute substance.

— Au revoir ! lâche-t-elle avant de disparaître.

— Elle a tellement changé en si peu de temps… constate ma mère, confirmant ainsi ma pensée.

— *En effet, il y a quelque chose qui a changé en elle lors de ce voyage*, ajoute Millyth. *Quelque chose qui n'était pas là avant, comme un nouveau lien très puissant.*

— Merci, *mama*, de m'avoir offert cette deuxième vie.

— Tu as déjà pris ta décision, n'est-ce pas ?

— Je l'aime, *mama.* Je l'aime plus que tout, plus que ma propre vie. Je la lui ai donnée pour qu'elle sorte de sa rage de sang. Je ne vais pas la laisser seule face à son destin alors que tu m'as offert une seconde chance. Je serai celui que les Dieux veulent que je sois jusqu'à l'accomplissement de cette fichue prophétie. Mais après…

— Après, ces barbons pourront aller se faire cuire un œuf ! Vous aurez beaucoup donné pour les amuser !

— Tu as bien résumé ma pensée. Maintenant, je suis persuadé que nous allons trouver une solution pour ramener Metyr, je suis rassuré. Après lui avoir dit au revoir, je retournerai dans le monde et je me consacrerai entièrement à mon âme-sœur.

Leizu… Ma princesse… Mon amour… J'arrive !

Chapitre 8

Erland

Conseil de guerre

L'atmosphère est lourde de l'attente du retour de Vaiana. L'air sent encore les herbes que les sorciers ont brûlées en récitant leurs incantations pour soutenir le corps malmené de notre petite voyageuse. Sur la grande table de la salle à manger, traînent les reliefs de la collation servie plus tôt, en attendant que tout le monde arrive dans la pièce : verres et tasses à moitié pleins ou gâteaux à peine touchés. Les présents chuchotent dans la faible lumière dispensée par des chandelles qui pleurent, oubliées sur leurs bougeoirs. Nous sommes toujours un peu secoués par l'appel désespéré de Nicolas.

Nous attendions tous qu'il descende, accompagné de Vaiana, pour lancer la réunion et avoir des nouvelles du Prince Dragon. Il fallait aussi mettre la situation à plat et éclaircir certains points restés en suspens après la bataille contre les sidhes de la reine Fódla, ainsi que la libération de Siobhán. Son hurlement a pris tout le monde par surprise. J'ai fait partie des premiers à me précipiter à l'étage, précédé par Romain, et suivi de près par la sorcière de feu. Une fois en haut, j'ai vite compris que je ne serais d'aucun secours. Le cœur de Vaiana faiblissait rapidement.

Nicolas n'avait pas besoin de moi, mais de sa famille. Surtout de ceux possédant le don de guérison, même si les autres sont tous restés avec lui.

Quelques minutes plus tard, la princesse Fínola du Petit Peuple s'est présentée à l'entrée du manoir d'Aílin, escortée par une dizaine de ses soldats. C'est là que j'ai compris que Nicolas avait aussi crié mentalement. Avec une telle force que sa supplique avait atteint les membres les plus sensibles de l'entourage de la princesse. Celle-ci avait accouru pour apporter son aide. Elle s'était précipitée dans la chambre où reposait Aleksander et n'était pas redescendue depuis.

Nous voici donc, les sorciers, les renards, les soldats de Fínola et moi-même, à espérer chacun à notre manière que Vaiana revienne au plus vite et en bonne santé.

Debout, appuyé sur le dossier d'une chaise, j'observe l'assemblée bigarrée, les nerfs à vif. Frustré par mon impuissance, je laisse mes doigts pianoter nerveusement sur le bois sculpté. Je ne peux rien faire pour celle que je chéris comme une petite sœur, et ça me rend fou.

Soudain, une onde de magie me traverse, comme une colonie de fourmis en furie, aussitôt suivie d'une sensation de faiblesse intense. Mes narines sont envahies par une forte odeur de feu de bois. Je dois verrouiller mes genoux pour que mes jambes continuent de me porter.

Autour de la table, c'est l'hécatombe. Les sorciers s'évanouissent presque tous, suivis des soldats du Petit Peuple. Les renards ne sont pas fiers, non plus. Seule Sithmaith, la matriarche de la maisonnée, résiste aussi bien que moi. Quelle force de la nature ! Pour ma part, je serre les dents, attendant que le malaise se dissipe. Je pense savoir d'où vient cette perte soudaine d'énergie : un dragon. Et pas n'importe lequel !

Je ne connais qu'une seule personne capable de drainer ainsi son entourage, c'est la princesse Davorka, la sœur cadette d'Aleksander. Je ne sais d'elle que ce que Louis a bien voulu m'en dire, parfois, au détour d'une conversation. C'est à dire peu de choses, hormis le fait que ce don lui a sauvé la vie quand elle était encore dans le ventre de sa mère, que c'est une vraie pile électrique, et qu'elle déteste l'étiquette de la cour du royaume d'Héridane. Étiquette qu'elle ne manque de transgresser en aucune occasion.

Je me demande comment elle est arrivée dans le manoir… Il n'y a aucun portail ici qui mène dans le monde des dragons…

— *Banphrionsa* Fínola, murmure Sithmaith.

Pourquoi mentionne-t-elle la petite princesse ? Se pourrait-il que les arcs-en-ciel du Petit Peuple soient plus puissants que je le pense ? Non… D'un monde à l'autre, ce n'est pas possible…

Je la laisse à sa réflexion pour ne me consacrer qu'à ma récupération. Mon chat feule de contrariété et j'hérite d'un coup de patte gratuit.

— *Sale caractère !* lui lancé-je en silence.

Il me répond par un grognement sourd et l'image de Vaiana étendue au sol, mal en point. C'est donc ça qui le tracasse plus que la faiblesse dont nous somme atteints… Pour une fois, nous sommes entièrement d'accord. S'il a fallu que Davorka vienne en urgence, c'est que la situation n'est pas bonne. Mon angoisse monte d'un cran.

Les minutes me semblent des heures.

La tête lourde et le fond des yeux douloureux, je tente quelques pas hésitants.

Bon ! C'est pas la joie, mais c'est un peu mieux…

Doucement, ceux qui ont tourné de l'œil reviennent à eux, et portent tous les mains à leur front ou leur tête. Migraine pour tout le monde, on dirait. Quelque chose dans l'atmosphère change aussi peu à peu. Elle est moins pesante, moins dense, comme si l'air lui-même était moins anxieux. Les renards et moi levons la tête en même temps, percevant du bruit au-dessus de nous. Il y a du mouvement à l'étage…

Quelques instants plus tard, Hans et Angélique, le thérian tigre blanc convalescent et sa petite fée, descendent main dans la main, l'air soulagé, suivis par le reste de la famille Fresney. Benoît et Élodie, le père et la sœur de Nicolas, paraissent fatigués, mais pas autant que je le pensais. Ce qui tend à confirmer la présence de la dragonne… Les derniers à entrer dans la grande pièce sont Nicolas et Vaiana, serrés de près par Romain et Siobhán. Aucune trace de Davorka ni de Fínola…

Les soldats se lèvent tous d'un bond, inquiets. Ils cherchent leur princesse du regard. L'un d'eux s'écroule, les jambes encore en coton.

Pour ma part, la santé de Vaiana est la seule chose qui m'importe.

— Où est Dame Fínola ? demande le chef de la petite troupe, un brin de panique dans la voix.

Un certain Cadhan, si mes souvenirs sont bons…

— Messieurs, répond Benoît, ne vous inquiétez pas, elle va très bien. Elle ramène actuellement la princesse Davorka à Oloba. Celle-ci ne pouvait pas rester parmi nous plus longtemps. D'ailleurs, je vous présente ses excuses pour la gêne occasionnée par l'utilisation de son pouvoir. Elle…

Le chef de la famille Fresney est interrompu par un brouhaha soudain, qui fluctue comme les vagues d'une mer agitée. Cadhan ne cache pas son irritation. Les soldats murmurent entre eux des paroles que je ne comprends pas bien. Quelques mots ressortent néanmoins. « *Tuar ceatha*, *cumhacht* et *teaghlach ríoga* », qui signifient « arc-en-ciel, pouvoir et famille royale ».

— Il suffit ! intervient Sithmaith en se levant. (Ses yeux de glace gèlent les récriminations des leprechauns, le silence retombe immédiatement.) Si Dame Fínola a décidé de révéler le secret du *tuar ceatha* de la famille royale, vous n'avez pas votre mot à dire sur cette question. Vous êtes ici dans *ma* maison, je ne tolérerai aucun désordre ! Il y a bien plus important et urgent que votre secret de Polichinelle.

Ce regard ! Elle me rappelle ma grand-mère… et maman… maman, j'espère que tu vas bien… Je viens bientôt te chercher !

La cheffe de famille se dirige vers Vaiana, ce qui me ramène à l'instant présent.

Avec délicatesse, elle prend les mains de la petite vahiné dans les siennes.

— Comment te sens-tu, mon enfant ? lui demande-t-elle, la voix douce.

— Mieux, madame, merci…

J'accroche le regard de Romain qui parcourt la pièce, et il hoche la tête. Ma question doit se lire sur mon visage… Mon chat et moi sommes rassurés sur l'état réel de notre protégée.

— Et le prince ? continue la matriarche.

— Il… il dort encore, hésite la jeune femme. Enfin, il choisit.

À l'instar de Sithmaith, je fronce les sourcils.

— Pardon ? « Il choisit » ? demande Siobhán, un peu brutale.

— Je lui ai donné le…

— Il va revenir ! coupe Romain, une certitude profonde dans la voix. Il choisira *baba*, parce qu'il est amoureux d'elle !

Tout le monde se tourne vers lui, surpris, moi inclus. Tous, sauf Vaiana, un sourire doux aux lèvres. Ça, c'est du pavé dans la marre !

— Je pense aussi qu'il sera toujours là pour elle, confirme-t-elle.

— Bien ! Asseyons-nous, dit la cheffe du Clan O'Greaney, en montrant la table de la main. Cadhan !

— Oui, *Cailleach* ?

— Vous rapporterez à la princesse ce qu'elle aura manqué de notre réunion, voulez-vous ?

Le soldat acquiesce d'un mouvement sec de la tête.

— Récapitulons, lance-t-elle avec autorité. Nous allons être confrontés à une armée composée de plusieurs dizaines de soldats sidhes, d'un nombre inconnu d'Immortels et de plus d'un millier de Sans-Âme, ces bêtes assoiffées de sang à la force surhumaine qui ne dorment jamais, tout ce petit monde sous les ordres de la reine Fódla, actuellement introuvable et en possession de la clef du Royaume des Dieux.

Clair, précis, concis, cette sorcière en a vu d'autres ! Une vraie guerrière !

— De notre côté, poursuit-elle, pour éviter le chaos que ne manquerait pas de provoquer la révélation au monde de notre existence, nous avons une famille de sorciers (son clan opine de la tête), une autre famille de guerriers-soigneurs, quelques clans thérianthropes comme les renards O'Sionnach (le père et le fils acquiescent), les Norsk Skogkatt, les aquatiques polynésiens, des loups de France et peut-être des ours des Balkans. Nous avons aussi un Immortel en la personne du Prince de Paris, ainsi que le Petit Peuple, bien-sûr.

Les soldat leprechauns bombent le torse, fiers d'appartenir à cette liste extraordinaire.

— Sans oublier les rebelles sidhes qui nous prêteront main forte, ajouté-je. Wyrran et son fils nous ont assuré qu'ils réuniraient le plus de combattants possible et qu'ils se tiendraient prêts à nous rejoindre, où que nous soyons. Mais Leizu est aussi introuvable. Elle ne sait rien de la nouvelle condition du prince Aleksander et lui, transformé depuis peu, dort encore. Ce sont deux éléments inclassables pour l'instant. Je ne sais pas non plus ce qu'il en est des autres clans thérians. Certains, parmi eux, souhaitent ardemment retrouver la liberté de parcourir le monde sans se soucier des humains. D'autres sont des opposants acharnés de Leizu et de sa façon de voir le monde. Ils lui en veulent d'avoir semé le chaos au sein du Grand Conseil en éliminant Ballaban. Ils pourraient avoir rejoint le camp de la reine. Le Roi des Bêtes lui-même est de ceux-là…

— Pfff ! Lorenzo Rios do Valo… Quelle plaie, ce garçon ! Il

a autant de cervelle que sa harpie féroce !

— Vous vous entendriez si bien avec ma grand-mère ! Elle est du même avis que vous. Elle ne le supporte pas et n'a aucun respect pour lui depuis… Enfin, c'est une autre histoire…

— Ta grand-mère est une femme selon mon cœur, jeune homme.

— Davorka nous a informés de son engagement à nos côtés, intervient Romain, ainsi que celui de son quatuor personnel, accompagné d'une vingtaine de soldats de la garde royale du palais. C'est pour réunir cet effectif qu'elle est rentrée aussi vite sur Héridane. Le Royaume des Dragons fait actuellement face à des troubles majeurs provoqués par une faction opposante à la famille royale. Le Second Soigneur du royaume et quelques nobles sont à l'origine de cette cabale. *Ji…* Le roi Volodymyr doit bientôt rendre publique la nouvelle de la disparition du Prince Héritier, et donner ce titre au prince Tihomir. Il s'attend à rencontrer une forte résistance de cette coalition formée contre lui. Ayant le soutien d'une bonne part du peuple, de l'armée et de la Garde Royale, il est plutôt confiant quant à la résolution de ce problème.

— Espérons que cette crise ne soit pas plus importante qu'il n'y paraît et qu'il la résolve dans les meilleurs délais… reprend Sithmaith. Quelqu'un a-t-il quelque chose à ajouter à cet état des lieux ?

Elle fait le tour de la table du regard. Vaiana lève la main pour demander la parole, comme à l'école.

— Je sais où est Leizu, révèle-t-elle tout bas.

Immédiatement, les questions fusent de toutes parts. Les cousines sorcières lui reprochent même de ne pas l'avoir dit plus tôt ! La jeune femme écarquille les yeux, effarée par ce déferlement. Un grondement puissant d'avertissement m'échappe, clouant le bec des deux péronnelles. Elles me jettent une œillade assassine mêlée de crainte, à laquelle je réponds par un feulement et un regard animal, histoire de leur rappeler qui je suis.

Pas touche à ma sœur, les bécasses !

— Macha ! Moreen ! tonne leur grand-mère. On se passera de vos âneries ! Et c'est valable pour tout le monde ! Ce qui importe, c'est d'avoir cette information ici et maintenant. Tout le reste est littérature.

Ouais, on s'en tape ! Merci, mamie…

Les deux jeunes femmes rougissent de honte sous la réprimande.

— Continue, ma chérie, l'encourage Nicolas.

— Je dois vous raconter le voyage que j'ai fait tout à l'heure…

Vaiana nous fait part de ce qu'elle a appris. Elle parle d'abord de la Déesse Mère, et ses mots s'enchaînent avec fluidité. Quand elle arrive à sa rencontre avec Kimiko, son discours devient plus lent, plus calculé. Ça aura peut-être échappé au reste de l'assistance, mais pas à moi : elle nous cache quelque chose.

J'écoute les bras croisés, appuyé contre le mur, sans bouger ni intervenir. Je ne sais pas exactement ce qu'elle tait, mais ça a un rapport avec les origines de Leizu. Ça, j'en suis persuadé. C'est sur ce point qu'elle ne dit pas grand-chose alors que le reste de son récit est bien détaillé, en bonne romancière qu'elle est. Si elle passe cet élément sous silence, c'est qu'elle doit avoir une bonne raison de le faire.

Je ne mettrai pas les pieds dans le plat pour la forcer à nous en dévoiler davantage. Mais, note à moi-même de lui poser la question quand nous serons en comité plus restreint.

En attendant, dans ma tête, tout se met en place. Les impressions se confirment, les coïncidences disparaissent. C'est bien une aura draconique que j'ai ressentie lorsque Leizu est passée à côté de moi, dans les souterrains de Fódla. Je suis peut-être plus lent que Kyrre à additionner deux et deux, mais le résultat est le même. Je pense maintenant savoir qui est l'invité mystère de Louis.

Quand elle se tait, le silence retombe comme une chape de plomb. Sidération des uns, réflexion des autres… Puis, les conversations reprennent à voix basse, hésitantes. Romain murmure quelque chose à Siobhán ; Connor, le père de cette dernière, grommelle contre le destin ; Sithmaith ferme les yeux et passe une main sur son visage.

La matriarche et moi soupirons de concert. Ces nouvelles ne changent pas grand-chose à notre situation, sinon que celle qui devrait être notre cheffe de file, notre phare dans l'obscurité, est aux abonnés absents. Ce qui nous plombe le moral. Les mines de l'assemblée sont graves.

— Bon ! lâche-t-elle en frappant la table du plat de la main. Ceci est une chose ! Ce n'est pas une nouvelle très réjouissante, certes, mais nous n'avons pas le choix, nous devons avancer. Ayons confiance en *baba* pour prendre la bonne décision et revenir parmi nous. (Elle braque son regard sur moi.) Je connais Louis… Je suis sûre qu'il œuvre dans l'ombre depuis un bon moment déjà. Peux-tu nous en dire plus ? Qui a-t-il contacté ? Où peut-on s'attendre à combattre les monstres ? S'il en a la moindre idée, bien sûr… Mais surtout, sais-tu pourquoi Fódla fait tout ça ? Je sais que c'est en partie par vengeance, mais quoi de plus ? Il y a forcément une autre raison à son attitude agressive et conquérante.

— L'interrogatoire de l'Immortelle Hélène Montoya nous a révélé qu'elle voulait sa vengeance contre Leizu pour la mort d'une certaine Liadan dont elle était très proche. Mais surtout, elle veut entrer en possession de la couronne du dernier Roi des Ombres afin de prendre la place qu'il a abandonnée voilà plus de mille ans. Elle veut régner sur tous les Peuples de l'Ombre, et aussi que le sien quitte le sidhe et puisse évoluer en toute liberté sous le soleil. Quant à Louis, lui et moi sommes convenus que je le contacterai une fois notre réunion terminée pour lui faire mon rapport sur la situation. Quand il aura toutes les informations, nous coordonnerons nos efforts. Peut-être aura-t-il des informations au sujet du ou des lieux de l'affrontement…

— Parfait ! Poursuivons donc… Cette couronne, savez-vous où elle est ?

— Non. Manar Ballaban pensait qu'elle se trouvait dans le Royaume des Dieux, mais nous n'en avons aucune certitude. C'est pour cette raison qu'il voulait réunir les trois pierres sacrées et former le médaillon-clef.

— En ce qui concerne les Sans-Âme, insiste la cheffe de famille, nous savons que le feu est efficace contre eux, mais nous ne serons pas assez nombreux à le maîtriser. En dehors de Siobhán, il n'y a que les dragons qui soient capables de le générer. Ils seront vingt-six. Vingt-six contre plus de mille… (Un nouveau soupir lui échappe.) Même si un dragon vaut au moins dix hommes, j'ai bien peur que ce soit insuffisant… Que pouvons-nous faire avec les trois éléments qu'il nous reste ? Nos attaques les plus puissantes sont très gourmandes en énergie. Nous ne pourrons pas les renouveler à l'envie. Il est bien dommage qu'il n'existe aucune autre forme de magie capable de les mettre hors d'état de nuire…

Les derniers mots de Sithmaith remuent quelque chose en moi.

Un écho.

Une vague réminiscence qui se précise lentement. Puis le souvenir d'une femme envahit mon esprit, et une scène me revient en mémoire. J'avais pourtant tout fait pour l'oublier… Le destin sans doute. Quel chien !

Elle est de ces présences qui captivent avant même qu'un seul mot ne soit échangé. Sa peau, un mélange de miel doré et de chocolat, est l'héritage chaud des terres africaines et des brumes européennes. Mais ce qui frappe le plus, c'est son regard. Deux gemmes d'ambre dorées où dansent des éclats de lumière selon ses émotions. Ses cheveux, une cascade soyeuse entre noir de jais et brun cuivré, sont souvent relevés en un chignon flou que je rêve encore de défaire. Sa voix, chaude et un peu rauque, porte la mélodie des chants anciens des peuples d'Afrique centrale. Son corps aux courbes délicieuses, couvert d'une seconde peau faite de cuir noir, hante toujours mes rêves comme un sortilège permanent. Awa Diokhana, sorcière démoniste inoubliable. J'ai vu son démon venir à bout d'un Immortel en quelques secondes grâce à son feu noir.

Je me redresse brusquement, renversant ma chaise, et plaque les deux mains sur la table.

— Vous êtes un génie, mamie !

Le regard que Sithmaith m'adresse vaut toutes les paires de claques du monde.

— Si c'était le cas, jeune homme, depuis plus de quatre-vingts ans, je serais au courant, grogne-t-elle face à tant de familiarité.

— Les sorciers démonistes ! continué-je, enthousiaste.

Mon idée ne reçoit pas l'accueil espéré. Le silence tombe à nouveau sur la salle à manger. Puis Connor, bien entendu, se dresse sur ses ergots.

— Vous avez perdu la tête ? Nous ne pouvons pas faire confiance à ces dégénérés ! Il faut être fou pour pactiser avec les démons comme ils le font !

— C'est une affaire de point de vue, répliqué-je avec le plus de calme possible. Ils sont liés aux démons, c'est un fait, mais ils ne leur ont pas tous vendu leur âme. Des familles ont réussi à trouver un certain équilibre.

Connor s'apprête à riposter, mais sa mère le coupe en levant une main.

— Continue, Erland.

— Je pense notamment à la famille Diokhana.

— Je connais Seynabou, ajoute-t-elle.

— Ils portent en eux le sang d'un démon, à l'origine de leur lignée, et ne le renient pas. Ils l'utilisent ! Ce sont des invocateurs, pas des esclaves. J'ai déjà travaillé avec Awa, et j'ai vu son démon à l'œuvre face à un Immortel. Ses flammes l'ont englouti en quelques secondes. Il ne restait plus rien de lui. Et Awa est une très bonne combattante.

— Pfff ! On sait tous le sale boulot que vous faites, ton clan et toi, lâche Connor avec mépris. Et vous voulez qu'on les appelle à l'aide ? C'est de la f… (Il se plie soudain en deux, les mains sur la tête, en piaillant de douleur.) Non ! Sors de ma tête ! Enf…

Il se tait enfin, gémissant. Mon regard suit le même chemin que celui de la matriarche, vers le seul assez soupe au lait pour intervenir de cette façon, et sans aucun scrupule : Romain. Celui-ci arbore un petit sourire en coin qui n'atteint pas ses yeux. Des yeux émeraude luisants de colère, braqués sur l'offenseur. Immobile, le corps tendu comme une corde de piano, il est sacrément en rogne. À côté de lui, on dirait que Siobhán va griller son propre père sur place, à l'instar de Nicolas et Vaiana qui le fusillent du regard. Sithmaith n'intervient pas, une façon implicite de signifier à son fils qu'il n'a eu que ce qu'il méritait.

La réflexion du sorcier me laisse de marbre, j'en ai vu d'autres. Mais la réaction de mes amis me fait chaud au cœur. Je continue comme si rien ne s'était passé.

— Je dis juste qu'ils pourraient comprendre ce que nous affrontons mieux que n'importe qui et nous venir en aide, oui.

Tous les regards quittent Connor et convergent vers moi. Curieux, bienveillants, furieux, j'ai de tout, mais je ne flanche pas. Je sais que mon idée est bonne, et nous avons besoin de tous les soutiens possibles. J'inspire pour ajouter quelque chose, mais mon regard croise le visage soudain très pâle de Vaiana. Les yeux dans le vague, elle est ici sans l'être vraiment. D'instinct, je sens que quelque chose ne va pas. Mon corps bouge avant même que j'en ai l'idée. D'un bond par-dessus la table, je me retrouve à côté d'elle au moment où elle sombre et glisse de sa chaise. Je retiens sans mal son petit corps encore trop mince, mais son malaise est de courte durée. Elle revient déjà à elle.

— Il est parti… murmure-t-elle avec un faible sourire.

Le brouhaha reprend de plus belle, la sortie de Connor est complètement oubliée.

— Explique-nous ça, ma chérie, souffle Nicolas en la serrant contre lui.

Il m'adresse un regard plein de gratitude. Sans mon intervention, elle serait tombée de sa chaise la tête la première. Je lui réponds par un clin d'œil complice et retourne à ma place.

— S'il vous plaît ! ordonne Sithmaith. Un peu de calme !

La jeune femme attend que le silence revienne avant de s'expliquer.

— Aleksander a choisi de revenir dans le monde. Quand il a quitté mon esprit, et qu'il s'est réveillé là-haut, il est entré en contact mental avec moi, d'où mon léger malaise. Il n'est pas très…doux. (Elle grimace.) Il voulait savoir si je connaissais le moyen le plus rapide de se rendre en Sicile, alors je lui ai conseillé de demander à quelqu'un du Petit Peuple. Et là, la princesse Fínola est revenue de Oloba. Elle lui a proposé de faire ce trajet pour lui et il s'est empressé d'accepter. Il vient de quitter le manoir pour aller chercher Leizu… Il doit la ramener à la raison, lui seul en est capable.

Je retombe sur ma chaise, soulagé, mais aussi accablé.

Aleksander est revenu, il a accepté sa condition. Et s'il a accepté, alors, la prophétie avance. Et la guerre avec elle.

L'espoir, ce sentiment si volatile qui tout à l'heure a vacillé, revient malgré tout dans mon cœur. J'ai confiance en lui et en son amour pour elle. Il la ramènera, j'en suis sûr…

Un murmure s'élève, plein de prières pour la réussite du prince. La matriarche ferme les yeux et joint ses mains devant elle.

— Que la Grande Mère le soutienne et le guide, murmure-t-elle.

Tant de choses se passent en même temps ! Tellement d'informations à prendre en compte ! Et ma mère qui a disparu en plus de tout ça… Je dois parler à Louis avant que nous décidions quoi que ce soit. Tout le monde est d'accord sur ce point : il faut se coordonner et agir. Vite !

— Sithmaith, interpelé-je, puis-je à nouveau emprunter votre bureau pour appeler Louis ? Je pense que c'est le plus urgent.

— Je t'en prie.

Je m'isole un moment.

Cette fois, ce n'est pas Kyrre qui décroche, mais bien Louis.

— Oui ! lâche-t-il, revêche.

Je sais à sa voix qu'il est concentré sur quelque chose d'important.

— Nous venons de terminer…

J'enchaîne sur un rapport synthétique de la situation telle que nous venons de la résumer.

Comme toujours, Louis me laisse aller au bout de mon exposé sans m'interrompre. Je le sens néanmoins étonné par la capacité des arcs-en ciel de la famille royale du Petit peuple, et il pousse un léger soupir de soulagement quand il apprend que nous savons où est Leizu, qu'Aleksander est réveillé, et qu'il est parti la chercher.

— Les nouvelles sont moins mauvaises que je le pensais, merci.

— Avez-vous retrouvé maman ?

Je suis si inquiet que j'en oublie de l'appeler par son grade.

— Toujours rien de ce côté-là, Erland. Je suis désolé. Mais nous sommes sur le départ. Nous partons pour Jbeil d'ici une heure. Je dois retrouver ta mère et prendre contact avec les Alhurras pour les prévenir que la bataille aura lieu dans leur domaine. Ce que cherche la reine est là-bas, Manar s'est trompé dans ses déductions. Le Royaume des Dieux ne lui apportera pas ce qu'elle désire le plus, mais pourrait bien lui procurer des armes et des alliés dont nous nous passerions volontiers. Si les Dieux entrent dans la danse, je ne donne pas cher de notre peau, d'un côté comme de l'autre.

— Les Dieux sont déjà dans la ronde, Louis, et tu le sais parfaitement. La Grande Mère, ceux que Fódla va rencontrer là-haut, ton invité mystère… Toute cette histoire ressemble de plus en plus à une lutte divine de pouvoir, dont nous sommes la chair à canon.

— Tu as sans doute raison, hélas…

— Comment as-tu su que la bataille se déroulerait à Byblos ? C'est lui qui te l'a dit, n'est-ce pas ? Le seigneur de la mer et des serpents…

Il me répond par un long silence puis un soupir.

— Je suis fier de te compter parmi mes amis, Erland. Ton esprit est plus affûté que la meilleure de mes lames.

Louis et son art de l'esquive.

— Concernant ton idée de faire appel à la famille Diokhana, reprend-il, elle est excellente. Mais ils ne seront pas faciles à convaincre. Ils s'impliquent très peu dans les affaires des Mondes Cachés.

— Parce qu'ils sont considérés comme des vendus à l'En-Dessous. Même si cette rumeur est fondée pour certains démonistes, ils ne représentent pas la majorité !

— C'est vrai. Je le sais, tu le sais aussi, et d'autres personnes les apprécient. Mais c'est un fait, ils pâtissent tous de ces quelques suppôts du roi des ténèbres. Les Diokhana sont venus en France pour fuir tout ça. Au Cameroun, ils étaient harcelés par tous les Peuples de l'Ombre. Leur vie était devenue un enfer.

— Ça ressemble à une idée de Leizu, ça.

Il ne me répond toujours pas, bien sûr…

— Seynabou, continue-t-il, la plus puissante d'entre eux et cheffe de famille, qui est aussi la grand-mère de la jeune Awa avec qui tu as collaboré, tient son clan d'une main de fer, comme Sithmaith. Si quelqu'un peut discuter d'égale à égale avec elle, c'est bien la matriarche O'Greaney. C'est elle qui doit partir plaider notre cause.

— Je le lui dirai… As-tu des nouvelles d'Héridane ?

— C'est toi qui viens de me donner les plus fraîches. J'ai essayé de contacter Holger, sans succès. Je sais maintenant pourquoi… Je ne peux mobiliser personne pour aller les aider. Nous devons avoir confiance en nos amis pour régler leur conflit par eux-mêmes, je n'ai pas d'autre choix.

— Si tu pars pour Byblos, nous partons aussi. Tu veux que je demande aux leprechauns s'ils acceptent de vous transporter ?

— Ce n'est pas la peine, merci. Par contre, pour vous, cela vous ferait gagner un temps précieux. J'ai aussi fait le nécessaire auprès de nos alliés, ils sont déjà en route.

— Sur quel effectif pouvons-nous compter ?

— Nous le découvrirons une fois sur place. J'ai bon espoir d'y ajouter les Alhurras. Les gardiens ne seront certainement pas ravis d'apprendre que Fódla vient piller l'une de leurs cryptes.

— Je transmettrai tes recommandations pour les démonistes. Dois-je encore garder pour moi la présence de ton invité ?

— Oui, jusqu'à ce que nous arrivions tous à destination. Erland, rendez-vous en terre libanaise, sur les ruines de Byblos.

— Au rev… évidemment, il a déjà raccroché.

Je range mon téléphone sécurisé et retourne dans la salle à manger où les murmures vont bon train. À mon arrivée, le silence se fait et tous les regards se tournent vers moi. Je me mets en bout de table et rapporte les paroles de Louis. Peu à peu, je hausse la voix pour dépasser le brouhaha ambiant. Tout le monde, mais surtout les sorciers, y vont de leurs suggestions ou commentaires sur les ordres de Louis. À peine ai-je terminé, qu'ils se déchaînent encore plus, accompagnés des renards et des leprechauns. Une vraie cacophonie.

— Il suffit ! lance à nouveau Sithmaith, ramenant le calme. Maintenant que Louis a donné ses ordres, je vais donner les miens. Et je vous déconseille vivement de les discuter ou d'y contrevenir. Est-ce clair ?

C'est un silence de cathédrale qui lui répond.

— Bien ! Connor et Aslinn, vous m'accompagnerez à la rencontre de la famille Diokhana. J'obtiendrai leur soutien ou je ne m'appelle plus Sithmaith O'Greaney ! Et toi, mon fils, tu tiendras ta langue, sinon…

Celui-ci rentre la tête dans les épaules et soupire de résignation.

— Ensuite, Cadhan ! Vous et vos soldats vous chargerez du transport de tout ce petit monde. Il vous incombe aussi de prévenir la princesse Fínola ainsi qu'Aleksander de notre destination.

— Bien *Cailleach*, répond le soldat, la main sur le cœur.

— Kelan, Cillín, vous irez transmettre les informations en notre possession à Wyrran Miramaris, dans le Sidh. Et vous, les filles, ainsi que vous, les renards, vous partirez avec la famille Fresney, et serez sous les ordres de Romain et Erland. C'est bien compris ?

Les renards acquiescent sans piper mot.

— Mais grand-mère, commence Moreen, tu ne peux pas nous…

— Plus un mot ! la coupe-t-elle, les sourcils froncés. Aucun de nous n'est plus apte à commander que ces deux jeunes gens. Ils ont plus d'expérience et d'expertise que tu n'en auras jamais. Ni aucun d'entre nous ici présents, d'ailleurs. C'est bien compris ?

Les deux jeunes femmes grommellent leur accord.

— Maintenant, que tout le monde soit prêt dans une heure. Comme Louis, nous partirons à ce moment-là. Une fois nos missions accomplies, nous nous retrouverons dans les ruines de Byblos. En espérant que… Non ! J'ai confiance en nous tous ! Allez !

En ce qui concerne les Fresney, Siobhán et moi-même, nous

sommes déjà près. Chacun court s'occuper de ses affaires pour éviter la colère de la sorcière. Cadhan, quant à lui, envoie un de ses soldats faire un rapport à son roi et demander des hommes supplémentaires. Il nous explique rapidement que la capacité de transport des arcs-en-ciel dépend de la puissance de son invocateur. Tous ses soldats ne sont pas logés à la même enseigne de ce côté-là. Il veut pouvoir transporter tout le monde.

Chapitre 9

Louis

Ville éternelle

Hier, Byblos… Aujourd'hui, Jbeil…

Le soleil passe déjà sous l'horizon, et la lumière faiblit sur cette ville de plus de sept millénaires d'histoire où j'ai déplacé toute ma maisonnée. Soit la totalité du Clan des grands chats norvégiens. Freya s'est montrée catégorique : aucun d'entre eux ne veut rester en arrière alors que la bataille est si proche. Nous sommes donc vingt-sept en tout et pour tout, sans compter notre invité. Seuls Freya, Kyrre et cinq de leurs compagnons ont gardé forme humaine pour le voyage. Je suis donc entouré d'une troupe de dix-neuf félins aux robes noires, grises ou brunes avec plus ou moins de blanc dans leur pelage. Ceux qui appartiennent à la lignée de la *klanlederen*, la cheffe de clan, sont noirs avec juste une petite touche de gris anthracite.

Dès notre arrivée, l'ensemble du groupe s'est dispersé dans le parc pour assurer ma sécurité et éviter une rencontre indésirable.

Le Dieu Dragon nous a fait arriver au cœur d'un bosquet peu fréquenté quand vient la nuit, mais on ne sait jamais. De toute façon, ma chère Freya ne m'a pas laissé le choix. Elle a pris les choses en main, comme toujours en l'absence de sa fille.

Brunhilde… J'espère que tu vas bien… Encore un peu de patience, nous arrivons…

Pour avoir une vision d'ensemble des lieux, je grimpe à la cime du plus grand cèdre du parc.

La vue est spectaculaire de là-haut. Les quais du port antique, dont la roche est aujourd'hui érodée, sont toujours visibles, bien que partiellement submergés. Encore utilisé par les pêcheurs, il est l'un des plus anciens ports en activité au monde.

C'est ici que tout a commencé… Commerce, rencontres entre les peuples, échanges culturels…

Plus loin sur la gauche, je distingue la forteresse médiévale, notre destination d'après Ryūjin. Imposante, elle domine le paysage de toute sa taille. Ses murs épais, percés de meurtrières, et ses tours carrées, rappellent l'époque lointaine des conflits et des conquêtes qui ont jalonné l'histoire de cette ville.

Quand je redescends, Freya et mon invité ont disparu.

— Kyrre ? appelé-je.

— Oui, Louis ?

— Où sont ta grand-mère et notre invité ?

— Lui est simplement parti, sans rien nous dire, et grand-mère est dans son ombre. Elle vous fait dire qu'elle ne le quittera pas d'une semelle et qu'elle a envoyé mon père et trois de nos camarades en reconnaissance vers la citadelle pour en évaluer la sécurité matérielle et humaine. Nos cinq camarades ont préféré changer pour leur forme animale et se sont dispersés. Il ne reste que moi sur deux pattes.

Il m'arrache un petit sourire.

— D'après ce que j'ai vu là-haut, le meilleur endroit pour accéder au site archéologique puis pénétrer dans la forteresse sans se faire remarquer, c'est depuis le port antique, à environ deux cents mètres d'ici. Quand il fera nuit noire, et si notre invité ne revient pas, nous nous rendrons sur place pour trouver le meilleur moyen d'entrer. Les abords sont entièrement grillagés, mais sans doute peu surveillés du côté de la mer. Nous en profiterons.

— Tant de merveilles à admirer, mais nous ne sommes pas là pour ça, se lamente le jeune homme.

— Je partage ton sentiment, Kyrre. Quand tout ceci sera derrière nous, je te promets que nous reviendrons et nous admirerons ces chefs-d'oeuvre historiques autant que nous voudrons. Pour l'heure, restons concentrés sur notre mission.

Quelques minutes plus tard, il fait assez sombre pour que ma petite troupe féline et moi nous déplacions sans trop attirer l'attention.

C'est maintenant que je vais jouer le premier coup de cette partie d'échecs qui s'annonce bien périlleuse. Toutes les pièces sont en place ou sur le point de l'être. De mon côté du moins… Je suppose que les Irlandais arriveront depuis l'extérieur de la ville. J'ai donc un peu d'avance sur eux. Une incertitude persiste cependant : Leizu… Reste parmi nous, mon amie, je t'en conjure !

Mon escorte à proximité, je progresse aux côtés de Kyrre dans les ruelles étroites de la vieille ville, le pas silencieux sur les pavés inégaux, usés par les millénaires de passage. Les murs, de calcaire ou de grès, portent les marques des différentes époques : ici, une arcade en ogive, témoignage de la période médiévale, là, une fenêtre à moucharabieh, héritage ottoman. Les façades des maisons, serrées les unes contre les autres, arborent des motifs géométriques gravés dans la pierre, alors que certaines plus récentes, simplement blanchies à la chaux, reflètent la lumière blafarde des réverbères. L'air est encore empli d'une odeur de pierre chaude, mêlée à celle des herbes aromatiques des plats cuisinés dans les foyers aux fenêtres ouvertes. Les sons du soir résonnent autour de nous. Les pas pressés d'un travailleur affamé qui claquent sur les pavés, les conversations animées au sein des logis, le grincement des volets en bois que l'on ferme pour la nuit.

Une fois arrivés au port, nous contournons par la gauche une anse étroite où sont amarrées quelques modestes embarcations.

Trois pêcheurs sont encore là, rangeant leurs filets ou leurs casiers pour le lendemain. Avant la jetée, où quelques vacanciers s'attardent pour prendre en photo les vestiges, nous bifurquons encore à gauche, vers une discrète plage de galets. Là, aucun lampadaire. Nous nous glissons dans l'ombre du promontoire sur lequel s'étend le site où nous nous rendons.

Alors que j'allais me lancer, Skygge saute sur le rocher que j'avais choisi pour entamer ma petite ascension. Ses yeux scintillent dans la nuit comme deux petites aigues-marines. Elle s'assied, enroule ses pattes de sa longue queue touffue, très digne, et se met à gronder.

— Il t'a faussé compagnie ?

Elle crache de contrariété et continue de grogner.

— Tu as toute mon attention, ma chère Ombre, murmuré-je, souriant de la majesté dont elle fait preuve en toute circonstance.

Elle touche ma main du bout de sa patte et me fixe d'un regard perçant, puis saute au sol et s'élance à l'opposé de la jetée, sans se retourner. Je m'empresse de la suivre, puisque tel était le message. Une fois arrivée au bout de la plage, elle s'assied à nouveau et fixe un point en haut de l'escarpement.

Je regarde à mon tour, imité par Kyrre.

— Un caracal ? chochotte-t-il, étonné. Ici, en pleine ville ?

— Un peu grand pour un simple caracal, tu ne trouves pas ? Il s'agit d'un thérian, je pense. Nous ne l'avons pas senti parce que nous sommes sous le vent.

Soudain, un autre animal, plus improbable encore que le précédent, pointe le bout de son museau un peu plus loin, au bord de la petite falaise.

— Et un ratel, ajouté-je dans un soupir, fataliste.

Skygge gronde assez fort pour que les deux animaux l'entendent. Pour toute réponse, le caracal s'élance avec souplesse à la rencontre du ratel. En chemin, il s'arrête et me regarde quelques secondes avant de reprendre sa course.

— Le message est clair : nous sommes invités à monter et nous sommes attendus.

La compagne de Freya lance un miaulement d'une puissance inédite, puis bondit dans la pente. Je regarde Kyrre d'un air interrogateur.

— Elle a rappelé papa et les trois autres éclaireurs.

— Je ne l'avais jamais entendue émettre un son pareil !

— Vous n'êtes pas souvent sur le terrain avec nous.

— C'est vrai… Allez ! Montons ou nos hôtes vont s'impatienter.

Une fois en haut, je suis saisi par l'ampleur et la splendeur des ruines qui s'offrent à ma vue. Des colonnes aux chapiteaux sculptés se dressent comme d'élégantes sentinelles silencieuses. Plus loin, les fondations des temples phéniciens émergent du sol, leurs murs épais et sombres contrastent avec la clarté des vestiges romains. Les blocs de pierre, taillés avec précision, s'emboîtent encore parfaitement. Les bâtisseurs de l'époque savaient construire pour l'éternité. Au-delà, s'élève la fameuse citadelle des croisés. La lune presque pleine, à peine passée au-dessus du Mont Liban, enveloppe peu à peu le site d'une lumière douce et féérique. Les ombres des vieilles pierres s'allongent, accentuant la beauté intemporelle des ruines antiques.

Tout est calme autour de nous, trop à mon goût. Nos guides ont disparu dès que nous sommes arrivés à proximité de la colonnade romaine. Les chats resserrent les rangs autour de moi, tendus. Kyrre ouvre la voie vers la forteresse. Skygge et Vegar, le compagnon du père de Kyrre, se pressent contre mes jambes. Nous avançons, tous aux aguets. Je n'aimerais pas une première rencontre dans la violence, mais si ces thérians nous attaquent, nous riposterons.

Tout à coup, le lourd silence est rompu par une série de feulements menaçants qui s'élève des pierres autour de nous. Mais plus inquiétant encore, ils sont accompagnés de grondements gutturaux secs et répétitifs. Un son très particulier à mi-chemin entre un rire et un grognement de grand félin. Des ratels… Beaucoup de ratels ! Cet animal est souvent considéré comme le plus agressif de tous. Avec son allure plutôt mignonne entre le blaireau et le furet, il est capable de s'attaquer à des créatures bien plus grosses que lui, tels des lions ou des autruches, ou d'autres encore au venin mortel. Sa peau épaisse résiste à bon nombre de morsures ou autres blessures. Il n'en prendra pas l'initiative, mais il se défendra avec férocité s'il est attaqué. Cette créature n'a peur de rien ! Il ne faut pas se fier aux apparences, elle est très dangereuse. Et ces spécimens-là encore plus que les ratels sauvages puisqu'ils sont plus grands et plus puissants.

Un grondement rauque et tonitruant fait cesser le vacarme instantanément. Quelques secondes plus tard, une silhouette humaine sort de derrière une colonne. Masculine, sans aucun doute possible, étant donné sa large carrure et sa taille imposante. Quand il pénètre dans une flaque de lumière de lune, je découvre un homme à la peau brune couverte de tatouages. Des symboles qui me sont inconnus. Il ne porte qu'une sorte de pagne autour des reins et deux larges bracelets dorés entièrement gravés cerclent ses biceps. Son visage rond aux traits fins arbore une expression dure, presque agressive. Une longue tresse danse dans son dos au rythme lent de ses pas.

Une rafale de vent porte à mes narines une odeur que j'ai du mal à identifier. C'est comme si j'étais face à deux personnes au lieu d'une seule : un thérianthrope ratel et un Immortel. Autour de moi, tous les chats feulent quand ils sentent ce mélange étrange d'animal et de mort. Contre mes jambes, Skygge et Vegar tremblent tant ils sont tendus, prêts à bondir sur le nouvel arrivant. Leurs poils se hérissent de colère, et ils doublent de volume. Un grondement sourd, profond, monte peu à peu de tous les membres du clan qui me protègent, en guise d'avertissement : ils sont tout à fait préparés à en découdre si les autres thérians bougent le moindre poil.

Un frisson remonte ma colonne vertébrale jusqu'à la pointe de mes cheveux.

Serait-il possible que…

Chapitre 10

Leizu

Phantasme

Perdue dans mes sombres pensées, la vue troublée par mes larmes, j'aperçois une haute silhouette vêtue de noir qui approche à pas lents.

— Romain ? murmuré-je, stupéfaite.

Je recule en catastrophe et me cache derrière un rocher. Je suis incapable de lui faire face.

Il doit penser que je suis un monstre… Dans ce maudit souterrain, il m'a vue telle que je suis vraiment : une créature ni vivante ni morte, une tueuse assoiffée de sang. Une erreur de la nature… Je ne veux pas lire cette vérité dans ses yeux si semblables aux miens… Je ne peux pas…

— Va-t'en ! hurlé-je au désespoir, la voix rauque. Retourne auprès de Siobhán !

Aucune réponse. J'insiste :

— Je ne veux pas de toi ici ! Tu m'entends ? Va-t'en ! insisté-je.

Toujours pas un mot.

Est-il seulement réel ? Peut-être suis-je en train de perdre la raison… Mon ombre me suivait partout, c'est donc lui que mon esprit malade convoque…

— Je n'irai nulle part sans toi, Lili, chuchote une voix

derrière le rocher.

Cette voix, je la connais bien. Très bien, même. C'est celle d'Aleksander. Mon esprit s'enfuit et mes sens sont en déroute… La chaleur du volcan doit me monter à la tête, je me surprends à soliloquer :

— C'est donc la silhouette d'Aleksander. Je l'ai confondue avec celle de Romain. (Un rire sans joie m'échappe.) Je suis sûre qu'il n'est pas réel. Il ne peut pas l'être, puisque je… je l'ai tué.

Mes larmes, que je pensais taries, se remettent à couler doucement. Je m'essuie de façon machinale avec la manche de mon kimono.

— Tiens ? Je ne portais rien tout à l'heure. Suis-je dans une sorte de rêve éveillé ? Eh bien, ça ne se verra pas. Et puis quelle importance… Je dois mettre un terme à tout ça.

Je me relève et avance d'un pas vers le centre incandescent du volcan.

— Je ne te laisserai pas faire, Lili, dit le spectre de celui que j'aimais tant.

Je tourne un court instant la tête vers lui. Il s'est arrêté à une vingtaine de mètres de moi et ne bouge plus. Son image me serre le cœur comme dans un étau, je détourne le regard.

— Si seulement… mais tu n'es pas réel. Vous n'êtes tous que les fruits des divagations de mon esprit fatigué et malade. Ou peut-être est-ce une tentative de plus de ma conscience qui me tarabuste depuis que j'ai décidé d'en finir ici. Je ne sais pas… Kimiko, Tsukuyomi-sama, et maintenant toi… Elle aura tout essayé pour me retenir. Je ne sais plus ce qui est réel ou non.

— Que je sois de chair et de sang ou pas, je suis bien là, alors parlons un peu, tu veux bien ?

— Qu'est-ce que ma conscience pourrait encore avoir à me dire, hein ? À moi qui ai commis l'irréparable, l'indicible, l'horreur la plus absolue à mes yeux, et à ceux du monde. Je n'arrive pas à…

— Te pardonner ?

Un rire amer me secoue.

— Je suis au-delà de tout pardon. Non… Je voulais dire « avancer ». Ne serait-ce que fouler une terre où Aleksander n'est plus m'est devenu impossible. Intolérable, tant c'est douloureux. Je n'ai pas compris… Non, je n'ai pas voulu comprendre ce que mon corps me hurlait quand il était près de moi. Maintenant, il est trop tard…

— Que te criait ton corps avec cet acharnement ?

— Une hallucination curieuse… Ma conscience me joue là un tour bien cruel. Je dois souffrir pour expier ma faute, c'est ça ?

— Peut-être ai-je simplement besoin que tu sois honnête avec toi-même.

— Comme un dernier instant de vérité avant que tout ceci ne se termine… Soit…

Je recule d'un pas et m'assieds sur le rocher derrière lequel je m'étais cachée. La vision ne bouge toujours pas. Je la regarde à nouveau, comme pour me punir, me flageller, me broyer l'âme une dernière fois. Grand, large d'épaules, le corps d'un guerrier que l'entraînement au combat à sculpté comme le ferait le ciseau le plus fin d'un artiste de la pierre. Son beau visage, à la peau lisse et hâlée, arbore une expression plus douce que dans mon souvenir. Ses lèvres charnues, à l'arc de cupidon si joliment dessiné, esquissent un léger sourire qui remonte jusqu'à ses yeux gris. Ces lèvres qui ont si souvent frôlé les miennes… Cette apparition est fidèle à l'original, mis à part ses vêtements. Pantalon cargo et tee-shirt noirs, ce sont plutôt ceux de Romain. Mon esprit a sans doute créé un mélange des deux…

Je détourne à nouveau le regard vers le cœur rougeoyant

du volcan avant de poursuivre comme pour moi-même.

— Mon corps me faisait savoir que ce Prince Dragon était tout simplement celui qui ferait de moi un être entier, celui pour qui j'existerais et qui existerait pour moi, celui qui pourrait devenir mon meilleur ami, mon amant, mon confident, mon tout. Il était mon âme-sœur. Mais ma tête l'a toujours rejeté. J'avais déjà trouvé cette merveilleuse complémentarité durant mon existence de mortelle, et je ne voulais pas remplacer celui que j'avais tant aimé. Je refusais d'aimer à nouveau… Pourtant, à l'instant où j'ai repris mes esprits après la rage de sang, j'ai su…

Mes derniers mots ne sont qu'un murmure. Le silence, que j'essaye de prolonger, est vite rompu par mon spectre.

— Quelle est cette certitude ?

— *Kami-sama*… Si cette introspection forcée est de ton fait, tu es tout aussi cruel que ma conscience.

— Maintenant que tu as commencé, va jusqu'au bout de ta pensée, insiste le mirage.

Je tourne mon regard vers le ciel.

— D'accord… Mais qui que tu sois, je t'en conjure, cesse d'utiliser son image et sa voix…

Je jette un coup d'œil sur ma gauche, et constate que ma prière est restée lettre morte. Il est toujours là. Je force un soupir tremblant à franchir mes lèvres dans l'espoir de trouver le courage de continuer. Puisqu'il le faut…

— Je… Alors qu'il agonisait dans mes bras, (les larmes reviennent encore) j'ai su que je l'aimais. Je l'aimais de tout mon cœur, de tout mon être, de toute mon âme, depuis le premier jour et la première fois où j'ai croisé son regard, il y a plus de quatre cents ans. J'ai su qu'il… qu'il m'aimait en retour d'un amour inconditionnel. Il m'aimait plus que sa propre vie… Il s'est sacrifié pour moi, pour que je sorte de ma rage, pour que je ne m'en prenne à personne d'autre que lui, pour que je continue d'exister ! (Les mots se bousculent dans ma bouche et je me lève.) Il mourait, et moi… moi, j'étais totalement impuissante ! J'étais à bout de force et ma source était presque tarie ! Je ne pouvais que le regarder rendre son dernier souffle, son sang sur mes mains ! C'était au-delà de mes forces, alors j'ai fui. Aujourd'hui, il a quitté le monde que je voulais arpenter à ses côtés. Cette vie qu'il m'a donnée, je ne peux pas la garder. Sans lui, c'est… c'est impossible…

Je regarde ces mains, aussi rouges qu'en cet instant funeste, rouges des larmes de sang qui tombent au creux de mes paumes comme autant de petits grenats. Ne supportant plus cette vue, je les plaque sur mes yeux, un sanglot étouffé dans la gorge.

Dans un déplacement d'air soudain, un corps percute le mien et me ceinture de ses bras d'acier. Je tente de m'en extraire, mais je ne peux plus bouger. La force de mon assaillant dépasse largement la mienne, pourtant colossale. Je me retrouve le visage collé à un torse puissant sans pouvoir ne serait-ce que lever la tête. Aussi inextricable qu'elle soit, je ne sens toutefois aucune violence dans cette étreinte forcée. Au contraire.

— Ma Lili… Mon amour, murmure la voix d'Aleksander au creux de l'oreille. C'est fini, je suis là maintenant. Je suis désolé. Je voulais que tu baisses ta garde avant d'intervenir. J'avais si peur que tu sautes !

Mon Prince Dragon envahit tous mes sens. Je l'entends, je suis dans ses bras, je sens son souffle sur ma joue, je reconnais son parfum de terre et de feu. Sa réalité se fraye peu à peu un chemin à travers les brumes épaisses qui ont envahi mon esprit.

— Je ne rêve pas ? Tu es bien là ? dis-je d'une toute petite voix.

— Je ne suis ni un spectre ni un fantôme, et encore moins

une création de ton esprit. Je suis bien là, en chair et en os. Et qui d'autre que moi serait assez fou pour venir te chercher dans cette bouche de l'En-Dessous, hein ?

— Mais comment est-ce possible ? Je t'ai…

— Ne le dis pas, ma chérie. Ce n'est pas ce qui s'est passé. Si tu me jures de ne rien faire de stupide, comme te jeter dans ce fichu volcan, je te libère et nous pourrons parler de ce qui m'est arrivé avant et après notre… petite danse de la mort.

— J'ai du mal à y croire… Je suis perdue.

— Si moi je ne suis plus tout à fait le même, toi, tu ne changes pas. Il t'est toujours aussi difficile de promettre quoi que ce soit. Alors, on va faire autrement…

Sans desserrer l'étau de ses bras, il change sa prise. Il en passe un dans mon dos, l'autre sous mes genoux, et en moins de temps qu'il n'en faut pour le dire, je me retrouve à l'air libre, portée comme une demoiselle en détresse. Je suis sidérée. Il possède la force d'un Immortel, ainsi que sa célérité, mais c'est impossible ! En quelques secondes, malgré l'obscurité, nous sommes déjà au pied du volcan, loin de sa bouche toujours prête à cracher sa colère et dans laquelle je voulais disparaître. Au loin, les lumières de Catane donnent une teinte bleu marine à la nuit noire.

Malgré moi, mon désir d'en finir s'évapore, remplacé par un espoir fou qui s'épanouit peu à peu dans mon cœur. Il me dépose sur l'herbe un peu rêche d'un champ de poiriers. Accroupi face à moi, il me glisse tout bas :

— Là… On est assez loin. Maintenant on va pouvoir discuter. Es-tu prête à écouter mon histoire ?

Encore sous le choc, je fais « oui » de la tête.

— Et je te préviens, ajoute-t-il avec un sourire, à présent je cours aussi vite que toi et je suis plus fort ! Donc, ne t'avise pas de décamper avant que j'aie terminé. O.K. ?

— D'accord…

Comme pour vérifier qu'il est bien face à moi, je tends une main hésitante vers son visage. Il s'en saisit avec délicatesse et embrasse ma paume. Par réflexe, je la retire, surprise par ce geste de tendresse. Je me tasse sur moi-même et entoure mes genoux de mes bras.

Il s'installe plus confortablement et commence son récit, ses yeux arrimés aux miens. Je peux y lire toute sa détermination à me convaincre de la véracité de ce qu'il me raconte.

C'est à la fois extraordinaire, fou et incroyable !

Sa rencontre avec la Grande Mère, sa Transition, le voyage étrange de la petite Vaiana et la réalité de l'éveil de Kimiko, que j'avais fini par considérer comme une construction de mon esprit épuisé. Il termine par le plus incroyable : l'errance de son esprit dans le passé et la découverte de sa réincarnation.

J'en reste sans voix. Tout se bouscule dans ma tête. Grâce à ses mots, des souvenirs de ma vie de mortelle refont surface. Je revois mes petites filles adorées, mon cher époux, la naissance de mon bébé et ma propre Transition.

Son histoire terminée, il garde le silence un moment, afin de me laisser le temps d'assimiler ce qu'il vient de me révéler. Ses grandes mains encadrent mon visage. Il essuie mes joues mouillées de ses pouces et porte l'un d'eux à sa bouche. Il lèche mes larmes de sang, dénudant ses crocs, ce qui me confirme sa transformation si j'en avais encore besoin. Mais c'est inutile, car je le crois. Je le sens au plus profond de moi. Quelque chose s'agite, palpite, m'appelle…

Je suis fascinée par ce geste à la fois délicat et d'une grande sensualité. Personne, jamais, n'a goûté mon sang et encore moins de cette façon, avec autant de plaisir évident. Le partage de l'Ichor entre Immortels est un acte d'une grande intimité que je n'avais jamais permis à quiconque.

Je n'arrive plus à penser à autre chose qu'à ses lèvres

souriantes qui se referment sur son doigt.

— Je suis comme toi maintenant, *telam*, chuchote-t-il. Si tu as encore du mal à me croire, va voir en toi. Va voir Kimiko, puisque tu le peux.

— *Oui, Hime-sama, viens à moi,* appuie ma compagne. *Viens jusqu'à la source de ton pouvoir, quelqu'un veut te revoir…*

Je suis attirée à l'intérieur de moi-même sans pouvoir résister. De la curiosité ? Un peu, sans doute, mais c'est plus que ça. Quelque chose me tire le long d'un fil dont j'ignorais l'existence. Peut-être n'était-il pas là avant… Quoi qu'il en soit, je ferme les yeux et plonge en moi jusqu'à mon refuge.

Je retrouve ma forêt d'arbres de vie et mon cher *yakusugi*. Au moment où j'approche de la rive du lac, Kimiko émerge de ses eaux limpides. Ce spectacle m'émerveille. Je n'avais jamais vu ma compagne de mes propres yeux, puisque nous occupions la même place dans le monde.

— Tu es magnifique ! lui dis-je en guise de salutations.

— *Tu es très belle aussi, Himawari,* répond-elle, un sourire dans sa voix mentale.

Elle ondule jusqu'à moi et me présente son front orné de longues cornes de cerf. Je glisse mes doigts dans les poils de ses joues et la câline. Je me gorge de sa douceur et de son parfum de rose.

Un parfum de rose ? C'est donc d'elle que me vient cette fragrance que tout le monde dit sentir sur ma peau ! Est-ce cela qui attire autant les enfants ? Peut-être…

— *Nous sommes une, mon tournesol. Ce parfum est le tien comme le mien. Il est celui de ta source, la part encore vivante de ton être. Et ce qui attire les petits dans ton giron, ce sont à la fois ce parfum et ta lumière. Même si aujourd'hui tu es une créature de la nuit, ta lumière intérieure brille encore de mille feux. Que tu le veuilles ou non, tu restes une puissante guérisseuse d'ascendance divine.*

Ses dernières paroles m'arrachent un frisson. Le poids de

mes responsabilités m'oppresse à nouveau. Il glisse peu à peu de mon dos jusque sur mes épaules et les écrase sans pitié. Elle a sans doute raison, mais…

— *Hime-sama, nous ne pouvons pas encore nous prélasser ici ensemble, malheureusement. Les Mondes t'attendent et comptent sur toi pour les préserver de la servitude et de la mort. Mais avant, comme je te l'ai dit, quelqu'un souhaite te saluer.*

J'ai à peine le temps de lever les yeux qu'une petite boule de feu se précipite vers moi et se niche dans mon cou, avide de me toucher, de me sentir. Deux noms surgissent dans ma tête : Suzaku et Metyr. Mon époux et le compagnon d'Alek. Ce qu'il m'a raconté est donc bien vrai ! La petite Vaiana a sauvé l'âme du dragon, qui n'est autre que la seconde moitié de celle de Suzaku. Son âme s'est scindée en deux lors de sa réincarnation dans le corps Aleksander.

— Que tu es beau, toi aussi !

Pour toute réponse, le petit oiseau incandescent caresse ma joue de son bec et une vague brûlante d'amour me traverse. Elle réchauffe mon âme toute entière.

— *Je suis navrée d'écourter vos retrouvailles, mais tu dois revenir à toi, Himawari. Tu dois reprendre le cours de ta vie aux côtés de ton prince et accepter ton destin. La prophétie doit s'accomplir. Aleksander a besoin de toi, tes enfants ont besoin de toi, tes amis aussi, ainsi que tous ceux qui croient en toi. Tu es leur phare dans la nuit, ma princesse.*

Je sais que Kimiko a raison, pourtant, je prolonge encore un peu cet instant hors du temps. Un dernier geste tendre à ma compagne, une dernière roucoulade au petit oiseau de feu.

Mon destin… Je viens de retrouver l'amour après plus de deux millénaires de solitude… Suis-je capable de l'embrasser à nouveau ? Et si je le perdais dans la bataille ? Et si je ne pouvais pas le supporter ? Qu'adviendrait-il ? Je ne suis pas encore prête pour ça…

Quand j'ouvre les yeux, le beau visage inquiet de mon prince emplit mon champ de vision. Sur une impulsion, je me jette à son cou, le renversant sur l'herbe, et je l'embrasse à pleine bouche sans aucune retenue. L'espace d'un instant, je ne suis plus Leizu, l'Immortelle âgée de plus de 2 500 ans au devoir écrasant. Je redeviens Himawari, la jeune princesse insouciante et pleine de joie de vivre, qui vole un baiser passionné à son époux.

Aleksander m'enlace, me caresse le dos, les cheveux, et répond à ma fougue par la douceur, même si je sens son corps trembler de retenue.

— Depuis le temps que j'en rêvais… murmure-t-il quand nos bouches se séparent enfin. Si je m'écoutais, nous resterions ainsi pour l'éternité. Tu sais, j'ai essayé de devenir le frère que tu désirais. Vraiment ! Et pendant un temps, j'y suis parvenu. Mais tu as pris une place de plus en plus grande dans mon cœur. Je ne pouvais plus ignorer ce que je ressentais pour toi et ce n'était pas un amour fraternel, loin de là… Durant toutes ces années, et depuis le jour où je t'ai vue penchée sur *mama,* usant de ton merveilleux don pour sauver sa vie et celle des jumeaux, je n'ai jamais cessé de t'aimer, Leizu, et aujourd'hui plus que jamais…

Ses révélations, cet aveu sans fard… Ils touchent mon âme, avec à la fois la violence d'une flèche et la douceur d'un battement d'aile de papillon. Je suis d'abord anéantie, puis je reviens à la vie, je reprends mon premier souffle, je renais de mes cendres.

Au fond de moi, quelque chose claque dans un bruit assourdissant, un lien se révèle, aussi fin qu'un cheveu, rouge telle une pierre de cinabre, et plus solide qu'un fil de graphène. Je viens d'accepter ce qui nous unit Alek et moi : le fil rouge du destin.

Avec lenteur, je me mets à califourchon sur lui, j'approche mon visage du sien et lui présente mon cou. Je le sens un peu perplexe face à mon geste, mais je ne dis rien. Je suis bien consciente qu'il ne connaît pas encore les codes, les lois ou les rites du Peuple de la Nuit, mais j'ai besoin qu'il comprenne seul la portée de ce que je lui offre.

Je vois un mélange de désir, de faim et d'envie apparaître dans ses yeux. Ils luisent comme deux pierres de lune. Je vois ses canines s'allonger, et pourtant, il hésite. Son corps tremble de plus en plus, il lui est difficile de résister.

J'attends.

Il cède enfin.

Quand il perce ma peau et accède à mon sang, je l'enlace. Mes sens s'emballent, il n'y a plus que lui. Tout le reste s'efface. Mon corps s'enflamme de désir pour lui. Là, au pied de l'Etna, je le veux corps et âme sans aucune inhibition. Sa virilité se dresse contre mon intimité et j'en éprouve une voluptueuse satisfaction, une sorte d'ivresse à la limite de l'exaltation.

Le plus naturellement du monde, il me fait le même cadeau après avoir embrassé l'endroit de sa morsure. Je ne sais rien du nectar ni de l'ambroisie des Dieux, mais pour moi, son sang en a la saveur. Il coule dans ma gorge comme le plus merveilleux des miels. Je retrouve le goût de paradis qui m'a sortie de ma rage de sang et mon sentiment de culpabilité fond sous cette exquise brûlure.

Je me redresse, étourdie et languide.

— Waouh ! lâche-t-il, un sourire béat sur le visage. Je ne comprends pas très bien ce qui vient de se passer, mais je n'ai jamais rien ressenti de tel. C'était… Waouh ! Je ne trouve même pas de mot assez fort pour le décrire !

Il éclate de rire, et ce son ajoute une joie intense et communicative à mon vertige. Je le rejoins dans son hilarité. Puis il redevient sérieux et reprend mon visage en coupe.

— Tu ne veux faire aucune promesse, soit ! Mais moi, je vais t'en faire une : où que tu ailles, quoi que tu fasses, à partir de cet instant je serai toujours à tes côtés. Je t'ai trop souvent regardée t'éloigner de moi sans te retourner, me déchirant le cœur au passage. Je ne te laisse plus seule face à l'avenir, c'est terminé ! Nous allons nous battre ensemble pour bâtir un monde où nous pourrons vivre en paix.

— Avec toi, je peux peut-être y arriver… glissé-je, incertaine.

— Pas de « peut-être » ! Ce n'est pas dans mon tempérament, tu le sais bien. Je ne le permettrai pas ! Maintenant, allons retrouver notre famille et nos amis, ils nous attendent.

D'un mouvement souple, il se remet debout en me maintenant contre lui. Un rapide baiser, puis il me prend dans ses bras et s'élance vers les faubourgs de Catane, plein d'énergie. Je me laisse porter, encore un peu groggy.

— Tu as déjà chevauché un arc-en-ciel de lune ? me demande-t-il avec la joie innocente d'un enfant.

Chapitre 11

Louis

Terre sacrée

Des thérianthropes immortels ? Mais comment est-ce possible ?

Sidéré, je mets un certain temps à réagir.

Je pose une main sur le bras de Kyrre, devant moi, et le pousse avec douceur pour faire face au tatoué.

— Louis ! proteste mon protecteur.

Un grondement sourd, du côté de ma jambe droite, vient appuyer sa plainte : Skygge est d'accord avec son petit-fils.

Notre situation est loin d'être idéale, je le reconnais. D'après les rapports sur la visite des trois étrangers à Paris, j'avais envisagé, le cas échéant, de tomber sur des thérianthropes exotiques, mais pas à ce que certains soient des Immortels ! Une dizaine de cas de Transition au sein du Peuple des Bêtes sont documentés dans nos archives, mais à chaque fois, il est mentionné que l'animal n'y a pas survécu. La question s'est d'ailleurs posée pour Aleksander… Bien que pour lui, ce soit encore autre chose. Les dragons sont des créatures si anciennes que nous ne savons rien de leur capacité à résister au sortilège de sang des Immortels, ni des possibilités réelles de leur magie intrinsèque.

Dans tous les cas, il ne fait aucun doute que nous sommes

face au peuple des gardiens, les Alhurras.

— Mes amis, dis-je aux chats, essayons de ne céder ni à la colère ni à la violence. Ce serait la plus mauvaise façon de faire connaissance et cela menacerait notre future collaboration.

Le colosse à moitié nu plisse le nez et fronce les sourcils.

— Vous sentez comme la petite espionne, lâche-t-il en guise de salutations, dans un français parfait.

Brunhilde !

— Qu'avez-vous fait d'elle ? interroge Kyrre, agressif.

Le gardien ne lui accorde aucune attention. Son regard d'onyx reste braqué sur moi.

— Cette jeune femme n'est pas une espionne, dis-je, avec tout le calme qu'il me reste. Elle est commandant de ma garde. Comment va-t-elle ? L'avez-vous faite prisonnière ? Vous ne l'avez quand même pas…

— Je ne tue jamais les femelles, déclare l'homme, avec un sourire en coin. Je joue avec, à la rigueur…

Je ne relève pas sa muflerie, notre position me l'interdit. Alors que j'esquissais un soupir de soulagement, je sens un mouvement contre ma jambe. J'ai tout juste le temps de ceinturer Skygge alors qu'elle bondit sur le malotru. Elle se retourne dans mes bras et me griffe profondément pour que je la lâche. Mais je tiens bon.

— Freya ! S'il te plaît ! crié-je.

Elle se contorsionne de plus belle, grogne et feule de rage, les yeux fous. Un coup de patte m'atteint au visage et me déchire la joue. Un peu plus bas, et elle m'atteignait ma gorge ! Là, c'est du sérieux. Elle veut la peau du tatoué. Je suis d'accord avec elle et sa rage est communicative, mais je ne peux pas le permettre. Je dois ramener sa part humaine à la raison afin qu'elle reprenne le contrôle. Autour de moi, les autres membres du clan s'apprêtent à se ruer au combat, pour suivre leur cheffe.

— *Klanlederen !* Assez !

L'écho de mon hurlement se répercute sur les colonnes et les murs antiques. Il raisonne dans toutes les ruines, et peut-être même au-delà.

Un long miaulement de douleur et de frustration s'échappe de la gorge de la chatte en colère. Je lui caresse le dos en la serrant contre moi et elle cesse de s'agiter, mais elle garde ses yeux dorés braqués sur le rustre.

— Elle a aussi du caractère, celle-là ! se moque le grand gaillard, goguenard.

— Cessez vos provocations ! Mais surtout, ajouté-je entre mes dents, ne la sous-estimez pas. Ne *nous* sous-estimez pas ! Dites-moi juste si notre amie va bien, et je vous donnerai toutes les explications que vous voudrez sur notre présence ici.

— Elle était encore vivante quand je l'ai remise à l'un de nos prêtres pour qu'elle soit jugée, précise-t-il sans se départir de son sale petit sourire.

— Si c'est un Grand Prêtre qui commande, alors menez-moi à lui.

— Qui es-tu, petit, pour pénétrer ici sans y être invité, et exiger quoi que ce soit ?

— Je suis Lou…

— Tes chatons et toi n'avez rien à faire ici ! Tu es encore trop jeune pour t'endormir. Et même si c'est ce que tu veux, il y a une procédure à respecter. Et ce n'est pas se glisser sur notre territoire en douce !

Mais que fait donc Ryūjin ? Où est-il passé ? Nous étions convenus… Ah non, nous n'avons rien décidé du tout. C'est moi qui pensais qu'il serait à nos côtés pour ce moment délicat, mais lui, il n'a rien dit. Les Dieux, franchement !

— À moins que vous soyez venus nous voler… ajoute l'homme, un grognement dans la voix.

Son corps se tasse et se tend. Il est à son tour prêt à bondir sur nous, à l'instar des chats. Je sens son ratel bien trop proche de la surface à mon goût. Si la situation dégénère, nous serons en sous-nombre et très désavantagés par la nature de nos adversaires. Je ravale ma colère et lève une main ouverte en signe de conciliation.

— S'il vous plaît ! Nous venons en paix ! Nous ne sommes pas là pour mon sommeil, vous combattre ou vous voler, mais pour vous avertir ! Un grand danger vous menace ! *Nous* menace, tous !

— Pourquoi débarquer la nuit, alors ? Et essayer de contourner nos défenses ? Ce n'est pas une attitude pacifique, ça ! C'est sournois et suspect.

— Oui, nous aurions pu passer par la grande porte et respecter le protocole, mais nous manquons de temps.

— Je ne vous crois pas et j'en ai rien à f…

— Abdolon ! gronde une voix féminine depuis les ombres.

Le tatoué se retourne, surpris.

— Cabiria ? Que fais-tu hors de la cité ? Ce n'est pas prudent !

— Je suis bien entourée pourtant, non ? Je ne crains rien avec toi.

Il grommelle quelque chose d'incompréhensible alors qu'arrive une magnifique jeune femme. Vêtue d'une robe pourpre aux liserés or, elle glisse entre l'obscurité et les flaques de lumière, telle une apparition divine. Le tissu, léger et brodé de croissants de lune ainsi que de symboles inconnus, épouse ses mouvements avec grâce. Les reflets dorés de sa ceinture, incrustée de pierres qui captent la lueur lunaire, trahissent une position élevée dans la société. Ses poignets sont cerclés de deux larges bracelets dorés qui rappellent les canons d'avant-bras des armures médiévales. Ils sont cependant bien plus raffinés, gravés des mêmes symboles que ceux de sa robe. Mais plus que ses atours, c'est son visage à l'ovale parfait qui retient mon attention, et surtout ses yeux. En amande, noirs et profonds comme de l'onyx, semblables à ceux du tatoué, ils brillent pourtant d'un éclat espiègle qui contraste avec sa fonction évidente de prêtresse. Je peux y lire aussi l'intelligence d'une femme habituée à déchiffrer les secrets des Dieux, comme des hommes. Ses lèvres pleines, ourlées d'un léger sourire, accentuent la malice de son regard. Ses longs cheveux noirs sont tressés avec la même précision guerrière que l'homme qui se tient face à moi, sauf que les siens sont rehaussés d'une coiffe en mailles d'or et de perles argentées.

Il s'agit aussi d'une thérianthrope ratel, mais elle n'est pas Immortelle. J'ai le sentiment que cette femme pourrait bien devenir une alliée.

Dans son sillage, apparaît soudain une silhouette à laquelle je ne m'attendais pas. Vêtue d'une robe simple, de la même couleur que celle de la prêtresse, et sans aucun bijou, Brunhilde avance vers moi d'un pas hésitant. Son visage est marqué. La lèvre inférieure fendue, une joue tuméfiée, et l'autre barrée de deux profondes entailles en voie de cicatrisation, elle m'adresse un faible sourire qui n'atteint pas son regard grave.

— Maman… murmure Kyrre à côté de moi, ému.

Plusieurs de ses camarades, dont son mari, émettent quelques trilles pour lui signifier qu'ils sont heureux de la revoir. Aucun ne quitte cependant sa position. L'atmosphère est toujours tendue. Quand elle entre dans la lumière, je vois de la douleur dans les beaux yeux dorés de sa compagne, comme un appel au secours silencieux. Je remarque aussi d'autres blessures sur ses bras nus, ainsi que quelque chose qui m'avait échappé. Un large collier gris acier aux gravures complexes lui cercle le cou.

Oh seigneur ! Ils en ont fait une esclave ! Ma première impression sur cette prêtresse n'est peut-être pas du tout la bonne, tout compte fait…

Skygge recommence à s'agiter dans mes bras. Mais plutôt qu'un grognement, c'est un miaulement plaintif qu'elle m'adresse. Elle veut descendre pour aller voir sa fille. Je ne peux pas encore la laisser faire.

— Bienvenue dans notre domaine, Prince de Paris, me salue la dénommée Cabiria. Nous vous attendions.

— Quoi ? intervient le tatoué. C'est quoi ce bordel ? Pourquoi ne suis-je pas au courant, hein ? Je suis quand même chargé de la sécurité extérieure !

— Abdolonymos, fils de Hanno, mon frère, serais-tu maintenant dans le secret de notre bien aimée Déesse Ashtart ?

La question lui rappelle de manière très claire que, malgré leur lien de parenté, ils n'occupent pas la même place dans leur société, et surtout, ils n'ont pas le même rang. Il se tait et ronge son frein. Quant à moi, je reste circonspect. Elle connaît mon nom et elle m'attendait…

— Vous êtes donc bien le premier… continue la prêtresse en tournant la tête vers moi. Je suppose que les autres ne vont pas tarder.

— Les autres ? Quels autres ? questionne encore le guerrier.

Cabiria lui jette un regard sévère et soupire, fataliste.

— Mon frère, tu as l'ordre formel de conduire ceux qui se présenteront à toi après eux jusqu'à la demeure de Dame Ba'alat Gebal.

— C'est quoi ces conneries ? Je n'ai pas du tout ces instructions-là, moi !

— C'est normal, puisque je suis ici pour te les transmettre et accueillir…

— Qui a décidé ça ? C'est du grand n'importe quoi ! Et comment on sait que ce sont les personnes que vous attendez, hein ? Ça ne sera pas marqué sur leur front !

Le colosse ne décolère pas.

— Fie-toi à ton odorat.

— Quoi ? Mais…

— « Il flottera autour d'eux un doux parfum de rose et

d'embruns » récite-t-elle pour toute explication. Mais puisque tu veux tout savoir, mon frère, laisse donc ta place à ton second et accompagne-nous jusqu'à la cité.

Celui-ci écarquille les yeux de stupeur, mais réussit à tenir sa langue. Il se tourne vers ses troupes sous formes animales et leur donne des ordres dans une langue que je ne comprends pas. Puis il s'adresse à sa sœur de la même façon.

— Ce n'est pas très poli de ta part de t'exprimer dans notre langue pour isoler nos invités, le réprimande-t-elle pour la deuxième fois. La réponse à ta question est « oui ». Bien-sûr que la Grande Prêtresse est au courant de ma démarche, c'est elle qui m'envoie. (Elle tend un bras vers la citadelle.) Après vous, Prince Louis, je vous en prie. Je vais vous faire découvrir notre belle cité de Byblos.

Je n'ai pas vraiment d'autre choix que de la suivre, mais je tente quand même d'obtenir des réponses.

— Je ne vous suivrai nulle part si vous ne m'expliquez pas comment vous connaissez mon nom, pourquoi vous nous attendiez, et surtout tant que vous ne libérerez pas notre amie ici présente.

Je fais un geste du menton vers Brunhilde, restée silencieuse.

Cabiria se rembrunit.

— Je ne peux, hélas, rien vous dire. Ce n'est pas à moi de vous donner ces informations. Shaphat est encore… Enfin, elle se mettrait en colère contre moi si je le faisais, et elle aurait raison. Chacun ses prérogatives, vous comprenez ? Il en va de même pour votre amie. Je n'ai pas l'autorisation de la libérer. C'est déjà de haute lutte que j'ai obtenu celle de l'emmener avec moi ce soir. Je voulais que vous soyez rassurés de la voir en vie.

— Peut-on lui parler un moment ?

La prêtresse baisse le regard, soudain très gênée.

— Je… Je suis navrée. C'est impossible tant qu'elle… Pour

l'instant, elle…

— Elle est entravée par le collier gravé, c'est ça ? demandé-je sur une intuition.

Elle relève la tête, et ce n'est plus de l'embarras que je vois sur son visage, mais une grande tristesse.

— Je n'ai jamais aimé les *habl-Ashtart*, les liens sacrés, murmure-t-elle…

Le colosse souffle de colère. J'en ignore la cause. Sans doute une affaire privée entre eux.

— Quels sont les effets de ces liens ? Ça, vous pouvez me le dire, non ? insisté-je.

Elle adresse un regard implorant à son frère.

— Tsss ! râle-t-il. O.K. ! O.K. ! Ne me regarde pas comme ça ! (Il se tourne vers moi de mauvaise grâce.) Elle ne peut rien vous dire, mais moi je peux. Je ne risque pas les foudres de Shaphat, et de toute façon, je m'en fous. Ce collier empêche totalement votre… amie de parler et de se transformer, et il annihile une bonne partie du contrôle qu'elle a sur son corps. (Il refait volte-face.) Voilà ! T'es contente ?

— Merci, articule-t-elle en silence.

Il prend le chemin de la forteresse d'un pas de grenadier.

Je suis écœuré par tant de cruauté. Mais, à bien y réfléchir, les pratiques en vigueur à Byblos dans les temps anciens n'étaient pas moins brutales. Cette société serait-elle restée inchangée depuis l'antiquité ? Leurs vêtements, leur physique particulier, le culte de la Déesse Ashtart… Ils ne vivent pas dans la Byblos d'aujourd'hui. Cette cité doit être comme Héridane, un espace hors de celui-ci dont l'accès se fait par un ou plusieurs portails…

— Acceptez-vous de nous suivre maintenant ? demande-t-elle d'une voix douce.

— Allons-y, dis-je à ma troupe, Skygge toujours dans mes bras afin qu'elle reste tranquille. Ce n'est pas comme si nous avions le choix…

Nous suivons le grand tatoué vers la partie sud du monument médiéval, à l'opposé de sa grande porte fortifiée et de son pont à deux arches. Quelques gardes thérians encadrent Cabiria et Brunhilde jusqu'à un mur complètement dans l'obscurité. Là, la prêtresse plaque l'un de ses bracelets contre la pierre. Quelques secondes s'écoulent avant qu'une arche se mette à luire sur la paroi, comme dessinée à la poussière de lune.

Cette magie m'est inconnue, comme tant de choses à propos des gardiens.

Alors que nous passons le portail en formation serrée, dans les pas de notre guide sacrée, un grand frisson remonte le long de ma colonne vertébrale. Je me retourne avec la sensation très nette d'être observé, mais il est trop tard pour en chercher l'origine. Tout s'efface autour de nous.

Je n'aime pas ça… Pas du tout… Si seulement Romain et Nicolas étaient déjà là ! Ils auraient identifié le ou les curieux en un rien de temps… Et le dragon, toujours aux abonnés absents…

De l'autre côté, je découvre une forêt de cèdres majestueux, au parfum de résine et de bois sec. Un royaume de silence et de paix. Ces géants aux corps noueux et aux branches horizontales, sentinelles noires dans la nuit, étendent leurs bras vers un ciel étoilé, comme des sages en pleine prière à la Déesse.

Le sol, tapissé d'aiguilles tombées depuis des siècles, absorbe le bruit de nos pas. Les troncs, larges comme une ronde de trois hommes, portent tous les cicatrices du temps. Écorce fissurée, branches brisées ou dénudées… Pourtant, ils sont toujours debout, bien vivants.

Entre les arbres, la lumière de la lune découpe l'air en colonnes irisées et mouvantes, créant une atmosphère onirique, irréelle.

Le frère de la prêtresse prend les devants, et disparaît très vite dans la forêt.

Nous avançons d'un pas plus lent vers les faubourgs de la cité, comme si la jeune femme voulait que nous prenions le temps d'admirer ce que nous découvrons. À la sortie du bois, j'aperçois quelques points de lumière qui brillent au loin, telles des lucioles. Sur les collines, vers l'Est, on devine à leur silhouette des arbres de petite taille bien alignés. Probablement des figuiers ou des oliviers.

Une large bande sableuse, parsemée de rochers, s'étend maintenant entre la cité et nous.

— Pourquoi arriver aussi loin ? demandé-je, curieux.

— Il n'existe aucun passage qui mène au cœur de l'acropole, me répond Cabiria. Nous protégeons le Sommeil des anciens, et l'usage de la magie de Ba'alat Gebal à proximité de la ville haute serait une gêne pour eux. Elle est puissante, vous savez ?

Non, je n'en savais rien… Je ne sais même pas qui est au juste Ba'alat Gebal, la Dame de Byblos… Je ne suis pas au bout de mes surprises, j'en ai peur !

Après de longues minutes de marche dans un silence absolu, nous croisons enfin les premières maisons. Modestes, serrées les unes aux autres, aux murs en briques de terre séchée et aux toits de roseaux. Un fumet de poisson mijoté s'échappe de leurs petites cheminées en argile. Dans certaines, par la fenêtre, je vois des femmes filer la laine rouge carmin à la lueur blafarde de plusieurs lampes. Les lumières dansantes que j'ai aperçues depuis la lisière de la forêt.

Nous empruntons ensuite des rues étroites et sinueuses, pavées de galets, qui mènent à de multiples boutiques ou ateliers. Aucun son ni aucun mouvement ne donne vie à ce quartier. De chaque côté de la chaussée, les échoppes sont toutes fermées pour la nuit. Impossible de distinguer celle d'un orfèvre de celle d'un potier quand l'artisan n'est pas là. En revanche, on identifie facilement celle des teinturiers à l'odeur âcre des murex qui flotte encore dans l'air.

Voilà comment était la cité de Byblos au temps de sa splendeur… Elle doit être encore plus belle sous la lumière du soleil… Cette traversée nocturne est comme une enjambée du temps. C'est fantastique !

Enfin la ville haute.

Le mur d'enceinte est d'une largeur impressionnante, mais moins haut que je le pensais.

Nous passons la porte sud, flanquée de bastions et surveillée par des sentinelles équipées d'épées courtes à la ceinture et d'armures de cuir. Leur tenue rappelle les couleurs arborées par Cabiria : tuniques pourpres, renforcées de plaques de bronze sur le torse et les épaules et boucliers ronds peints de croissants de lune. Ce sont les premiers que nous croisons.

La lune est peinte ou gravée partout dans la cité… Ashtart est omniprésente, dans tous les aspects de leur vie… Les gardes ne sont pas nombreux et leur matériel manque cruellement d'efficacité face à ce qui nous attend… Ces murs… Ils ne sont pas assez hauts. Même moi, malgré ma petite taille, je peux y grimper sans problème.

Aucun mot n'est échangé avec eux. Ils surveillent le passage de notre troupe comme si tout était normal.

Les rues sont beaucoup plus larges ici. Les habitations, plus espacées et luxueuses, sont en pierre taillée et bois de cèdre, avec des toits plats en terre cuite. Étant donné leur taille, certaines d'entre elles doivent sûrement posséder des cours intérieures autour desquelles la vie s'organise.

À un croisement, dans le silence de la nuit, j'entends au loin un cliquetis répétitif que je n'arrive pas à identifier. Je m'interroge tout bas :

— Quel est donc ce bruit ?

C'est sans compter sur les fines oreilles des thérians.

— C'est une patrouille, me répond Cabiria. Les soldats portent des bandes de cuir cloutées au niveau des jambes. Quand ils marchent, ils produisent ce son métallique que vous entendez. Mais dans la journée, nous ne le percevons presque plus à cause de l'agitation de la cité.

— Merci…

Deux rues plus loin, sur notre gauche, s'élève un mur de calcaire blanc de près de trois mètres de haut. Son centre est percé d'une porte double monumentale. En bois sculpté, celle-ci est gardée par deux sphinx aux visages érodés par les vents salés. Une odeur d'épines brûlées et d'encens flotte dans l'air. Quand nous approchons de l'un des battants ouvert, j'aperçois une mention gravée sur le linteau, en basalte noir tout comme les statues. De l'inscription, je ne reconnais que le nom de Ba'alat Gebal.

Je pense que nous sommes devant l'entrée du temple aux obélisques, dédié à la Dame de Byblos. Le plan de la cité est en tous points le même que celui que j'ai vu de notre côté, si ce n'est, bien-sûr, que là où chez nous, il y a les ruines romaines et la citadelle, il n'y a ici que les monuments phéniciens.

Au même moment, les sons d'une conversation houleuse nous parviennent de l'intérieur. La jeune prêtresse rentre la tête dans les épaules et frissonne légèrement. Les voix se précisent et je reconnais celle du tatoué. Avec lui, ou plutôt contre lui, se dressent un homme vêtu comme un soldat de haut rang et une femme au même genre d'atours que Cabiria.

Abdolonymos est furieux et l'autre homme, un thérian lui aussi, n'est pas en reste.

Dans la cour intérieure, éclairée par quelques torchères murales, je n'ai pas le temps de m'extasier sur le bassin en pierre à l'eau aussi rouge que du sang ni sur les dizaines de stèles votives gravées qui s'y dressent. La dispute entre les trois personnes cesse dès notre entrée. Le tatoué et son opposant croisent les bras, sur la défensive, et se fusillent du regard.

— Bonsoir, Prince de Paris, dit la femme, soudain tout sourire. Je suis Shaphat, la Grande Prêtresse.

Vêtue de la même robe richement brodée que Cabiria, elle

porte cependant plus de bijoux autour du cou et aux poignets. Dans ses yeux, aucune malice, mais plutôt un sombre calcul. Entre deux âges, elle possède la grâce des femmes de haut rang, sans en avoir le charme. Son visage, fardé d'une sorte de crème qui a du mal à cacher ses rides d'amertume, exprime une joie fausse et sans éclat. Sur sa tête, une coiffe d'or en chaînette au tressage complexe, surmontée d'un croissant de lune.

Ouf ! Aucun des deux n'est Immortel. C'est peut-être plus rare que le groupe extérieur ne le laissait présager. C'est quand même une thérianthrope dont je ne connais pas la race, comme les types de Paris… Des espèces disparues ? En tout cas, cette femme donne le sentiment d'avoir souffert d'un mal qui a fané sa beauté et qui, depuis, fait payer tout le monde pour cet affront. Aigrie, jalouse de ses privilèges et de ses prérogatives… À surveiller… Elle pourrait bien me mettre des bâtons dans les roues pour ne rien perdre.

— Tsss ! râle encore le guerrier, méprisant.

Le gradé la regarde en levant un sourcil, surpris à l'énoncé de son titre.

Quelque chose cloche… Il y a un truc qui m'échappe. Me cacheraient-ils quelque chose ? Avec son attitude irrespectueuse et son caractère soupe au lait, je préfère encore Abdolonymos. Je déteste la tromperie et les faux-semblants !

— Bonsoir, dis-je, poli, mais sur la réserve.

Elle tend une main vers le soldat.

— Je vous présente le général Gisgo. Il sera en charge de la protection de la ville contre ceux qui nous menacent.

— J'ai déjà renforcé les patrouilles, se rengorge-t-il, et envoyé des soldats dans la forêt pour prévenir toute intrusion.

— Peut-être pourrions-nous discuter de tout cela ailleurs que dans une cour, ajouté-je, platement.

Je ne les connais pas, et ils m'énervent déjà, ces deux-là !

— Nous en avons déjà parlé avec celui que vous appelez Ryūjin, annonce Shaphat avec fierté. Inutile de revenir sur le sujet. Le général a pris les mesures qui s'imposaient. Voilà plusieurs millénaires que nous accomplissons notre devoir sans faillir. Ce n'est pas un petit groupe de renégats qui va nous inquiéter, voyons ! Détendez-vous, Prince Louis.

Quoi ? Il est ici ce vieux grigou ? Il nous laisse tomber comme des vieilles chaussettes, et tout ça pour arriver ici avant nous ? Et c'est quoi, cette histoire de petit groupe de renégats ? Qu'a-t-il bien pu leur dire pour qu'ils en tirent une conclusion si éloignée de la réalité ?

Je bous à l'intérieur, mais je ne laisse rien paraître.

— Que vous a-t-il appris des monstres qui vont déferler sur vos terres ? demandé-je, agacé par leur suffisance. C'est lui qui vous a prévenus de notre arrivée ?

J'ai de plus en plus de mal à contenir mon irritation.

— Eh bien… oui, c'est lui qui nous a…

— Par Ashtart ! lance Abdolonymos. Arrête de dire n'importe quoi, Shaphat ! Il ne t'a rien dit du tout puisqu'il est encore avec Dame Ba'alat Gebal ! Tu as écouté aux portes, oui ! Et puis c'est elle, la Grande Prêtresse de notre cité, pas toi ! Tu n'es que Prêtresse de la Lune ! J'en ai ma claque de tes embrouilles ! N'envoie plus jamais ma sœur à l'extérieur sans m'en avoir averti, sinon…

La vieille femme plisse les yeux.

— Sinon quoi ? Tu me menaces, petit blaireau puant ? crie-t-elle.

— Un jour, tu ne pourras plus te cacher derrière ton statut, vieille peau !

Sans rire… Ils comptent vraiment laver leur linge sale devant nous ? C'est étrange, mais révélateur…

— Ça suffit ! s'emporte le militaire contre le tatoué. C'est un manque de respect ! Avoir été rétrogradé et affecté à l'extérieur ne t'a pas suffi ? Tu veux un autre *habl-Ashtart* ?

Cabiria se recroqueville derrière notre petit groupe, un masque de peur sur le visage.

Eh bien, eh bien… Tout s'explique… Certains ont la cruauté facile, ici. Et tout ça pour quoi ? Un peu de pouvoir, je suppose. Comme souvent… Cet insolent guerrier me plaît de plus en plus… Est-ce que les deux autres ne seraient pas à l'origine de l'esclavage de Brunhilde ?

Skygge feule tout bas dans mes bras, le corps tendu, comme si elle en était arrivée à la même conclusion.

Ma chère Ombre n'a que ça en tête depuis que son regard s'est posé sur sa fille adorée… Je dois vite trouver une solution pour libérer Brunhilde…

Devant moi, Abdolonymos tremble de rage. Ses yeux brillent d'un éclat meurtrier. À l'extérieur, j'entends les cliquetis caractéristiques d'une patrouille. Et plus loin à l'intérieur du temple, des pas résonnent sur les dalles de calcaire blanc. L'altercation attire des curieux.

Une voix éclate soudain dans mon esprit.

— *Libérer la mère d'Erland de quoi ?*

— *Salutations à toi aussi, Nicolas ! Ton neveu déteint sur toi…*

— *Pardon, bonsoir Louis. Je ne voulais pas être impoli. Je te cherchais et j'ai entendu ta dernière pensée sans le vouloir. Nous venons de traverser.*

Je suis heureux de constater qu'il a enfin décidé d'utiliser son plein potentiel.

— *Il s'est passé quelque chose ? Tu as l'air tendu et quelque peu énervé…*

— *Y a de ça. Peux-tu répondre à ma question maintenant ? S'il te plaît…*

En peu de mots, je lui fais part de ce que nous avons découvert depuis que nous avons posé un pied sur le site archéologique de Jbeil, sans oublier cette sensation désagréable d'être épiés quand nous avons traversé le portail.

— *Romain et mon père ont eu la même impression plusieurs fois depuis que nous sommes ici, et surtout dans les ruines. Nous en avons cherché l'origine, sans résultat. C'était comme si celui ou celle qui nous espionnait connaissait notre don et savait comment passer inaperçu.*

— *Je n'aime pas ça du tout.*

— Nous non plus. Romain est remonté comme un coucou suisse, il ne tient pas en place.

— Dans la cité, les choses ne se passent pas tout à fait comme je les avais imaginées.

— De notre côté, Hans et les renards ne sont pas très à l'aise. Des thérians immortels, on aura tout vu !

— Je ne m'y attendais pas du tout, mais je pense qu'ils sont cantonnés à l'extérieur. Je ne suis pas sûr que la Transition leur soit donnée comme un cadeau, mais plutôt comme une punition…

— On verra, Louis… On arrive et on trouve une solution pour la mère d'Erland, même si pour ça je dois leur éplucher la cervelle comme un oignon.

Il quitte mes pensées sur cette promesse, après que je lui ai indiqué où nous étions dans la ville haute.

J'ai soudain un léger élan de compassion pour la prêtresse et son général, ou pour quiconque se mettrait en travers du chemin des enfants de Leizu. D'autant plus maintenant que je connais leur ascendance. Je comprends mieux leurs formidables dons.

Chapitre 12

Nicolas

Le secret de Byblos

Notre guide caracal, qui n'est pas Immortel, nous mène sans rechigner jusqu'au temple aux obélisques. Ses pensées superficielles sont tournées, en grande majorité, vers l'altercation entre son chef et un petit Immortel. Il est vieux et inquiet, parce que la situation est inédite. Il n'a jamais vu ni entendu parler d'un jeune Immortel qui aurait été accueilli dans la cité en simple visiteur. Pourtant, ça fait déjà plus de cent ans qu'il a été condamné à l'extérieur.

Louis… Le terme « condamné » confirme tes soupçons. Je me demande ce que cet homme, ou son compagnon, ont bien pu commettre comme crime pour être ainsi punis…

J'ai transmis notre conversation silencieuse à Romain et Erland. J'estime que ce dernier a le droit de savoir au sujet de sa mère. Si j'étais à sa place, je sais que je le voudrais, afin d'éviter la mauvaise surprise en arrivant. Mais depuis, il est dans la même colère noire que Romain.

Ces deux-là se sont bien trouvés.

Je soupire.

Sur le chemin, je constate que Louis a raison. Des gardes en nombre insuffisant, et le peu que je croise ne sont ni très vigilants ni bien équipés. Des murs d'enceinte assez larges mais trop bas… Rien ne va. Romain, Erland et moi échangeons des regards entendus. Pour espérer avoir une chance contre Fódla, nous allons devoir prendre les choses en main.

Voilà la façade blanche et sa fameuse grande porte en bois. Nous sommes arrivés.

Un brouhaha nous accueille aussitôt les battants franchis. Un peu plus loin, nous en comprenons l'origine. La dispute signalée par Louis est toujours en cours, sauf que le guerrier en pagne de cuir est maintenant encadré par deux soldats qui le tiennent chacun par un bras. Ces derniers n'ont pas l'air ravis d'entraver leur camarade.

— Tu n'es qu'un sale rat arriviste, Gisgo ! crie le guerrier en se débattant mollement.

Il pourrait se libérer de leur prise avec une grande facilité, étant donné son gabarit… Pourtant il ne le fait pas. Sans doute ne veut-il pas diriger sa colère contre eux…

— Et toi, tu vas apprendre le respect ! s'emporte le militaire. À genoux !

Curieux, quelques soldats se sont massés autour d'eux, et non loin, un petit groupe d'hommes et de femmes, tous vêtus de robes rouges, les observe. Des prêtres, je suppose. Contre le mur, à notre gauche, Louis regarde la scène, affligé, Skygge dans les bras. Le Clan Skogkatt l'entoure, aux aguets. Derrière lui, Kyrre réconforte une jeune femme, elle aussi en rouge. Je présume qu'il s'agit de Cabiria, la sœur du guerrier en mauvaise posture.

Et enfin, dans un coin de la cour, mon regard tombe sur Brunhilde. Cette femme, belle, puissante et fière, n'est plus que l'ombre de son ombre. Immobile, recroquevillée sur elle-même et la tête basse, elle se cache comme si elle ne voulait pas qu'on la voie dans cet état.

Je pose une main sur l'épaule d'Erland et le préviens en silence.

— Ta mère est au fond à gauche, dans l'obscurité.

— Oh putain ! Les bâtards ! Je vais me les faire !

— Ne tente rien d'insensé, s'il te plaît. Je vais trouver une solution, d'accord ? Laisse-moi juste un peu de temps pour comprendre ce qu'il se passe.

Je n'ai droit qu'à un grognement sourd en guise de réponse, mais je m'en contente. Sous mes doigts, je sens la tension du jeune félin.

Je jette un coup d'œil à mon neveu, puis à Siobhán. L'air semble se réchauffer autour d'eux, et leurs postures m'indiquent qu'ils sont déjà prêts à en découdre. La sorcière fixe la mère d'Erland d'un regard brûlant, et Romain analyse la situation de cette attitude si froide qu'elle ne présage rien de bon. À côté de moi, Vaiana a aussi repéré la belle thérianthrope. Une larme solitaire coule sur son visage déterminé.

Notre guide n'a pas l'air plus surpris que ça, mais son inquiétude monte d'un cran.

J'effleure son esprit pour en connaître la raison. *« … recommencent… Qu'est-ce que t'as encore fait, chef ? Un jour, ils vont finir dans un cercle sacré, ces deux-là… Si seulement Gisgo n'était pas si con… »*

Un cercle sacré ? C'est quoi, ça ?

Le caracal se racle ensuite la gorge pour signifier sa présence, et les murmures cessent de proche en proche jusqu'aux stars de cour de récré. Parce que c'est vraiment l'impression que me donne ce spectacle navrant…

— Bonsoir, Prêtresse Shaphat. Voici ceux que vous attendiez. Selon vos ordres, je les ai escortés jusqu'ici. *« Pourvu qu'elle me fiche la paix, la vieille… »*

— Tu peux disposer, répond-elle sans le remercier. Retourne à l'extérieur, là où est ta place.

Le vieux guerrier relâche son souffle de soulagement, échange un regard avec son chef entravé, puis s'en va quand celui-ci lui fait un petit signe du menton.

— Bonsoir, reprend-elle en saluant le plus âgé d'entre nous.

Bienvenue dans notre cité, monsieur… ?

— Benoît Fresney, lance mon père avec rudesse. Bonsoir… madame.

— Monsieur Fresney, si vous voulez bien me suivre. Allons discuter de toute cette affaire dans un endroit moins bruyant, voulez-vous ?

Quel manque de respect envers Louis ! Elle accorde toute son attention à mon père et ignore complètement son premier visiteur ! Mauvaise pioche…

Mon cher papa réagit au quart de tour. Il fait un pas vers la vipère.

— Je vous arrête tout de suite, madame, déclare-t-il d'une voix forte. Je ne suis pas de ceux qui commandent. Si vous voulez parler de la situation avec quelqu'un, vous devez le faire avec le Prince de Paris, ici présent. Mais si je peux me permettre, cette cour ressemble plus à une cour d'école qu'à celle du temple sacré de la Dame de Byblos ! Vous devriez avoir honte d'agir comme des enfants turbulents alors que la situation est si grave.

Papa et sa langue bien pendue ! Un peu de diplomatie, bordel !

Le soldat en armure de belle facture s'approche de nous, menaçant – Gisgo, je suppose – et la dénommée Shaphat suffoque d'indignation. Son visage rougit malgré son maquillage de voiture volée.

— Vous osez insulter notre Dame alors que vous n'êtes qu'un… qu'un…

Elle s'arrête en plein milieu de sa phrase, les yeux écarquillés de terreur.

Je me tourne aussitôt vers Romain. Je devine, à son regard minéral braqué sur la prêtresse, qu'il est responsable de son état. Il ne perd pas de vue non plus celui qui s'approche de son grand-père, et se décale pour se mettre devant lui.

Ça tourne au vinaigre ! Romain, Erland, Siobhán, Hans et Louis… J'ai l'impression d'avoir une poignée de grenades dégoupillées entre les mains. Je dois trouver celui ou celle qui commande vraiment ici si je veux éviter une bagarre générale… Mais avant…

— *Ma douce*, murmuré-je dans l'esprit d'Angélique, *peux-tu…*

Comme toujours, elle ne me répond pas par des mots, mais par une vague de quiétude qui me traverse avec délicatesse. Notre petite fée a maintenant une parfaite maîtrise de son don d'empathie. Je pense que ça ne suffira pas, mais ça me donnera un peu de temps.

Je lance ensuite mon esprit à la recherche de cette personne dans tout le temple, sans rien trouver. Je persiste.

En-dessous, peut-être…

Je traverse le sol sacré sans difficulté. Mais de l'autre côté, je suis stoppé net par la présence de plusieurs esprits d'une grande puissance. Ils dorment tous d'un sommeil à la profondeur abyssale, sauf deux d'entre eux. Je viens de trouver les cryptes des Anciens. Quand j'arrive à proximité de ceux qui sont tout à fait éveillés, je prends le temps de l'analyse.

Boucliers mentaux impénétrables… Pensées superficielles inaccessibles… Une aura lumineuse… Je n'ai pas affaire à des êtres ordinaires… Suis-je capable d'attirer leur attention ? J'ai l'impression d'être un insecte face à eux… Oh après tout, qui ne tente rien, n'a rien !

Je donne l'équivalent de trois petits coups sur la barrière du premier. Rien ne se passe. Enfin, rien… J'ai soudain la certitude qu'il faut que je tente ma chance avec le second et que, cette fois, ça va fonctionner. C'est donc ce que je fais sans attendre davantage.

— *Enfant de mon enfant*, éclate une voix entre murmure et grondement dans mon esprit, *tu es là. Vous êtes tous là ! Je suis heureux de pouvoir enfin faire votre connaissance. Ça faisait si longtemps…*

L'image d'un dragon marin s'impose à moi. Une véritable symphonie de bleus et d'argent. Enroulé sur lui-même, il me fixe de ses grands yeux dorés, fendus comme ceux d'un serpent. Sa gueule, largement ouverte, laisse échapper un souffle frais au parfum d'embruns, qui me caresse le visage. Je le sens malgré nos formes éthérées. Autour de son cou, une perle iridescente pulse d'une lumière bleutée, comme le cœur même de la mer. Il semble flotter dans un océan invisible illuminé par la lune où ses écailles reflètent sa lumière. Il est tel que je l'ai toujours imaginé…

— *Ryū… jin-… sama !* hoqueté-je, interloqué.

J'ai soudain la sensation qu'une rivière fraîche coule en moi. Elle me murmure les secrets de l'eau en glissant sur les cailloux qui tapissent son lit, mais je ne la comprends pas. Douce et calme, elle avance pourtant sans que rien ne puisse l'arrêter jusqu'au fond de mon âme. Je ne lutte pas. À quoi bon ? Même si j'érigeais le plus haut des barrages, elle le contournerait ou passerait au-delà et continuerait sa course à travers moi, tranquille et implacable.

En quelques instants seulement, le Dieu Dragon sait tout de moi, même ce que j'ignore encore.

— *Ton ami Louis a donc gardé le secret de ma présence. Intéressant… Quoi qu'il en soit, je vois que vous avez retrouvé celle que je considère comme ma fille. Bien… Très bien… Un volcan, hein ? Elle ne fait jamais les choses à moitié. Cette petite peut parfois être si obstinée !*

— *Ba… ba ? Si elle est… alors nous sommes…*

Les mots m'échappent, mais le maître de l'eau et des tempêtes ne s'en formalise pas.

— *Avant qu'elle ne vienne au monde, m'explique-t-il, j'ai offert ma bénédiction à celle que vous appelez aujourd'hui Leizu. Elle possédait un tel don de guérison que je lui ai aussi donné une compagne pour la guider tout au long de sa vie. Étant de ma lignée, il était normal que j'en fasse l'une de mes héritières, tu ne penses pas ?*

— *Je… heu… Si, je suppose…*

— *Cela fait donc de nous des parents.*

— …

J'en reste muet de stupeur.

— *Ce point maintenant éclairci, revenons au présent. Le temps n'attend personne… Je sais que tu t'es aventuré dans les cryptes parce que la situation vous échappe. Cependant, pour obtenir le soutien de la population de Byblos, il va déjà falloir vous battre, mes enfants. J'en suis navré. Ashtart et moi-même, malgré ce que nous sommes, ne pouvons pas conquérir le cœur de ces gens à votre place. Si nous le faisions, leur confiance en vous ne serait pas réelle, profonde et accordée en toute liberté. Ils vous renieraient à la première occasion. Nous ne voulons pas prendre le risque de payer le prix d'une trahison, alors que la bataille est si proche. L'équilibre serait rompu et les mondes sombreraient dans le chaos si la reine du Peuple des Collines venait à vous défaire. Nous arrivons…*

— Nous… Vous… arrivez… Je… Kami-sama, je suis vraiment désolé de vous avoir dérangé, je…

— Ne le sois pas, mon enfant. Je vous attendais. Retourne dans ton enveloppe charnelle, tu veux bien ? Il me semble que ta charmante épouse t'appelle.

— Attendez ! Juste une dernière…

— La réponse est « oui », enfant de mon enfant. D'autres divinités sont impliquées dans ce désordre, et vous ne seriez pas assez puissants pour les contrer. Il revient à certains d'entre nous d'être les garants de l'équilibre du divin. Raison pour laquelle je suis sorti de mon palais. De la même façon, il vous revient d'être les gardiens de l'équilibre parmi les mortels. Va maintenant…

D'un simple soupir, il renvoie mon esprit dans mon corps à une vitesse terrifiante. Le voyage est douloureux, et l'atterrissage encore plus. Je rouvre les yeux, allongé sur les dalles blanches, Vaiana penchée sur moi, très inquiète.

— Oh ma tête ! coassé-je en passant une main sur mon front.

— Tu nous as fait peur, murmure ma femme.

— Je vais bien, ma chérie.

Pour le prouver, je me relève.

Avant que j'aie le temps de prévenir les miens de son arrivée, Ryūjin-sama émerge de l'obscurité sous sa forme humaine. Je reconnais tout de suite son aura, même si celui-ci la contrôle pour ne blesser personne par sa seule présence. Vêtu d'un long kimono aux teintes bleues changeantes, il semble glisser sur les dalles du temple. Son visage à la peau nacrée est illuminé par un léger sourire bienveillant, et ses yeux reptiliens brillent comme de l'or au soleil. Sa longue chevelure d'encre, retenue par un coquillage, flotte au gré d'une brise qui ne touche que lui, et la perle, autour de son cou, capture la lumière des torches pour la refléter sur les murs du temple en une myriade de petits points blancs.

À ses côtés, une femme à la peau de miel et au visage voilé. Elle porte une robe pourpre brodée de fils d'or qui semble avoir été cousue sur elle. Ses longs cheveux couleur d'ambre cascadent librement sur ses épaules en boucles soyeuses. Sa tête est ornée d'un diadème de corail surmonté de deux larges plumes noir corbeau qui ondulent au rythme de ses pas. À ses poignets, de nombreux bracelets d'or, de corail et d'ivoire tintent comme une mélodie sacrée.

Il émane de la Grande Prêtresse une puissance bien moins écrasante que celle que j'ai ressentie dans les cryptes… Était-elle habitée par la Déesse Ashtart à ce moment-là ? Ryūjin-sama l'a mentionnée…

— Dame Ba'alat Gebal… souffle un prêtre resté en retrait, alors que les ombres se dissipent sur leur passage.

La réaction des Alhurras est immédiate et en parfaite coordination. Ils s'agenouillent tous face à leur protectrice, même le grand guerrier tatoué. La vieille prêtresse se fait toute petite pour ne pas se faire remarquer.

De notre côté, Louis et moi saluons les deux entités, inclinés, les mains jointes devant nous. Autour de moi, les miens ne tardent pas à nous imiter, à commencer par notre petite Angélique, qui reconnaît sans doute le Maître des Océans à son aura.

— Ryūjin-sama, murmure-t-elle de sa voix flûtée, frappant de stupeur le reste de la famille.

— Que la terre protège leur corps, récite Ba'alat Gebal avec douceur, que l'eau lave leurs rêves, que le feu brûle leurs ennemis, et que l'air murmure leur nom à jamais. Que votre corps devienne cendres si jamais vous laissez une ombre troubler leur Grand Sommeil. Par votre sang versé sur la pierre sacrée du temple de notre Déesse, vous avez scellé votre vie à leur repos. Notre bien-aimée Ashtart, notre Grande Mère, en a été témoin : vous êtes leur bouclier jusqu'à la fin des temps. Tel est le serment que vous avez tous fait.

L'assemblée l'écoute religieusement, toujours prosternée.

— Bientôt, continue le Dieu Dragon, se lèvera le jour funeste où votre engagement et votre foi seront mis à l'épreuve. La reine Fódla du Peuple des Collines convoite ce qui repose entre les mains de Waldemar, le dernier Roi des Ombres, alors qu'il dort dans l'une de vos cryptes. Pour arriver à ses fins, elle projette de lâcher sur vous une meute monstrueuse de plusieurs centaines de Sans-Âmes assoiffés de sang.

Des murmures choqués se lèvent aux derniers mots de Ryūjin-sama, et cessent à nouveau dès que leur Dame reprend la parole.

— Vous êtes *mon* peuple et je vous aime. Vous êtes tous forts et fiers, des guerriers qui respectent la valeur de chacun au combat. Seriez-vous prêts, pour honorer votre parole aux Anciens, à épauler nos visiteurs avisés comme s'ils étaient des nôtres ? Eux qui sont venus jusqu'à nous pour nous aider dans notre mission sacrée, seriez-vous prêts à les écouter, à suivre leurs ordres ou leurs plans ?

Pour toute réponse, les giblites présents dans le temple lui opposent un silence éloquent. La réponse est clairement « non ».

Nous battre pour gagner le cœur de ces gens… Qu'entendait-il par-là ?

Son regard balaye la cour et s'arrête sur le colosse tatoué. C'est le moment qu'il choisit pour se redresser.

— Ma Dame… ose-t-il, si ces gens veulent nous diriger, même sur une seule bataille, ils doivent montrer leur valeur. Laissons les cercles sacrés désigner ceux d'entre nous qui seront dignes de nous mener à la victoire. Notre bien-aimée Ashtart guidera les mains des vainqueurs, et sa volonté sera respectée par tous. Ainsi, nous honorerons le serment que nous lui avons fait.

Ba'alat Gebal laisse échapper un léger soupir, comme si elle était soulagée par cette suggestion.

Alors là, c'est du grand art ! Tout ce beau discours n'était destiné qu'à lui parce qu'elle le connaît ! Elle savait qu'il proposerait ça ! Et elle le voulait sans pouvoir l'exprimer.

Une vague de fraîcheur s'engouffre dans mon esprit.

— *Tu as l'esprit vif, enfant de mon enfant*, me chuchote Ryūjin-sama, un sourire dans la voix. *J'ai dit que nous ne pouvions pas intervenir, mais pas que nous resterions les bras croisés !*

— *C'est ce que vous entendiez par « nous battre », n'est-ce pas ?*

— *Sortir vainqueur de l'un de ces cercles vous apportera la légitimité dont vous avez besoin, ainsi que le respect du peuple Alhurras. Selon Ashtart, c'est de loin la solution la plus rapide, mais la plus violente aussi. Toutefois, maintenant que je sais de quoi vous êtes capables, je suis persuadé que…* (La Dame et le dragon lèvent soudain la tête dans un bel ensemble.) *Elles sont là ! Il nous les a ramenées !*

Le regard de la Grande Prêtresse revient sur le guerrier.

— Merci, Abdolonymos. Cette proposition me semble être la plus juste, pour nos chers visiteurs comme pour nous. Qu'il en soit ainsi ! (Elle se tourne vers Gisgo.) Général !

— Oui, ma Dame ?

— Faites sonner le rassemblement sur la place ! Tout le monde doit être là pour constater la volonté de notre Déesse par les actes et non ma voix. Choisissez ensuite nos trois meilleurs combattants. Ils représenteront notre cité. Vous avez le droit de participer, bien entendu. C'est même l'un de vos privilèges.

— Trois ? Mais… Bien, ma Dame, marmonne-t-il, les dents serrées.

Il quitte la cour au pas de charge.

Les spectateurs de toute cette affaire se relèvent aussi et sortent de l'enceinte sacrée dans un chuchotis passionné pour se diriger vers la place. Il ne reste bientôt plus avec nous que Shaphat, Cabiria et son frère, le colosse en pagne.

Louis s'avance vers la Dame de Byblos après avoir déposé Skygge dans les bras de Kyrre. Si les deux personnalités l'impressionnent, il n'en laisse rien paraître.

— Maître, Grande Prêtresse, les salue-t-il en s'inclinant.

Le dragon ne dit rien, mais lui adresse un sourire satisfait.

— Prince de Paris, lui répond la gardienne de la cité avec un léger hochement de la tête, ravie de faire votre connaissance malgré les circonstances.

— Moi de même, madame. Si vous le permettez, j'ai une requête à vous soumettre à propos du commandant de ma garde personnelle que vous… détenez.

— Personne ne m'a pourtant été présenté en jugement, jeune Louis, nie-t-elle.

Erland entre dans la lumière en soutenant sa mère. Je n'avais même pas vu qu'il avait bougé. Ses yeux de chat ne trompent pas, il est toujours très en colère et son compagnon est vraiment très proche de la surface. Mais il le retient de façon admirable.

— Si ce n'est pas vous, crache mon ami, qui est responsable de ça, alors ?

Avant que quiconque ne puisse répondre ou même bouger, Ryūjin-sama est déjà devant Brunhilde, la main sur son cou. Une vive lumière s'en échappe et nous force à détourner les yeux. Quand elle se dissipe, le collier a disparu avec elle. Il relève le menton de la thérianthrope et caresse sa joue pâle. Il écrase de son pouce une larme solitaire.

— *Kawaisō ni*, pauvre petite, murmure-t-il pour lui-même.

Il déplace ensuite sa main sur son épaule sans la quitter du regard.

— Tu as été très courageuse, mon enfant, ajoute-t-il. C'est fini maintenant. Tu vas pouvoir retrouver ta famille.

Les blessures de la commandante disparaissent en un rien de

temps sous le regard ébahi de Shaphat. Le pouvoir de guérison du dragon est impressionnant.

Dire qu'il est à l'origine du nôtre… C'est dingue… Je n'en reviens toujours pas…

Skygge échappe aux bras de son petit-fils et se jette dans ceux de sa fille pour la câliner. Elle adresse un long miaulement à Ryūjin-sama en guise de remerciement. Celui-ci lui caresse la tête, attendri, puis les laisse à leurs retrouvailles.

— Prêtresse de la Lune Shaphat, peux-tu m'expliquer ceci ? demande la Dame d'un ton peu amène.

— Je… Je suis navrée, ma Dame. Nous l'avons prise pour une espionne et… Gisgo… C'est Gisgo qui lui a mis le *habl-Ashtart* ! Il voulait la garder pour… lui.

— Cabiria !

Celle-ci répond à la gardienne par un couinement en sursautant, puis s'avance, tremblante.

— Hôte ta coiffe et tes bracelets ! ordonne-t-elle.

La jeune femme s'exécute sans dire un mot, les épaules basses et la mine défaite.

— Shaphat ! Donne-lui les tiens ! Par Ashtart, sous l'astre de la nuit et le regard de nos invités, je te déchois de ton titre. À partir de cet instant et jusqu'à ce que tu aies regagné ma confiance, tu resteras simple Prêtresse de premier rang. Tu as outrepassé tes droits et manqué à tes devoirs, je ne peux le tolérer !

Elle se tourne vers la jeune femme tétanisée.

— Jeune Cabiria, te voici promue à la place de Shaphat. Acceptes-tu ces responsabilités ?

— O… Oui, ma Dame, je les accepte et jure devant vous de vous servir ainsi que notre bien-aimée Déesse.

Son frère la regarde, les yeux remplis de fierté.

— Bien ! dit la Dame avec douceur. (Elle s'approche de la jeune femme pour lui arranger sa nouvelle coiffe.) Quant au général, eh bien il devra répondre de ses actes dans l'un des trois cercles sacrés.

— Il est pour moi, celui-là, s'empresse de préciser Erland entre ses dents.

— Si vous le souhaitez, jeune chat. Ce n'est pas à moi de décider qui vous représentera. Allons accueillir nos illustres invitées avant de nous rendre sur la place.

Ba'alat Gebal sort du temple aux côtés de Ryūjin-sama, suivie des prêtresses et du guerrier. Notre groupe chemine entouré des chats, toujours vigilants.

— *Baba* arrive avec Alek, chuchoté-je à mon entourage.

Ils soufflent tous de soulagement et les chats accueillent la bonne nouvelle par quelques trilles de joie.

— *Kami-sama*, merci ! glisse mon père.

Mon neveu avance d'un pas de grenadier, les poings serrés. Il est visiblement très en colère et je ne comprends pas pourquoi.

— *Romain…* interpellé-je en silence.

— *Quoi !* aboie-t-il.

— *Pourquoi es-tu si énervé ?*

— …

— *Romain !*

— *Fous-moi la paix, Nico.*

— *Heu… Non ?*

— *Putain !* éclate-t-il. *Elle va m'entendre ! Mais à quoi elle pensait, hein ? Elle voulait se foutre en l'air ! Et nous, alors ? Elle croit quoi ? Une risette, un bisou, et on oublie tout ? Ça va pas tout à fait se passer comme ça, moi je te le dis !*

— *Ah…*

Les retrouvailles risquent d'être houleuses.

Chapitre 13

Leizu

Résignation

Je ne me sens pas très bien à l'idée de revoir ma famille et mes amis. J'ai honte… Honte de qui je suis et de ce que j'ai fait. Me pardonneront-ils un jour ?

Notre arrivée à destination met fin à mes sombres pensées. Fínola et son magnifique arc-en-ciel de lune nous déposent aux abords de la cité cachée de Byblos. Je suis stupéfaite ! Comment a-t-elle réussi à traverser les barrières magiques ? Cet endroit est pourtant bien protégé, il me semble… Il est à l'écart du monde des hommes, comme Héridane, et son accès n'est autorisé qu'aux Immortels souhaitant se retirer dans le Grand Sommeil.

Les premières habitations, silencieuses et serrées les unes aux autres, se dressent devant nous.

— Je ne savais pas que les *tuar ceatha* de ton peuple étaient si puissants, avoué-je à la petite princesse. Nita ne me l'a jamais dit.

— Seuls ceux de la famille royale possèdent la capacité de voyager entre les mondes. C'est un secret que nous essayons de garder pour nous, bien qu'il ait déjà été éventé… Ma sœur l'a bien utilisé pour toi, même si tu ne t'en es pas rendu compte, ajoute-t-elle avec un sourire triste. Je ne pense pas qu'elle voulait te le cacher. C'est juste que…

— Famille royale ou non, pouvoirs ou non, je l'aimais, c'est tout…

— Et s'était réciproque, *mo bhanríon.*

Encore ce « ma reine »… Elle n'en démordra pas, quoi que je lui dise…

Je soupire, résignée. L'évocation du souvenir de ma chère amie nous rend tristes. Fínola s'approche de moi et glisse sa petite main dans la mienne.

Elle ressemble tant à ma douce Nita…

Sa chaleur apaise mon chagrin. Nous cheminons ainsi, main dans la main, dans les ruelles étroites de la cité basse.

— J'aurais pu vous mener directement sur la grande place, continue la princesse, dans la ville haute, mais cela n'aurait pas été très courtois envers la Dame de Byblos. Déjà que je n'ai pas emprunté le chemin normal… J'espère qu'elle ne m'en voudra pas trop d'avoir pris cette liberté.

— Tu es déjà venue ici ? lui demandé-je, étonnée.

— Oui, deux fois, en déplacement officiel avec mon père. Si je n'étais jamais venue, je n'aurais pas pu vous y emmener.

— Que peux-tu m'apprendre d'elle et de cet endroit ? La gardienne, je veux dire… L'as-tu déjà rencontrée ?

— Elle s'appelle Ba'alat Gebal et c'est la plus haute autorité de la ville en sa qualité de Grande Prêtresse de la Déesse Ashtart…

Fínola me raconte ses deux expériences en ce lieu plein de mystères et me décrit par le menu cette fameuse Ba'alat Gebal. Plus son récit avance, plus les souvenirs affluent. Lorsqu'Alek m'a rapporté ce qu'il avait vécu pendant son inconscience, c'est comme s'il avait ouvert une porte au fin fond de ma mémoire, me donnant à nouveau accès à des événements profondément enfouis.

Je suis déjà venue à Byblos alors que celle-ci venait juste d'être libérée du joug des Perses par les désirs de conquête du roi macédonien Alexandre le Grand. Cela devait être plus d'une centaine d'années après ma transformation, mais je ne sais plus combien au juste. Tout ceci est si loin… Il me semble que c'était sous le règne du roi Aynel… J'ai eu le plaisir de faire la connaissance de l'une des prêtresses d'Ashtart. Elle s'appelait Geblit. Une femme magnifique qui cachait son corps et son visage, très abîmés. Elle avait eu le malheur de plaire au précédent roi et de s'attirer les foudres de sa reine. Par jalousie, celle-ci avait fait empoisonner la jeune femme. Elle s'en était remise de justesse, mais le poison avait laissé de nombreuses cicatrices, dont les plus disgracieuses sur son visage. Pendant les quelques mois où nous sommes restés dans la cité, elle a pris le temps de m'enseigner sa langue. J'ai longuement discuté avec elle par la suite. Politique, écriture, art, religion, artisanat, pluie ou beau temps, tous les sujets me passionnaient. Je voulais tout savoir, tout apprendre, tout comprendre. En retour, je lui ai révélé ce que je savais de nos croyances et de nos traditions. Ma petite famille et moi découvrions le monde, nous n'avions quitté notre pays natal que depuis quelques années. En ce temps-là, il ne s'appelait pas encore « Japon » et nous ne connaissions pas l'écriture. Tout se transmettait par la parole… Geblit a pris soin de nous avec douceur et bienveillance. Vers la fin de notre séjour, je lui ai dévoilé mon don de guérison et lui ai rendu sa beauté. Je ne lui ai cependant jamais avoué que j'étais une Immortelle, et je ne l'ai hélas jamais revue. La description de la Grande Prêtresse actuelle me fait penser à elle…

À nos côtés, Aleksander scrute chaque recoin, les sourcils froncés et les dents serrées.

— C'est pitoyable ! Les défenses sont inexistantes. N'importe qui peut débarquer ici sans être inquiété, c'est une vraie passoire cette ville !

Je le laisse à ses récriminations. Il est certainement déjà en train d'échafauder un ou deux plans pour pallier les manquements qu'il constate.

— C'est bien ce qu'il…

Je suis interrompue par un son étrange, la sonnerie d'une sorte de cor aux tonalités graves qui se répand dans la cité comme le roulement du tonnerre. Derrière nous, dans le modeste quartier que nous venons de traverser, des lumières s'allument déjà.

Très vite, les premiers habitants sortent de leurs demeures et prennent le chemin de l'acropole. Certains nous jettent simplement un regard ensommeillé quand ils nous dépassent. D'autres, un peu plus réveillés, chuchotent en se pressant. Ils parlent tous une langue que je ne n'avais pas entendue depuis très longtemps : le phénicien. Leurs vêtements me ramènent aussi dans un passé très lointain.

— Byblos est restée telle qu'elle était dans l'antiquité, constaté-je, ébahie.

— Je dirais plutôt qu'elle est restée telle qu'elle a été créée, précise Fínola. Selon Ba'alat Gebal, à qui j'ai posé la question, elle n'est cachée que depuis un peu plus de trois milles ans. Depuis l'âge d'or phénicien, je dirais. C'est une décision du roi de l'époque, Ahiram, qui a entraîné la création de cet endroit.

Nous arrivons enfin à la porte principale de la ville haute. Même ici, à notre grande surprise, personne ne nous arrête. Les gardes poussent l'aberration jusqu'à nous saluer quand nous passons devant eux. Nous décidons de ne pas suivre le flot des gens qui semble se diriger vers la grande place, mais de prendre le chemin du temple aux obélisques.

Au détour d'une large rue, un groupe qui descend dans notre direction s'arrête quand il nous aperçoit. À part quelques-uns, je les reconnais tous, bien sûr… Les miens m'attendaient. L'un d'entre eux continue d'avancer vers moi de sa démarche féline, un masque de fureur sur le visage. Je baisse la tête et ferme les yeux, je ne suis pas prête à me confronter à lui. Ni aux autres, d'ailleurs. Je me fige, le corps soudain parcouru de frissons incontrôlables. Je n'ai qu'une seule envie : fuir encore, à toutes jambes. Sa voix éclate dans ma tête sans préavis.

— *Qu'est-ce que tu croyais ? Que j'allais passer l'éponge et faire comme si rien ne s'était passé ? Un volcan, putain ! Non mais qu'est-ce qui t'est passé par la tête, hein ? Tu voulais disparaître ! Tu voulais nous abandonner,* baba… *Et nous, on n'aurait rien pu faire, merde !*

— *Romain, je suis dés…*

— *Tais-toi ! J'en ai rien à foutre de tes excuses ! Sais-tu seulement ce que ça m'a fait ? Ce que ça* nous *a fait ?*

Une vague d'amour me percute alors que ma petite fée dépasse le jeune homme en courant pour se jeter dans mes bras. Notre petite empathe, ma douce Angélique, mon petit soleil… Son corps mince est secoué de sanglots. Quand elle lève son visage vers moi, elle est pâle et ses magnifiques yeux violets sont inondés de larmes. Je me sens soudain si misérable d'avoir voulu en finir avec cette existence ! C'était d'un égoïsme sans nom ! Leur souffrance me touche en plein cœur. Je la serre contre moi et lui caresse les cheveux sans oser la regarder.

— *Non, je…*

Rage, frustration, désarroi, terreur… Par notre lien télépathique, Romain déverse en moi toutes ses émotions sans aucun filtre. D'une intensité peu commune, elles m'engloutissent sans pitié, et je les reçois comme un juste châtiment. Les larmes me montent aux yeux.

Mon ombre s'arrête devant moi. Angélique quitte mes bras et s'écarte un peu sans me lâcher la main.

— *Regarde-moi !* hurle-t-il mentalement.

Je n'y arrive pas.

Je me souviens tout à coup de ce que mon père avait découvert au fond de lui. L'image s'impose à nouveau à mon esprit : Romain, armé jusqu'aux dents, massacrant des êtres sans visage sans aucune hésitation, et qui se sert de son don pour tuer et non pour guérir.

Un monstre ! Voilà ce que j'ai failli faire de lui !

— Regarde-moi, murmure-t-il.

Un souffle à peine audible, qui vibre d'émotion. Le contraste entre ses deux voix me saisit. Par réflexe, je relève la tête et rencontre son regard si semblable au mien. D'habitude d'une clarté et d'une dureté de pierre, il est, en cet instant, habité par une profonde tristesse et plein de larmes. Poings serrés, bras tendus le long du corps, il tremble autant que sa voix. Derrière lui, personne ne bouge. Le temps est comme suspendu. Suspendu aux gestes de cet homme si grand, si fort, ce guerrier-né sans pitié qui me suit partout depuis qu'il sait marcher… Il est le seul de mes descendants à toujours avoir eu le courage de me faire face, de me tenir tête, de me désobéir parfois.

Une larme solitaire dévale sa joue à la barbe de plusieurs jours. Affligée de le voir dans cet état, je lève ma main libre vers son visage.

Plus vif qu'un serpent, il se jette sur moi et me serre dans ses bras. Une étreinte qui me coupe les jambes, pétrie du désespoir de m'avoir perdue et du soulagement de m'avoir retrouvée. Son visage retrouve le chemin de mon cou, où il inspire mon parfum comme s'il voulait le graver à jamais dans sa mémoire. J'enroule mon bras libre autour de sa taille et lui caresse le dos. Juste pour quelques secondes, il redevient le bébé que j'ai mis au monde, ce petit garçon que j'ai si souvent bercé pour qu'il trouve le sommeil, et qui s'est emparé de mon cœur au premier regard, comme tous mes autres enfants avant et après lui…

Sans aucune pudeur, il dévoile sa faiblesse à tout le monde, alors que moi, je n'en ai pas eu le courage. J'ai fui pour ne pas la leur montrer, de peur d'être jugée, rejetée, haïe par ceux que j'aime plus que tout.

— Promets-moi que tu ne recommenceras jamais, me souffle-t-il à l'oreille, même si un jour tu te lasses de l'éternité, ou si tu ne supportes plus d'arpenter le monde. Promets-le-moi, *baba*… S'il te plaît…

Une large main enveloppe mon épaule, Aleksander.

Une autre me cajole la main, Angélique.

Une troisième m'effleure le dos, Fínola.

Les souffles retenus et les regards plein d'espoir du reste de ma famille et de mes amis.

Autant de suppliques muettes que je ne peux ignorer, autant de preuves qu'ils m'aiment tous, et qu'ils m'aimeront toujours d'un amour inconditionnel. Mon cœur se gonfle de gratitude d'être si bien entourée, mais…

Ne pas donner ma vie en vain… Cette promesse, que mon père m'a déjà arrachée, suis-je réellement capable de la faire pour eux ? Serai-je capable de la tenir quoi qu'il advienne ? J'ai déjà échoué une fois… Serai-je à la hauteur de l'espoir fou qu'ils placent en moi ? Faire ce serment maintenant serait, d'une certaine façon, accepter la place que me réserve le destin, accepter cette maudite prophétie qui veut faire de moi une reine. Suis-je prête à en accepter toutes les conséquences ?

La réponse est finalement très simple. Le pire, le meilleur, l'impossible, par amour pour eux, je suis capable de tout, et plus encore si nécessaire !

— Je te le promets, mon ange…

Sous mes doigts, je sens son corps cesser de trembler, puis se détendre petit à petit. Il se redresse en relâchant l'étau de ses bras et dépose un doux baiser sur mes cheveux.

Mon serment agit comme une sorte de signal. Mes proches se ruent sur moi pour m'embrasser, m'enlacer, me chuchoter quelques mots tendres ou juste me toucher.

Une voix profonde coupe court à nos effusions.

— *Hime-sama no yakusoku wa kikoemashita.* J'ai entendu ta promesse, Princesse.

— *Sono koe*… Cette voix…

Je me penche pour regarder derrière ma famille. Ryūjin… -sama ?

Une bouffée de joie m'envahit, et Kimiko me repousse un peu en moi-même. Mon corps bouge sans que je puisse l'arrêter.

— *Chichiue !* Père ! s'exclame ma compagne en se précipitant sur la divinité, hilare.

Il m'attrape au vol et me fait tournoyer à bout de bras comme si je ne pesais rien.

— Ma précieuse petite fille ! Comme je suis heureux de te revoir enfin ! répond-il dans un grand rire, avant de me reposer au sol.

Je reprends vite le contrôle et m'incline face à lui. Ma dragonne reste cependant très proche de la surface.

— *Kami-sama*, je suis confuse…

— Kimiko est bien ma fille après tout, non ? Tu n'as pas à t'excuser pour ça, Himawari… Ou plutôt, Leizu, devrais-je dire… Un changement de nom pour un changement de vie. (Il se tourne vers la personne qui se tient à côté de lui.) Qu'en dites-vous, Dame de Byblos ? Himawari… Un bien joli prénom, vous ne trouvez pas ?

Je lève la tête, intriguée par le ton guilleret de sa voix.

— Vous le saviez, souffle la femme. Depuis le début, vous le savez.

— En effet, confirme le Dieu Dragon. Je le sais depuis que nous avons fait connaissance tout à l'heure. Vos souvenirs d'elle sont si nets !

Cet échange nous laisse tous perplexe. De quoi parlent-ils ? Tous les regards sont maintenant tournés vers eux, dans l'attente d'un début d'explication. Ba'alat Gebal – car je suppose qu'il s'agit bien d'elle – porte les mains à son visage et relève son voile. Ceux de son peuple qui l'accompagnent hoquettent de surprise.

— Bonsoir, me salue-t-elle doucement. Bienvenue dans mon domaine, petite rose de l'Est.

Par réflexe, je lui rends la politesse et m'incline.

— Bonsoir, Gardienne de cette cité éternelle. Merci de…

Là, ses derniers mots atteignent enfin ma conscience. « Petite rose de l'Est » ? C'est ainsi que me surnommait mon amie Geblit…

Elle s'avance dans une flaque de lumière.

Ce teint cuivré, ces yeux noirs en amande doux et insondables, ce sourire bienveillant qui illumine ce visage en forme de cœur à la peau maintenant parfaite… Elle n'a absolument pas changé, c'est incroyable !

— Ge… blit…

J'en reste sans voix.

Chapitre 14

Leizu

Cercles Sacrés

Est-ce bien elle ? Comment cela est-il possible ? Elle n'est pas une Immortelle, pourtant ! Je l'aurais senti…

La prêtresse s'approche et me présente ses mains ouvertes, comme une invitation à les saisir. Derrière elle, un colosse tatoué et presque nu semble très nerveux. Dans mon dos, je sens la proximité imposante d'Aleksander et de Romain, à qui ce détail n'a évidemment pas échappé.

Je jette un regard interrogateur à Ryūjin-sama. Il m'encourage d'un léger hochement de tête et d'un sourire énigmatique. C'est sûr, il en sait bien plus qu'il n'en dit…

J'accepte le contact avec celle que j'ai toujours considérée comme l'une de mes premières amies. Si ce n'est *la* première.

Je retrouve la même énergie qu'à l'époque, formidable et fluctuante, qui monte en moi comme la marée. D'abord un flux doux et tiède, au parfum de terre chauffée par le soleil et de sel marin, puis un reflux plus frais et piquant, tel l'océan sous la clarté de la lune, agité par une brise nocturne.

Quand j'ai fait la connaissance de cette femme, je ne savais pas ce qu'impliquait une telle aura. Je l'appréhendais avec les yeux et le cœur d'une enfant. Maintenant, je sais. Geblit, ou plutôt Ba'alat Gebal de son véritable nom, est l'incarnation divine d'Ashtart, et elle l'a toujours été. Comme la Déesse, elle restera éternelle tant qu'elle sera vénérée.

Je porte ses mains à mon front en signe de respect.

Tout se déroule dans un silence un peu tendu, juste ponctué par quelques trilles de joie féline. Leur délicate musique de retrouvailles. La prêtresse l'interrompt d'un claquement de langue, inverse nos mains, et les porte à son tour à son front.

Son geste me déconcerte.

— Tu n'es pas l'un de mes sujets, Himaw… Leizu, me dit-elle en se redressant. Tu ne l'as jamais été.

Ma poitrine se serre. Malgré leur douceur, ses mots me blessent.

M'a-t-elle un jour considérée autrement que comme une étrangère ?

Ma peine devait se lire sur mon visage, car à ma plus grande stupéfaction, elle précise :

— Depuis le premier jour, tu es mon égale. Et si quelqu'un doit s'incliner ce soir, c'est plutôt moi. Je te dois tant ! Ton merveilleux don m'a rendue à moi-même. Le jour où tu l'as utilisé sur moi, tu as rallumé en moi la flamme de la vie et ravivé ma foi. Je suis née une deuxième fois. Encore aujourd'hui, malgré les siècles, je remercie Ashtart de m'avoir permis de croiser ton chemin.

Aleksander se dresse soudain à mes côtés et m'attire à lui, son bras sur mes épaules. Il plonge ensuite son regard dans celui de Ryūjin sans aucune crainte.

— Tsss… Les Dieux… siffle-t-il entre ses dents. Cessez donc tous ces salamalecs, je sais que nous ne sommes pas ici pour ça. J'ai accepté en toute connaissance de cause le rôle que vous m'avez attribué dans votre spectacle, et je me soumets pour l'instant à vos règles tordues. Tant qu'elles concordent plus ou moins avec les miennes, je serai l'arme que vous voulez que je sois. Mais si l'existence de celle que j'aime plus que tout devait être en jeu…

— Alek, tu ne dois pas… tenté-je.

— Vous suivriez votre propre loi, continue le Dieu Dragon à sa place.

— Sans aucune hésitation ! termine mon prince, catégorique.

Ils m'ignorent superbement, l'un comme l'autre.

— Et il en irait de même pour nous tous, renchérit Romain.

Leur déclaration est accompagnée du murmure approbateur de tous les miens.

— Je n'en attendais pas moins de vous, enfants de mon enfant, répond Ryūjin-sama sans quitter Alek des yeux ni se départir de son sourire. C'est *précisément* la raison pour laquelle je vous ai choisis. *Sateto*… Bon… Passons donc aux choses sérieuses si vous le voulez bien.

En peu de mots, il nous explique la situation. Je comprends alors le signal sonore et la ruée des habitants vers le centre de la ville haute. Il poursuit :

— Puisque tu es celle qu'ils ont tous choisi de suivre, tu dois maintenant décider lesquels de tes combattants te représenteront lors de ces trois affrontements.

— *Wakatta*. Compris, affirmé-je, laconique.

— Allons-y, Leizu, dit la Dame de Byblos en rabattant son voile sur son visage. Nous sommes attendus. Tu révéleras ton choix quand nous serons sur la place, et j'en ferai autant. J'énoncerai ensuite les règles de combat des Cercles Sacrés. Après cela, les duels pourront commencer…

La petite troupe se met en mouvement.

Alors que je leur emboîte le pas, Louis s'approche enfin, son petit visage rond marqué d'un sillon rouge. Une larme a glissé sur sa joue pâle.

— *Okaeri, okāsama…* Bon retour, mère… murmure-t-il rien que pour moi.

Une nouvelle flèche en plein cœur. Il ne m'avait jamais appelée comme ça. Jamais.

Je m'accroupis face à lui pour être à sa hauteur.

— *Tadaima,* Louis… Je suis revenue, lui chuchoté-je en réponse, émue.

Je prends son visage en coupe et lui embrasse le front. Deux petits mots qui signifient tellement dans ma langue natale ! Pas besoin de plus… Une façon douce et pleine de chaleur de m'accueillir et de me révéler ce qu'il ressent.

Nous cheminons côte à côte, enveloppés d'un silence pudique, laissant à mon esprit tout le loisir de revenir sur les paroles de Ryūjin-sama.

Je dois choisir, hein ? Je ne veux pas être celle qui décide de tout au sujet de tout le monde. Même s'il semblerait que je n'aie pas voix au chapitre… Cette maudite prophétie fait de moi quelqu'un que je n'ai jamais souhaité être. À peine arrivés, nous devons déjà nous battre… Et ce n'est même pas pour nos vies, mais seulement dans le dut de déterminer qui va commander… C'est grotesque ! Quelques ordres de Geblit et ses soldats la suivraient sans hésitation. Pourquoi devoir en passer par cette démonstration ridicule ?

— *Tu fais erreur,* baba, me lance Romain dans ma tête.

— *Tu es encore là, toi ! Laisse-moi donc penser en paix, veux-tu ?*

— *Non.*

— *Comment ça « non » ? Tu as décidé de me mettre en colère ?*

— *Oui.*

— *Omae !* Toi !

Je lui jette un regard peu amène par-dessus mon épaule, qu'il me renvoie sans hésiter.

— *Et tu sais pourquoi ?* continue-t-il. *Parce que je te préfère en rogne qu'abattue !*

— *Tsss… Toi qui es si malin, explique-moi en quoi je suis dans l'erreur, alors.*

— J'y viens… Cette confrontation est nécessaire pour deux raisons majeures. La première, c'est que tout le monde ne suivrait pas la Gardienne. Il y a des dissensions parmi les soldats, des luttes de pouvoir internes, et aucun d'eux ne réalise vraiment la puissance de ce qui va nous tomber dessus. Ils minimisent tout ! Que ce soit Alek, Louis, Nico, Erland ou moi-même, nous n'accepterons jamais de suivre leurs ordres pendant la bataille. Et ce manque de cohésion nous nuirait, voire nous serait fatal. Nous avons besoin de tout le monde, baba, *pas juste de ceux qui savent se battre ou qui maîtrisent une forme de magie. La seconde, c'est que ces mêmes soldats, ainsi que tous les habitants de cette cité, respectent l'issue des Cercles Sacrés. Ashtart est une Déesse de l'amour, de la renaissance, mais surtout de la guerre. Si son souhait est de mettre son peuple sous notre commandement en nous donnant la victoire, celui-ci respectera sa volonté. Il nous suivra sans remettre en cause ni notre légitimité ni notre force, puisqu'il les aura constatées grâce à cette démonstration.*

— Soit… Je me battrai donc dans…

— *Dame da !* Certainement pas !

— J'en ai assez, Romain ! Cesse de me considérer comme une petite chose fragile qu'il faut protéger ! Dès que cette famille donne naissance à un garçon, il se croit en devoir de me préserver de tout, et tu es le pire d'entre eux ! Ça suffit, maintenant ! Si je dois être aux avant-postes de cette fichue bataille, je dois aussi gagner leur respect selon ta logique, non ?

— *T'as fini ?* reprend-il après un silence. *Ça va mieux ?*

— Hum… Comme si je n'étais pas dans le vrai !

— Bon… Désolé… Je reconnais qu'il y a un peu de ça. Mais pas que ! Écoute… Si trois de tes subordonnés gagnent, cela sous-entendra que tu es encore plus forte qu'eux. Ce qui, au passage, est la stricte vérité. C'était déjà le cas avant que tu retrouves ta compagne, mais là…

— Qui alors ?

— Erland veut combattre le général qui a réduit sa mère en esclavage.

— *Quoi ? En esclavage ? Où est-elle ? Elle va bien ? Et il est où ce… ce…*

Je tourne la tête dans tous les sens, pour chercher la jeune femme du regard.

— *Telam*, je ne sais pas ce qui te met dans une telle colère, me glisse Aleksander en me prenant la main, mais calme-toi, s'il te plaît.

Il me montre les chats du menton. Autour de moi, les visages se crispent et j'entends quelques miaulements de douleur.

— *Brunhilde va bien,* baba, continue Romain avec une grimace. *Ryūjin-sama s'est déjà occupé d'elle.*

Je ne pensais pas cela possible étant donné la récence de nos aveux, mais le contact de mon âme sœur m'apaise. Je prends une profonde inspiration, bien que je n'en aie nul besoin.

— *Très bien ! Erland, donc. Qui d'autre ? Alek et toi, je suppose ?*

— *Exactement !*

Je soupire.

— *Bon, maintenant que c'est décidé, sors de là et prépare-toi.*

— *Yep ! M'dame !*

Je souffle, exaspérée. Il faut toujours qu'il ait le dernier mot, celui-là ! Je sais qu'il a raison parce qu'il a *toujours* raison sur ce genre de sujet. Ce n'est pas pour autant que je suis d'accord avec lui…

Sur ces entrefaites, nous voilà aux abords de la grande place, déjà noire de monde.

Au centre, un cercle d'une vingtaine de mètres de diamètre est matérialisé par de petits cailloux sombres et plats, mêlés aux pavés de calcaire qui recouvrent toute l'agora. En approchant, je remarque que ces petites pierres de basalte sont toutes gravées soit d'animaux, soit de lettres phéniciennes. Espacées de la largeur d'une main, elles sont reliées par une poudre blanche cristalline qui scintille sous la lumière des nombreuses torchères.

Le cercle n'est pas tout à fait fermé, et un prêtre nous attend près de l'ouverture, un bol dans les mains. Derrière lui, cinq hommes nous lancent des regards mauvais dès qu'ils nous aperçoivent. Tous des colosses impressionnants en armure légère. Et tous des thérians immortels…

Un soldat plus richement vêtu s'approche du groupe et s'incline face à Ba'alat Gebal. Il doit s'agir du général. Il arbore un sourire plutôt vicieux, infatué de lui-même. Cet homme ne me plaît pas du tout.

— Ma Dame, tout est prêt, comme vous me l'avez ordonné, déclare-t-il. Plusieurs de mes hommes se sont portés volontaires pour vous représenter.

Le silence se fait sur la place.

— Cher peuple de Byblos, lance la Gardienne d'une voix forte et claire, nous pensions avoir un peu plus de temps devant nous avant que ce jour n'arrive. Mais voilà ! Notre Déesse en a décidé autrement. Dans les prochains jours, nous allons subir une attaque de grande envergure, fomentée par la reine Fódla du Peuple des Collines. Elle désire s'approprier la couronne de Waldemar, le dernier Roi des Ombres, qui sommeille sous nos pieds, sous notre protection, ainsi que celle d'Ashtart. Afin de nous aider dans l'accomplissement de notre devoir, notre bien-aimée Ashtart nous a adressé, dans sa grande bienveillance, des combattants exceptionnels. Pour vous prouver leur valeur et parce que le temps presse, ils ont accepté de se soumettre à notre rite du Cercle Sacré alors qu'ils viennent juste d'arriver. Trois de leurs guerriers rencontreront trois des nôtres !

Des murmures en grec parcourent l'assistance : « trois… pourquoi… commander… droit… Déesse… jamais… ». La Grande Prêtresse attend que le calme revienne avant de poursuivre.

Ils comprennent donc le français, mais préfèrent s'exprimer en grec ou en phénicien…

— Je demande à nos visiteurs de bien vouloir énoncer les noms de ceux qu'ils ont choisis.

Sans me laisser le temps d'ouvrir la bouche, Erland, Romain et Aleksander se détachent du groupe. J'aurais dû m'en douter, mon ombre et mon âme sœur ont déjà tout planifié…

— Je m'appelle Alexander Shardra ! J'entre dans le Cercle Sacré pour revendiquer le commandement de la cité au nom de ma Reine Blanche !

Sa phrase-choc ébranle les spectateurs, moi comprise. Un brouhaha se lève à nouveau de la foule : « formule rituelle… prophétie… reine… blanche… ». Seraient-ils tous au courant de l'existence de cette prédiction ? Je jette un coup d'œil à Geblit et Ryūjin-sama. La première n'a pas la moindre réaction de surprise. Quant au second, il affiche toujours son petit sourire satisfait.

Alors que les messes basses se poursuivent, Romain s'adresse à tous d'une voix de stentor.

— Je m'appelle Romain Fresney ! J'entre dans le Cercle Sacré pour revendiquer le commandement en second de la cité au nom de notre Reine Blanche !

Je suis sûre qu'ils ont une bonne raison de lancer cette affirmation, mais c'est si gênant ! En plus, ils me jettent sur le devant de la scène sans m'avoir prévenue… Qu'ont-ils donc en tête ?

Le silence retombe peu à peu. C'est au tour d'Erland de s'exprimer. Il braque un regard plein de haine sur le général. En réponse, une lueur malsaine s'allume dans les yeux de ce dernier.

— Je m'appelle Erland Viken ! J'entre dans le Cercle Sacré pour libérer ma mère de son *habl-Ashtart,* et réclamer justice en son nom et en celui de notre Reine Blanche !

— Qu'il en soit ainsi ! clame mon amie. J'appelle Abdolonymos, fils de Hanno (il s'avance, surpris), Athanis d'Argos (l'un des colosses qui patientent croise les bras, satisfait), et le général Gisgo de Cyrrhus. Vous entrez dans le cercle sacré pour représenter notre cité au nom de notre serment et de notre Déesse.

Elle se tourne vers moi, attendant que je m'exprime.

— Qu'il en soit ainsi, répété-je, incertaine.

Elle hoche la tête.

Romain… Tu as encore joué à ton jeu favori… À moins que…

Derrière moi, je cherche Nicolas du regard. Je finis par le trouver assis en tailleur à côté de sa femme et de Siobhán, entouré de plusieurs Norsk Skogkaat. Les yeux fermés, les mains jointes, il donne l'impression de méditer.

Je vois… C'est donc toi qui tires les ficelles. C'est fou ce que tu as changé depuis que tu as rencontré la petite Vaiana. Vous êtes forts, vous n'avez plus vraiment besoin de moi maintenant…

— *Gare à ce que tu penses,* baba, résonne en moi la voix lointaine de Nicolas. *Nous aurons toujours besoin de toi parce que nous t'aimons. C'est tout !*

— *J'ai compris, ne t'inquiète pas. Je vous ai fait une promesse, tu te souviens ?*

Sans un mot de plus, il retourne à son affaire, quelle qu'elle soit, mais je le sens quand même rôder à la frontière de mon esprit. Inutile que je lui demande ce qu'il a en tête, il ne me dirait rien, de toute façon. Sauf, bien sûr, si j'avais un rôle à jouer. Tout n'est qu'une question de confiance, au fond. Et j'ai une foi absolue en eux.

— Les duels se dérouleront à mains nues, reprend Ba'alat Gebal, sans arme ni magie, et prendront fin dès que l'un des adversaires sera neutralisé, ou poussé à l'extérieur du cercle. Tant que l'affrontement reste loyal, tous les coups sont permis.

Toutes les formes, humaine, animale ou hybride, sont autorisées. Toute intervention d'un tiers à l'intérieur du cercle, sous quelque forme que ce soit, est strictement interdite. Et pour finir, le vainqueur aura droit de vie ou de mort sur le vaincu. Ainsi sont les règles des Cercles Sacrés de Byblos, édictées par notre bien-aimée Ashtart.

Un frisson d'appréhension remonte le long de ma colonne vertébrale. Je comprends l'éclat pervers dans le regard du général. Son intention n'est pas juste de gagner son combat, mais de satisfaire sa soif de cruauté, entravée par l'intervention du jeune chat. Brunhilde lui a échappé, il a perdu sa proie. Il a l'intention de prendre la vie d'Erland, ça ne fait pas le moindre doute. S'il échoue ici, il est certain qu'il tentera à nouveau sa chance, d'une façon ou d'une autre, et peut-être au plus mauvais moment. Je connais ce genre de personne… Il n'acceptera jamais sa défaite.

Le ver est dans le fruit, j'en ai peur… Pour moi, son sort est scellé. Si les circonstances l'exigent, je ferai le nécessaire. Je n'ai aucune inquiétude concernant les joutes de Romain et Aleksander, mais pour Erland, c'est différent. Je ne connais pas sa valeur au corps-à-corps. Je prie pour qu'il ait la force de vaincre ce triste sire…

— Le premier duel opposera Aleksander Shardra à Abdolonymos, annonce la Gardienne. Messieurs, confiez vos armes à qui de droit, puis entrez dans le cercle.

Les deux hommes s'exécutent et la Gardienne ferme l'aire avec la poudre contenue dans le bol.

— Commencez ! lance-t-elle ensuite.

Alek salue son adversaire avant d'adopter sa position de combat favorite : le corps relâché, un peu ramassé, les bras levés devant son visage. Le guerrier ratel, d'abord surpris, lui rend son salut, et fait de même.

Les deux champions sautillent, se tournent autour, s'observent en mouvement, se jaugent. Le tatoué lance la première attaque, impatient. Alek l'évite avec aisance et en profite pour riposter. Ils échangent quelques coups sans qu'aucun n'atteigne vraiment sa cible. Ils sont rapides, agiles, et semblent de force égale. Mais, pour qui connaît les qualités martiales du Prince Dragon, ce combat n'est qu'un échauffement. En tant qu'homme, il était déjà d'une force et d'une rapidité exceptionnelle, mais maintenant qu'il est un Immortel…

Ils parent, esquivent, contre-attaquent chacun leur tour. Une danse guerrière. Au fil des assauts, les impacts deviennent de plus en plus lourds de part et d'autre. Plus de puissance, plus d'intensité.

Puis soudain, une lueur dorée entoure le guerrier tatoué. Sa bouche se change en museau noir aux canines impressionnantes. Ses cheveux foncés deviennent fourrure blanche et s'étendent sur son large dos. Du pelage gris apparaît aussi sur ses épaules, ses bras et ses jambes, comme une armure naturelle. De longues griffes acérées traversent la peau du bout de ses doigts. Sa transformation ne prend pas plus de trois secondes. Une fois qu'elle est achevée, il pousse un cri guttural qui se répercute sur les murs des bâtiments en un écho menaçant. Il se jette sur son adversaire, tous crocs et griffes dehors.

La forme hybride n'est pas accessible à tous les thérians… Il faut une grande complicité, presque une fusion, entre l'homme et son compagnon. Ce guerrier est très puissant et plutôt âgé.

Le ratel verse le premier sang en griffant profondément le bras d'Alek, mais la blessure disparaît en quelques secondes.

Pourquoi fait-il durer ce combat ? Il pourrait le terrasser avec facilité… Non ! Ce qu'il veut, c'est que ce guerrier utilise toute sa puissance contre lui pour que la démonstration soit plus spectaculaire. Et en même temps, il ne souhaite pas l'humilier. Il le respecte !

Je saisis l'instant où mon âme sœur décide que les choses

ont assez duré. Il a cette manie de passer son index sous son nez avec un léger sourire, comme pour dire : « c'était intéressant, mais maintenant ça suffit ». Son corps se tend et il baisse sa garde. Sans discrétion, il arme un coup de poing pour créer l'illusion d'une ouverture. Mais le coup ne part pas et l'hybride se précipite dans le piège. Aleksander se détend comme un ressort. Il se décale de la trajectoire de son assaillant, se glisse sous son bras d'attaque et l'enroule avec le sien. Il retourne alors la force du thérian contre lui en accompagnant son mouvement. Déséquilibré, le ratel bascule vers l'avant, le bras bloqué en arrière, toujours prisonnier de l'étreinte d'acier d'Alek, maintenant dans son dos. Un bruit sinistre d'os brisé retentit alors qu'il chute lourdement, la tête la première. Le guerrier hurle de douleur, et se débat comme un beau diable, mais il ne peut rien faire. Nouveau craquement sec. Nouveau mugissement. L'os à peine régénéré est derechef brisé. Sans relâcher sa prise, Alek pose un genou dans le dos de son adversaire et glisse son autre main sur son cou. Il saisit sa trachée et commence à serrer. Le guerrier cesse de s'agiter. Une vive lumière l'entoure à nouveau, il reprend forme humaine.

— J'a… ban… donne… coasse-t-il, vaincu.

Aleksander le libère et lui tend une main pour l'aider à se relever, le sourire aux lèvres. Le colosse, assis, masse son bras enfin soigné et l'accepte avec un rire bref.

— Reconnais-tu ta défaite, Abdolonymos ? demande-t-il. (Celui-ci acquiesce.) Ton compagnon et toi êtes de très bons guerriers, jeune thérianthrope. Te battras-tu à mes côtés pour protéger ce qui t'est cher ?

— Oui ! déclare-t-il haut et fort. Ce sera un honneur pour moi de batailler sous votre commandement !

Des murmures surpris montent de la foule, mais personne ne conteste la victoire de l'Immortel. Ba'alat Gebal rouvre le cercle en écartant la poudre blanche sur quelques segments.

Je me demande ce qu'est cette poussière brillante...

— Par la volonté de notre bien-aimée Ashtart, la victoire, ainsi que le commandement des forces vives de notre chère cité, reviennent donc à Aleksander Shardra de Oloba.

Certains dans l'assistance tiquent à la mention de son nom complet. Une clameur monte peu à peu de la foule. D'abord confuse, elle s'éclaircit peu à peu et se renforce.

— *Zíto o prínkipas tou drákou !* Vive le Prince Dragon !

Celui-ci les salue, s'incline devant la Grande Prêtresse et revient à côté de moi.

Le général fulmine intérieurement, un masque de rage sur le visage.

Les prochains duellistes s'avancent. Romain, comme Alek avant lui, me remet ses armes avant d'entrer dans le cercle. Il adresse lui aussi un salut poli à son adversaire. Mais celui-ci ne lui rend qu'un sourire entendu. Malgré la grande taille de mon enfant, ce mastodonte le dépasse d'une bonne tête. Il le toise, sûr de lui et de sa future victoire. Pour son malheur, il fait l'erreur, comme bon nombre de combattants de son gabarit, de sous-estimer le jeune homme à la bouille d'ange déchu.

— Commencez ! lance à nouveau Ba'alat Gebal, une fois le cercle refermé.

À peine le mot prononcé, le dénommé Athanis laisse sa place à son compagnon. Dans la seconde, un énorme grizzly se dresse face à Romain, mais celui-ci ne s'en émeut pas le moins du monde. Il s'approche de la bête de sa démarche de fauve, silencieuse et élastique, le sourire aux lèvres. Ce petit sourire narquois qui signifie « trop facile ».

— Gentil nounours, susurre-t-il à l'animal déjà en colère.

Ce qui a pour effet de le faire enrager.

L'ours, souvent dépourvu de ruse ou de stratégie, s'appuie sur son instinct et ne connaît que la charge, la morsure et la griffure. Celui-ci ne fait visiblement pas exception, sauf qu'il est bien plus gros et plus rapide que son homologue sauvage. Dans un hurlement rauque, il charge son adversaire à une vitesse terrifiante, tous crocs dehors. Romain se détourne au dernier instant d'un petit saut sur le côté. Le grizzly fait volte-face et se dresse sur ses pattes arrière. Il attaque en courbe. Une feinte à gauche pour frapper de sa patte droite. Là encore, mon ombre évite le choc *in extremis* en se baissant, sans pour autant reculer. Une façon de lui montrer qu'il ne le craint pas. L'animal enchaîne les attaques de ses pattes avant, ponctuées de quelques tentatives de morsures, mais Romain esquive tout, toujours de justesse. Il se laisse même frôler par un ou deux coups sans se départir de son sourire provocateur. Il danse avec son rival et ça le rend fou. L'ours redouble d'efforts pour essayer de le toucher, mais ses gesticulations sont vaines. Il hurle de frustration.

Malheureusement pour lui, ce duel n'est que trop déséquilibré. L'importance de ce combat a sans doute poussé Romain à entrer en douce dans son esprit afin de lire tous ses mouvements avant même qu'il ne les esquisse.

Soudain, alors que le grizzly prend une seconde de repos, mon ombre létale passe à l'offensive. Il lui assène un premier coup sur le museau. Par réflexe, l'animal porte ses pattes à sa gueule, créant une ouverture sous ses épaules. Romain s'engouffre dans la brèche sur sa droite. Il pivote sur sa hanche gauche, et dans un cri de rage pure, il projette toute sa masse dans sa main tendue pour frapper les côtes à découvert. Il s'ensuit un bruit écœurant de succion et d'os brisé. Le grizzly se fige, la gueule grande ouverte sur un mugissement silencieux, et les yeux exorbités. Une flaque de sang s'étend sous son énorme corps.

Alors qu'il reprend forme humaine, une exclamation d'effroi secoue les spectateurs. Ils découvrent que l'avant-bras du jeune homme est toujours fiché dans le corps du soldat. Un silence de cathédrale s'abat sur la place. Tout le monde retient son souffle.

— Maintenant, abandonne ou je t'arrache le cœur, déclare Romain d'une voix forte.

— Je... Je... me... rends... souffle Athanis.

Mon ombre se penche à son oreille et lui murmure quelques mots. Il retire ensuite sa main, permettant à l'ours de se régénérer. Encore dégoulinant du sang de son adversaire, il lui tourne le dos et s'apprête à sortir du cercle. Mais tout à coup, le soldat vaincu se précipite sur lui, son bras griffu en l'air, prêt à frapper. Au même instant, une belle quantité de poudre scintillante s'élève du cercle sacré et vole jusqu'au duelliste déloyal. Autour de lui se matérialise un lien brillant qui l'entrave. Son attaque est brisée net, et il s'affale au sol face contre terre.

— Athanis d'Argos ! tonne Ba'alat Gebal. Attaquer ainsi alors que tu...

Elle se tait lorsqu'elle constate que le lien se dissipe sans que l'ours ne bouge. Les petits grains nacrés retournent à leur place.

Voilà donc le pouvoir de cette poussière de lune...

La gardienne ouvre l'aire de combat pour permettre la sortie de Romain, puis l'entrée les personnes chargées de transporter le corps du colosse.

Mon ombre s'incline devant Ba'alat Gebal.

— Je suis navré d'avoir été obligé de le neutraliser.

— As-tu mis fin à son existence ?

— Non, Dame de Byblos. Mais il mettra plusieurs semaines à s'en remettre.

— Je peux le soigner si vous le souhaitez, intervient Ryūjin-sama.

— Je vous sais gré de cette délicate attention, Maître des

Océans, répond la Gardienne. Mais il mérite ce qui lui arrive. (Elle se tourne vers Romain.) Tu as eu la bonté de l'épargner, je t'en remercie. (Elle tend le bras vers lui.) Par la volonté de notre bien-aimée Ashtart, la victoire, ainsi que le commandement en second des forces armées de notre chère cité, reviennent donc à Romain Fresney !

— *Zíto o melas ángelos !* Vive l'ange noir ! s'écrie un homme dans le public.

L'ovation est tout de suite reprise par l'ensemble de l'assistance tandis que mon cher enfant reprend sa place à côté de moi, le visage fermé et le regard minéral.

Il m'inquiète… Il a fait preuve d'une telle brutalité ! Ce n'est pas dans ses habitudes…

Une jeune femme vêtue de rouge approche et tend au vainqueur une sorte de serviette de la même couleur que sa robe. Romain s'en saisit et marmonne ses remerciements. Il a utilisé sa main gauche… D'autorité, je la lui prends et attrape son poignet. J'essuie sa main ensanglantée en laissant mon énergie curative s'écouler en lui. Il tente de la retirer, mais je resserre ma prise pour terminer de soigner ses trois fractures. Je l'observe du coin de l'œil, il ne bronche pas. Je termine en silence et lui flanque le tissu entre les doigts maintenant guéris.

— *Aho !* Andouille ! lui chuchoté-je.

— Tsss…

Je reporte toute mon attention sur le cercle.

C'est au tour d'Erland à présent… Kami-sama ! Protégez-le et donnez-lui la force de remporter ce combat !

Le jeune chat embrasse sa mère et lui donne ses armes. Tout son clan miaule, feule, crache ou grogne pour accompagner son entrée dans le cercle. Le général le suit de près. Au centre, aucun salut cette fois. Juste de la haine…

Le soldat laisse immédiatement la place à son compagnon, imité par Erland. Un immense lion de Syrie, tout en muscles et fourrure ambrée, bombe le torse et rugit à la face de Pacha, un magnifique chat noir à la collerette et aux plumets gris. Les crocs jaunes du fauve luisent sous la lumière des torchères. Le petit félin s'aplatit au sol, les oreilles plaquées en arrière, son regard doré rivé sur son adversaire.

Le lion charge le premier. Pacha, malgré sa grande agilité, esquive la première attaque de justesse. Mais c'était un leurre. Une patte massive s'abat sur son flanc, laboure sa chair, et creuse quatre sillons sanglants. Le chat roule sur le côté et parvient à éviter de peu les crocs qui claquent dans le vide. Il se relève en tremblant, à moins d'un mètre de la limite du cercle. Alors que le lion grogne et avance d'un pas lourd, sûr de lui, le regard plein de rage et de mépris, Pacha le contourne et regagne le centre de l'aire de combat.

Le duel vient à peine de commencer et il boite déjà. C'est mal engagé… À côté de moi, le corps de Romain se crispe. Il serre les poings et son visage n'est plus qu'un masque de rage froide.

Ce général ne sortira jamais du cercle…

Des membres du Clan Skogkatt s'approchent de la frontière de poussière blanche. Parmi eux, je reconnais Skygge, mais aussi Vegar, le compagnon de Svein, le père d'Erland. Derrière eux, Kyrre et Brunhilde se tiennent par la main.

Un grondement sourd s'échappe de la gueule de Skygge. Repris par tout le clan, il se transforme en un bourdonnement continu. Je ressens soudain le besoin de joindre ma voix à cette mélopée obsédante, et je ne suis pas la seule. Les miens et moi, nous rejoignons tous ce chœur vibrant de certitude. Nous avons foi en lui et le lui faisons savoir.

Les oreilles du chat se redressent et écoutent un instant notre chant d'encouragement. Il s'ébroue, puis se ramasse sur lui-même, prêt à bondir. Le lion continue son approche arrogante, mais cette fois, Pacha frappe le premier. Son corps souple se détend, vif comme l'éclair. Ses griffes s'enfoncent dans le museau du fauve, qui recule et secoue la tête dans un rugissement de douleur. Le sang gicle, tachant sa fourrure dorée et les pavés blancs de la place. Furieux, il contre-attaque d'un violent coup de patte. Galvanisé par notre soutien, le chat esquive, son agilité retrouvée. Il saute sur le dos de son ennemi, s'acharne de ses griffes et de ses crocs à la base de son cou, arrache des touffes de poil et des lambeaux de peau. Le lion se jette au sol. Pacha s'écarte avant de se faire broyer par le corps massif du fauve.

Le combat s'équilibre enfin.

Les coups pleuvent de part et d'autre, sans qu'aucun ne soit décisif. Chaque fois qu'il en a l'occasion, Pacha attaque le même endroit. Une fois, deux fois, le côté gauche du cou du lion est bientôt sanguinolent. Alors qu'il tente sa chance une nouvelle fois, son adversaire réagit avec plus de vivacité. Il se contorsionne et mord le chat. Manquant de peu son arrière-train, il s'empare cependant de sa queue et le secoue en tous sens avant de le jeter au sol. Mais la queue se déchire. Le petit félin glisse sur les pavés sur plusieurs mètres. Le souffle court et rauque, il se relève péniblement tandis qu'une flaque de sang se forme sous lui. Il feule et crache de colère.

Le grand fauve approche à nouveau, la démarche cependant moins assurée. La blessure de son cou saigne beaucoup. Il arme un coup de patte dans l'espoir d'achever Pacha. Mais celui-ci, d'un bond fulgurant, revient sur le dos du lion. Il plante ses griffes et ses crocs dans sa plaie béante et se jette au sol sans lâcher sa prise. Les appuis chancelants du lion ne résistent pas au poids du chat, il s'affale au sol. Le compagnon du général rugit à nouveau de douleur et tente de se débattre. Mais ses mouvements sont trop lents et anarchiques. Le petit félin en profite pour enfoncer ses crocs encore plus profondément dans le cou de son rival. Soudain, la chair cède. Le sang inonde sa gueule et son ennemi s'effondre, agonisant. Pacha crache le morceau qu'il vient d'arracher et se traîne jusqu'à sa gueule pour le regarder dans les yeux.

Le silence retombe sur la place, et le lion de Syrie rend son dernier souffle.

Pacha s'effondre, toujours conscient, mais le corps brisé et à bout de force.

Notre chant meurt en même temps que Gisgo de Cyrrhus, général des forces armées de Byblos.

Ba'alat Gebal ouvre alors le cercle.

Avant que j'entre pour récupérer le jeune Skogkatt, Ryūjin-sama me dépasse. Il ramasse le bout de queue arraché et prend le compagnon d'Erland dans ses bras.

La pauvre petite créature gémit de douleur alors que le Dieu Dragon déverse en lui son immense énergie curative, tout en sortant de l'aire de combat. Il ne lui faut pas plus de deux minutes pour guérir toutes ses blessures et ressouder sa queue touffue. Il le dépose, complètement guéri, aux pieds de la Grande Prêtresse.

Quand une vive lueur entoure le chat, la même jeune femme en rouge approche avec un vêtement. Erland, assis, passe la tunique pour couvrir sa nudité et se lève enfin. Il s'incline bien bas face à son sauveur.

— Merci, Maître des Océans, de m'avoir soigné.

Celui-ci hoche la tête et lui sourit. Le jeune homme se tourne ensuite vers nous.

— Merci à tous pour votre soutien. Sans vous, je…

Brunhilde serre son fils dans ses bras à l'étouffer, suivie de près par Kyrre.

— Chaton… souffle ce dernier, tu nous as fait une de ces peurs !

La mère et le frère restent derrière Erland quand il fait face à la Gardienne.

— Par la volonté de notre bien-aimée Ashtart, je te déclare vainqueur, jeune Erland Viken. Tu as obtenu justice. Pour moi, ta mère était déjà libre, mais maintenant elle l'est aussi aux yeux de tout mon peuple.

— *To téras eínai nekró!* Le monstre est mort ! s'exclame une jeune femme en larmes, la main sur le cou. *Dóxa sti melaïnou aïlurou !* Gloire au chat noir !

Le vivat est repris de proche en proche, et finit en acclamation générale.

La Dame de la cité lève une main et le calme revient doucement.

— Cher peuple de Byblos, par ces Cercles Sacrés, notre Déesse nous a fait connaître ses décisions. Merci d'avoir répondu à mon appel et d'en avoir été les témoins. Demain matin, nous nous réunirons à nouveau ici même, nous nous organiserons, et bientôt nous nous battrons. Je connais votre valeur, je sais que vous respecterez tous votre serment, j'ai confiance en vous ! Et avec l'aide de nos amis, nous l'emporterons ! Mais d'ici là, allez retrouver vos foyers et prenez un peu de repos. À demain !

Les habitants, dociles, quittent la place en murmurant des bénédictions à l'intention de leur Gardienne.

— Davorka arrive, lance Nicolas alors qu'il se relève avec une grimace, les membres ankylosés.

— Et elle n'est pas seule, ajoute Romain, son sourire retrouvé.

— Rentrez vous reposer, dit Ba'alat Gebal aux prêtres encore présents. J'aurai besoin de vous au plus tôt demain matin.

— Bien, ma Dame, répond l'un d'eux tandis qu'il se retire vers le temple.

Shaphat, bien que dégradée, tente de rester auprès de nous

en toute discrétion. Mais sa présence n'échappe pas aux chats. Skygge, les oreilles aplaties sur la tête, s'approche d'elle avec un long miaulement d'avertissement. La vieille femme sursaute et s'enfuit sans demander son reste.

Abdolonymos et Cabiria, quant à eux, sont toujours là, et ça n'a pas l'air de déranger la grande chatte noire qui retourne près de sa fille.

— Qui accueillons-nous au juste, commandants ? demande le guerrier tatoué.

Celui-ci observe les trois vainqueurs et j'aime ce que je vois dans ses yeux.

Le regard d'Aleksander se perd dans le vide un moment.

— Les thérianthropes aquatiques du Pacifique, les ours des Balkans, énumère-t-il, des loups de France, ainsi que ma chère petite sœur Davorka, accompagnée de ses soldats.

Je suis heureuse de les revoir, mais en même temps, j'ai si peur pour eux ! L'avenir me terrifie. Je les aime tant ! Serai-je capable de tous les protéger ? Serai-je à la hauteur ? Kami-sama…

Chapitre 15

Fódla

Plan d'attaque

Nous voici enfin aux abords de Jbeil, tandis que mon armée attend encore dans les grottes du désert américain. Il nous faut à présent placer les ancres du portail principal au plus près d'un point d'accès à la cité cachée. Mais pour ça, encore faut-il le trouver. À la faveur de la nuit, grâce à une carte, William a découpé la ville en dix secteurs dans lesquels il a envoyé quelques-uns de nos hommes en reconnaissance par groupe de deux. Un sidhe accompagné d'un Immortel, pour plus d'efficacité.

Les binômes sont tous rentrés bredouilles depuis plus de deux heures maintenant, sauf Gaelin, l'un de mes fidèles soldats, et Silas, le factotum de William.

Cachée dans une forêt de résineux, je les attends avec impatience.

William… Je suis soulagée qu'il soit revenu du Royaume des Dieux. Ogme a tenu parole. Malheureusement, les deux Immortels qui l'accompagnaient n'ont pas eu sa chance. Ma prière aurait-elle changé quelque chose ? Je ne sais pas… Et pour l'heure, ça m'est tout à fait égal. Je suis trop près du but pour m'attarder sur ces détails. Ils vont juste me manquer comme chiens de garde de mes Sans-Âmes… Je dois aussi les nourrir, ceux-là… Et trouver un moyen de les contrôler par moi-même… Je ne veux dépendre de personne !

Les paroles du Dieu me reviennent en mémoire : « *Coire Ansic,* c'est son véritable nom, assurera votre subsistance, et peut-être bien plus encore. Tu seras libérée de cette contingence. »

Se pourrait-il que le chaudron m'apporte la solution ? S'il me l'a donné, c'est sans doute pour une bonne raison, et pas uniquement pour une question de logistique. Je dois essayer !

Mon fidèle Gaelin revient enfin, mais sans son partenaire. Couvert de boue et de griffures, les vêtements en lambeaux, il fait peine à voir.

Le jeune sidhe de la terre met un genou au sol et la main sur le cœur.

— Où est Silas ? demande William, d'un ton dur.

— Ma Reine, lance-t-il, je suis désolé…

— Ton rapport, soldat, dis-je d'une voix plus douce. Avez-vous trouvé quelque chose ?

— Bien, Majesté. Oui, nous avons découvert l'une des entrées de la cité cachée. Elle est sur l'un des murs de la citadelle des croisés, sur l'acropole. Quand nous sommes arrivés près des ruines antiques, Silas a senti la proximité de thérianthropes. Il s'est servi de ses capacités d'Immortel pour se glisser dans les ombres et les observer. J'en ai profité pour contourner le petit groupe qui patrouillait du côté de la mer. C'est là que j'ai perdu Silas de vue. Je ne sais pas où il est. J'ai peur qu'il…

— L'entrée, Gaelin, l'entrée…

— Oui, Majesté. Quand j'ai fait le tour, et que je suis arrivé sur l'arrière du château médiéval, je suis tombé sur un thérian isolé. Il se dirigeait vers une paroi cachée dans l'ombre. Je l'ai vu ouvrir un portail dans la pierre elle-même. Elle s'est illuminée quand il a posé ses mains dessus. J'ai surveillé l'endroit et les allées et venues un moment, pour tenter de comprendre comment fonctionnait le passage. L'homme-bête est revenu quelques minutes plus tard et a refermé l'accès laissé ouvert pendant son absence. Il a procédé de la même façon que pour l'ouvrir. J'ai compris qu'il se servait de bracelets et non de ses mains elles-mêmes. Ces bijoux doivent être des clefs. Je suis resté embusqué encore de longues minutes et je pensais que Silas me rejoindrait.

— S'ils sont si importants, il nous les faut ! Je n'ai ni le temps ni l'envie d'analyser leur magie pour la contourner. Je vais envoyer quelqu'un…

— Ça ne sera pas nécessaire, ma Reine, continue le soldat. La porte est apparue une nouvelle fois et un autre thérian en a émergé. Il était seul, j'en ai profité. Je l'ai neutralisé et lui ai subtilisé ses bracelets. (Il les sort de sa besace et me les tend.) Tenez, Majesté. Ils sont à vous.

— Qu'as-tu fait du corps du thérian ? interroge William. Il ne faudrait pas que quelqu'un tombe dessus prématurément.

— Aucune chance, monsieur. Je l'ai enterré à une grande profondeur et loin du château.

— Des nouvelles de nos ennemis ?

— Pas la moindre, monsieur. Je n'ai croisé que des thérians d'ici. Pour la plupart, il s'agit de ratels et de caracals. Aucune agitation dans leurs rangs pour l'instant. Ce qui signifie peut-être que nos ennemis ne sont pas encore arrivés…

— Ou qu'ils ont pris un autre chemin dont nous ignorons tout, conclus-je.

— Avec votre permission, ma Reine, puis-je me retirer ? Je ne peux pas rester comme ça…

— Oui, vas-y.

Le soldat se relève et passe le portail menant au désert américain, le dos courbé de fatigue.

— Tu t'inquiètes pour Silas ? dis-je à William.

— Un peu, je l'avoue. Ce n'est pas son genre de prendre des risques. C'est quelqu'un de toujours très prudent. Je sais qu'il est bien plus puissant que la majorité des thérians. S'il le peut, il reviendra… Je vais aller poser les ancres moi-même près de la citadelle, peut-être nous attend-il là-bas.

Je lui tends les pierres enchantées par mes soins.

— Dix pas entre les deux, ce sera parfait.

— Bien, Majesté.

Il disparaît en un clin d'œil.

En attendant son retour, je décide de tester le chaudron. Je passe à mon tour le portail vers les États-Unis.

Ici, il fait encore jour et le soleil est sans pitié. Le contraste est saisissant entre la fraîcheur de la nuit libanaise et la fournaise de ce désert.

— Gaelin ! appelé-je.

Il arrive au pas de course, déjà changé.

— Oui, Majesté ?

— J'aimerais essayer quelque chose. Prends deux hommes avec toi et accompagnez-moi dans l'une des grottes individuelles avec le chaudron.

— À vos ordres, ma Reine !

J'arrive donc devant une cellule en compagnie des trois hommes, et ceux-ci déposent l'artefact de Dagda près de l'entrée.

À nous deux !

J'applique mes mains sur les flancs sculptés du grand récipient et déclare avec assurance :

— Par mon sang de Tuatha Dé Danann, par mon rang de reine de mon peuple, donne-moi ce dont j'ai besoin pour contrôler mon armée ! déclaré-je avec assurance.

Il ne se passe rien.

— *Ton sang est la clef, Fódla,* murmure une voix dans ma tête.

— Ogme… Merci ! Un poignard ou une dague ! réclamé-je à mes soldats.

Je recommence mon incantation improvisée, mais cette fois, je m'entaille l'avant-bras et laisse couler mon sang dans l'objet magique.

À nouveau, rien ne se produit pendant quelques secondes.

Puis tout à coup, une vive lueur émane de *Coire Ansic* et me force à détourner le regard. Quand elle s'éteint, le chaudron est plein d'un liquide pourpre intense et luisant.

— Ouvrez la cellule ! ordonné-je.

Gaelin s'exécute.

Derrière l'épais mur de terre, je découvre un homme immense aux yeux rouge rubis. Ses canines démesurées lui confèrent un faciès définitivement bestial. En guenilles, la peau pâle, des muscles saillants, il s'agite et tente de se jeter sur moi en hurlant malgré ses entraves. Mais celles-ci tiennent bon.

Je remplis une sorte de pot au chaudron et m'approche de lui avec prudence. L'effet ne se fait pas attendre. Son attention se fixe sur ce que j'ai dans les mains, et son regard fou luit de convoitise. Une sorte de bave rougeâtre coule du coin de sa bouche, c'est répugnant. Mais je continue d'avancer. À deux mètres de lui, je lève la grande tasse et, soutenue par un léger souffle, je la porte à ses lèvres. Le colosse boit avec avidité la totalité du liquide visqueux. Quand je la lui retire, il s'agite encore plus, comme si je n'avais fait qu'aiguiser sa soif au lieu de l'étancher.

Je l'observe quelques instants, perplexe. Le breuvage semble ne produire aucun effet notable. Mais peu à peu, le géant hirsute se calme. Il finit par complètement cesser de bouger, au plus grand étonnement des deux soldats appelés par Gaelin. J'interroge l'un d'eux :

— Ceci s'est-il déjà produit ? demandé-je à l'un d'eux.

— Jamais, Majesté, répond le plus âgé. Même avec le sang des dragons, ils ne se tenaient pas aussi tranquilles !

— Merveilleux !

Je m'approche plus près pour tester ses réactions. Il ne bronche pas. Il baisse même ses yeux écarlates.

— Relève la tête, mon bon petit soldat !

Le Sans-Âme m'obéit.

— Es-tu prêt à te battre pour la gloire de ta souveraine ?

Il hoche la tête, toujours serein.

Essayons autre chose…

— Enlevez-lui ses entraves !

— Mais, Majesté, objecte le plus jeune…

— Me penses-tu incapable de me défendre, soldat ?

— Non, bien-sûr, mais…

— Deux « mais », deux de trop. Je te trouve bien présomptueux à vouloir me donner des leçons. Faites ce que je vous dis !

Je sais que Gaelin, derrière moi, se tient prêt à intervenir, et je ne suis pas en reste. Maintenant, après avoir plongé mon corps dans le fleuve sacré, je sais que je suis capable de maîtriser ce monstre s'il venait à perdre tout contrôle. Mais il n'en est rien. Mieux encore, il pose un genou à terre et baisse la tête en signe de soumission.

— As-tu encore faim ?

Il hoche à nouveau la tête.

Je remplis alors la tasse une deuxième fois et la lui donne. Il la vide avec beaucoup moins de voracité, puis me la rend. Il se relève et fait quelques pas jusqu'au fond de sa cellule. Là, il s'assied simplement, les jambes croisées. Son regard carminé n'a pas changé. Je peux toujours y voir la soif de sang, mais la folie qui l'habitait a disparu. Il ferme les yeux et attend.

Je sors de la petite cavité.

— Vous pouvez refermer et ouvrir la prochaine.

Les deux soldats se plient à mes ordres, émerveillés.

Dans l'antre suivant se trouve un autre homme, dans le même état que le colosse.

— Toi ! dis-je en montrant le sidhe le plus vieux du doigt. Donne-lui une tasse du liquide !

L'admiration se mue en appréhension, mais il obéit sans discuter.

Quelques minutes plus tard, je constate que la boisson a le

même effet sur le Sans-Âme. Je ne suis donc pas obligée de la leur distribuer moi-même, ce qui me soulage. Nous aurions perdu un temps fou si ça avait été le cas. Je décide de faire un dernier test avec le second soldat, pour être certaine que cela fonctionne.

William revient alors que Gaelin ferme la troisième cellule. Je lui indique, sans entrer dans les détails, ce que j'ai tenté avec le chaudron.

— Majesté, je suis très impressionné ! Vous avez réussi là où même les dragons ont échoué, c'est stupéfiant ! Grâce à vous, nous allons pouvoir contrôler cette armée hors du commun. Vous allez enfin prendre la place qui vous revient !

Je l'avoue, ces louanges me ravissent. Les planètes s'alignent les unes après les autres, c'est grisant. Au début, je pensais me servir des Sans-Âmes comme chair à canon. Après tout, ce ne sont que des monstres sans cervelle, des coquilles vides. Mais, s'ils obéissent à des ordres simples et qu'ils sont calmes le reste du temps, peut-être pourrais-je garder cette armée exceptionnelle à mon service. Elle aurait, sans nul doute, un effet dissuasif sur ceux qui voudraient se mettre en travers de mon chemin.

— Mobilisez autant d'hommes que possible et continuez ! ordonné-je aux soldats. Je veux qu'ils soient tous nourris au plus vite !

Les deux soldats s'inclinent et filent exécuter mes instructions.

— Majesté, commence William alors que nous remontons à la surface, les ancres sont en place.

— Et Silas ?

— Toujours aucune nouvelle…

— Les bêtes ?

— Je n'en ai croisé aucune, mais je les ai senties, et il y a quelque chose d'étrange dans leur odeur. C'était comme s'ils étaient à la fois bêtes et Immortels.

— Des *vesperis*…

— Des créatures du crépuscule ? Mais elles ont disparu il y a plus de mille ans !

— Il faut croire que non, William.

Celui-ci se plonge dans une profonde réflexion.

Cette nouvelle douche un peu mon enthousiasme. Au fond, ce n'est pas si étonnant. Le peuple des Alhurras est très ancien d'après les renseignements de l'Immortel. Il se peut qu'ils aient conservé le secret des hommes-bêtes immortels.

Cela ne m'empêchera pas de l'emporter ! De ces deux abominations, je sais que la mienne est la plus puissante. Les Sans-Âmes ne pensent pas ! Ils iront au combat sans peur, juste avec une soif inapaisable et une force hors du commun. Et maintenant, je suis capable de les contrôler ! La victoire ne peut m'échapper, et je ferai d'une pierre deux coups. Enfin, je vais pouvoir me débarrasser de Leizu de façon définitive, et ceindre la couronne pour devenir Reine des Ombres !

À nouveau pleine d'entrain, j'arrive dans la salle que William a aménagée en poste de commandement. Des cartes, des piles de documents, quelques livres, tout est parfaitement ordonné.

— Il faut nous débarrasser des *vesperis* présentes sur l'acropole, déclare mon commandant, et faire passer des ancres de l'autre côté. Cela nous donnera un accès direct à la cité. Le contrôle que vous avez maintenant sur vos mon… sur votre armée change la donne. Nous pouvons envisager une tactique plus complexe et organisée en vue de notre assaut principal.

En bon militaire, il a déjà une nouvelle stratégie à me proposer.

— Qu'as-tu en tête ?

Il se penche sur sa carte de la ville de Jbeil.

— Sans une idée précise de ce à quoi ressemble la cité cachée, il m'est difficile d'être précis. Je pensais cependant à une première petite attaque avec une vingtaine de vos… pantins de chair. Cela nous permettrait d'éliminer les *vesperis* qui protègent l'entrée et éviter qu'ils nous prennent à revers quand nous envahirons l'autre côté. En y positionnant des ancres, nous éviterons le passage étroit dans le mur de la citadelle, et nous n'aurons qu'un seul déploiement à opérer.

— Tu veux déplacer celles de l'acropole ?

— Non, Majesté. Elles constituent une porte de sortie plus discrète à l'issue de notre premier assaut. Si nous devons pénétrer le périmètre de la cité cachée pour revenir ici, et que nous sommes repérés, nous risquons de perdre l'effet de surprise de notre offensive principale.

Décidément, il pense à tout…

— J'enchanterai donc une nouvelle paire d'ancres. Comment comptes-tu les disposer de l'autre côté ?

— J'irai seul, demain, pendant la nuit. Je prendrai le temps qu'il faudra afin de ne laisser aucune trace de mon passage. La plus grande discrétion est impérative pour la suite.

— Et cette suite… À quoi songes-tu, au juste ?

— Grâce à la maîtrise que vous avez acquise sur votre armée, nous pouvons envisager de mener notre principale offensive selon les préceptes revisités de la phalange hoplitique.

Je le regarde sans comprendre.

— C'est une formation de combat grecque. Les guerriers se tenaient les uns derrière les autres, ou en quinconce, sur une profondeur de cinq à huit rangs. La largeur s'adaptait en fonction du terrain. Le chevauchement des boucliers créait un mur défensif difficile à franchir. Mais ce qui m'intéresse davantage, c'est l'effet psychologique que cette configuration avait sur l'ennemi. Elle était très intimidante et a poussé bon nombre d'opposants à la débandade. Sa puissance d'attaque frontale était colossale. Son point faible résidait dans ses flancs exposés, parce qu'elle ne pouvait pas changer aisément de direction. Mais pour nous, c'est différent. Ce point faible disparaît puisque la plupart de nos forces ne sont pas armées. Seuls vos soldats et mes semblables disposent d'épées, ou d'armes à feu pour certains.

Mais vos Sans-Âmes sont des créatures très puissantes et impressionnantes. Nous pouvons par exemple, grâce à un déploiement sur huit rangs, former une ligne de cent soixante individus.

Il se saisit de plusieurs feuillets et me les tend. Je les refuse d'un geste de la main, tous ces papiers m'indiffèrent.

— Je te fais confiance, continue.

— Votre armée est composée de mille quatre cent vingt-trois éléments exactement. Mille trois cent vingt-sept Sans-Âmes, cinquante-trois soldats de votre garde personnelle, et quarante et un de mes semblables, avec votre serviteur, le tout, bien sûr, sous votre commandement, Majesté. Tout dépendra du terrain, comme je le disais, mais nous pouvons d'ores et déjà acter cette formation de combat. Sur les flancs, il nous faut une force de frappe capable de poursuivre nos ennemis s'ils s'enfuient, ou de les prendre à revers. Je propose d'y placer mes congénères, vingt de chaque côté. Quant à vos soldats, ils sont capables d'attaquer à distance. Je pense donc que leur place est derrière les lignes de front. De plus, ils sont physiquement moins solides que des Immortels. Ils seront ainsi protégés d'un assaut direct de nos ennemis. Si nos adversaires résistent, notre « phalange » enfoncera leurs lignes de défense. Cela nous permettra d'atteindre la ville.

— Et pour la couronne ?

— Quand nous aurons pénétré dans la cité, nous chercherons le temple d'Ashtart. Il ne sera pas difficile à trouver. Ogme nous a révélé que la crypte de Waldemar était en-dessous, il nous suffira d'en trouver l'entrée. Mais vous aurez tout le temps nécessaire une fois nos ennemis vaincus…

— Quels seront les soutiens de Leizu, selon toi ?

— Elle ne peut pas en avoir beaucoup, Votre Majesté. Quelques clans de thérians répondront peut-être à son appel, mais le Roi des Bêtes vous a assuré de sa neutralité. Quant aux

Immortels, dans leur grande majorité, ils ne soutiennent pas cette femme. Nous ne voulons pas revenir mille ans en arrière ! Les autres peuples sont quantité négligeable face à votre armée. Que ce soit les fées, le Petit Peuple ou les sorciers humains, ils ne sont pas de taille.

— Il y a les Dieux de son pays…

— Mais vous avez les vôtres !

— Oui… J'ai les miens… Les Dragons ?

— Le dernier rapport que nous avons reçu mentionne de graves troubles dans la cité de Oloba. Une partie du peuple se serait soulevée contre la famille royale à l'initiative d'Eldur Yorickson. Le guérisseur a trouvé du soutien parmi les familles nobles. De plus, le prince héritier est porté disparu depuis deux jours. Enfin… l'annonce a été faite il y a deux jours. Peut-être est-il absent depuis plus longtemps. Dans tous les cas, le roi Volodymyr est sans aucun doute bien occupé à l'heure où nous parlons. Et puis, les Dragons ne sont pas réputés pour se mêler des affaires du monde des Hommes.

— Bien ! Nous avons donc fait le tour. Aucune surprise à l'horizon.

— Aucune, Majesté, répond William avec aplomb.

**

Le temps de nourrir tous mes assoiffés et de m'occuper des nouvelles ancres, le lendemain soir arrive plutôt vite.

Au cœur de la nuit libanaise, là où ceux qui veillent manquent souvent de vigilance, William part donc seul, équipé des bracelets et des nouvelles balises. Je suis obligée d'attendre et je déteste ça. Tout repose maintenant sur la réussite de l'Immortel, et je déteste ça aussi. Moi qui pensais ne plus dépendre de qui que ce soit, je me rends compte que c'est illusoire. On dépend toujours d'autres personnes, qu'on le veuille ou non. Je ne suis pas seule à être impliquée dans ce conflit. Même si je maîtrise beaucoup de choses, je ne peux pas tout gérer seule, hélas.

L'attente se révèle moins longue que prévu.

La nuit touche presque à sa fin, mais nous sommes prêts à traverser…

William prend les devants, suivi de vingt assoiffés dociles comme des golems. Quand nous arrivons sur l'acropole, l'aube est encore timide. À l'est, au-dessus du mont Liban, le soleil commence à peine à blanchir l'horizon.

L'heure bleue… Avant l'aurore, elle sera rouge ! Rouge du sang de mes ennemis !

Munie des bracelets, je reste en retrait de la future bataille. Je choisis un point d'observation élevé pour ne rien manquer.

Pour aujourd'hui, cela me suffit. Mais demain, je me battrai. Vengeance, pouvoir et liberté ! Je veux tout !

Soudain, un grondement sourd envahit le site. Plusieurs animaux sortent des ombres et nous font face. Comme me l'avait dit Gaelin, il y a bien des ratels et des caracals, mais il y a aussi deux loups. Par contre, ce ne sont pas tous des *vesperis*. La tâche n'en sera que plus facile…

Sans un cri ni aucun désordre, ma petite troupe s'élance à la rencontre des gardiens.

— Si ! Je dois le faire ! Pour la défense de la cité ! hurle un jeune homme, derrière les animaux.

Dans un éclat de lumière, il se change en un énorme ours brun et noir, et charge. L'impact est d'une rare violence. L'immense plantigrade se bat comme un démon. Ses griffes et ses crocs déchirent deux de mes hommes en quelques secondes, avant de commencer à faiblir sous leurs assauts répétés. Pendant ce temps, les autres animaux absorbent la charge de mes Sans-Âmes en reculant, sans cesser de batailler. Les ratels sont, de toute évidence, des maîtres dans cette forme de combat. Ils sont blessés, cèdent du terrain, et pourtant, j'ai le sentiment que c'est exactement ce qu'ils veulent faire. Un caracal, peut-être plus faible que ses congénères, tombe malgré la protection des *vesperis*.

La majorité des simples thérians passent le portail vers la cité, plus ou moins meurtris. Bientôt, il ne reste plus que les *vesperis*, les loups et l'ours. Ce dernier est à bout de force. Il hurle une dernière fois, comme un ordre aux autres survivants. Ceux-ci rompent le combat les uns après les autres pour traverser le portail.

William intervient très peu, mais toujours au bon moment pour faire pencher la balance de notre côté. Il guide les assoiffés vers les fuyards, mais l'ours se précipite vers eux pour les intercepter et protéger la retraite de ses camarades. Une manœuvre qui fonctionne plutôt bien, si ce n'est que le jeune thérian y laisse la vie.

— Non ! Durim ! hurle une louve qui a repris forme humaine à côté du passage illuminé.

Elle tente de s'approcher du corps de l'ours, mais le deuxième loup l'en empêche en saisissant son poignet dans sa gueule. Il la force à passer de l'autre côté.

Le portail s'éteint juste après sa traversée.

Il n'y a maintenant plus que nous. Un silence de mort, lourd, lugubre, tombe sur l'acropole. J'ai perdu cinq hommes dans cette escarmouche. Mes ennemis en ont perdu deux et ont de nombreux blessés. Certes, les ancres sont en place, mais le bilan ne me satisfait pas. D'autant que nos cibles principales sont toujours en vie. Je dois cependant retenir une chose : à nombre presque égal, mes ennemis ont pris la fuite. Ils ont eu peur de nous. La stratégie de William peut fonctionner…

Nous retournons aux États-Unis, alors que le soleil embrase l'horizon, comme un présage des prochains jours sanglants.

Chapitre 16

Leizu

Doutes

Pendant ce temps, dans la cité de Byblos…

Au petit matin, nous voilà à nouveau tous réunis dans le temple, accompagnés des représentants des nouveaux arrivants. Autour de la table, il y a Anne Sylven, fille de l'alpha de la meute de loups des Cévennes, Grigory Babinsky, chef du Clan des Ours des Balkans, Naea, chef du Clan des Aquatiques du Pacifique, accompagné de son fidèle Maru, chef des *aitos*, les guerriers, Erland pour le Clan des grands chats, Abdolonymos et sa sœur pour les habitants de la cité, ainsi que ma chère Fínola, Première Princesse du Petit Peuple, et bien sûr ma petite Siobhán et ma sœur de cœur. La défense s'organise. Louis, Alek et Romain ont pris les choses en main. Ba'alat Gebal et Ryūjin, comme tous les autres, écoutent les stratégies proposées avec beaucoup d'attention. Davorka a choisi de s'asseoir à mes côtés, mais elle ne tient pas en place. Avant un événement important, elle est une véritable pile électrique, et ça ne date pas d'hier. Je crois qu'elle est née comme ça…

Je fixe chacun tout à tour, comme pour graver leurs visages dans ma mémoire pour toujours. Ils sont ma famille ou mes amis, et ils sont ici pour se battre. Si seulement tout pouvait être aussi simple que les Cercles Sacrés de cette nuit… Je mettrais Fódla au défi et nous réglerions la situation par un duel. Ainsi, personne ne risquerait sa vie pour moi ou notre idéal. Mais c'est un vœu pieux. La reine des sidhes sait très bien qu'en combat singulier, elle n'a presque aucune chance. Elle ne fera jamais cette erreur. Elle préférera lâcher ses abominations sur le monde et en ramasser les miettes après leur passage.

Regarder cette belle assemblée me fait terriblement peur. Notre liberté aura un prix que je ne suis pas encore prête à payer. J'ai déjà perdu deux de mes enfants, deux amis très chers à mon cœur, et j'ai failli… non, *j'ai* tué Alek de mes propres mains. S'il existe toujours aujourd'hui et qu'il m'a rejointe dans l'éternité, ce n'est pas grâce à moi.

Moi, j'ai pris la fuite…

— Arrête de faire ça ! me lance Davorka.

— De faire quoi ?

— Tourner et retourner dans ton esprit des choses que tu ne peux pas changer. Je ne pensais pas dire ça un jour, mais tu es un dragon, pas une vache !

— *La petite a raison, ma moitié,* glisse Kimiko. *Ça ne te ramènera pas ceux que tu as perdus. Tu dois te concentrer sur les vivants.*

— *Je regrette juste de ne pas avoir pu faire plus… Ma tendre Léonie et son époux, ma douce Nita et Ojo, Alek et Metyr…*

— *Le prince Aleksander va très bien maintenant. Regretter, ruminer, c'est du pareil au même ! Cela reste inutile.*

— Oh ! Je connais ce regard, reprend ma sœur de cœur. Elle te parle, n'est-ce pas ? Elle te dit que j'ai raison, j'en suis sûre !

— Tu t'entendras à merveille avec Kimiko, je n'en doute pas une seconde…

Un jeune homme fait irruption dans la pièce, le visage rougi par l'effort.

— Ma Dame ! Je… Nous avons… halète-t-il, à bout de souffle.

— Du calme, Unika, respire ! répond mon amie.

Le soldat se tient un instant courbé, les mains sur les genoux, pour reprendre sa respiration.

— Nous avons retrouvé Adad inconscient dans la forêt, reprend-il, plus calme. Il a une belle plaie à la tête, mais rien de trop grave à première vue. Il était à plus de cinq cents mètres du portail. Nous ne l'aurions jamais retrouvé aussi vite si nous n'étions pas partis patrouiller.

— Il va bien ? demande Abdolonymos.

— Oui, chef ! Il a repris connaissance et il demande à vous voir, ma Dame. Il aurait quelque chose d'important à vous révéler…

— Allons-y, tranche Aleksander. Écoutons-le avant de fixer notre plan de défense. A-t-il dit autre chose ?

— Non, commandant. Il ne nous a rien expliqué. Mais quand nous l'avons trouvé, il était entravé par des liens de terre et il n'avait plus ses bracelets aux poignets.

— Avez-vous conservé les entraves ? se renseigne le Dieu Dragon.

— Heu… Il me semble, oui…

— Bien, poursuit Alek, ne perdons pas de temps. Je n'aime pas ça du tout !

**

Il ne nous faut que quelques minutes pour atteindre l'endroit où le malheureux se repose. Nous n'y entrons pas tous, l'habitation est modeste. Seuls Ba'alat Gebal, Ryūjin, Alek, Romain et moi pénétrons dans la petite maison. Le jeune blessé tente de se mettre à genoux par respect pour ses illustres visiteurs, mais je l'en empêche.

— Reste allongé, mon garçon. Laisse-moi regarder ta

blessure, tu veux bien ?

Il me jette un coup d'œil surpris, puis acquiesce. Je pose une main légère sur son front et laisse mon énergie curative s'écouler en lui. Rapidement, je vérifie son état général pour éviter les mauvaises surprises.

Pauvre garçon… Il souffre quand même d'un traumatisme crânien, mais non évolutif. Ouf !

Je suis soulagée qu'il n'y ait rien de plus. En somme, il a reçu un bon coup à l'arrière de la tête. Une fois inconscient, son animal n'a rien pu faire. Celui-ci doit être très en colère…

— Ton compagnon ne te harcèle pas, j'espère, dis-je les sourcils froncés.

— Non, il… non, madame, répond-il en rougissant, le regard brillant.

Dans ses yeux, l'étonnement a laissé la place à l'adoration. Sa faiblesse passagère l'empêche de résister à l'attrait que j'exerce sur les jeunes thérians. Il ne doit pas avoir plus de vingt ans. Pour moi, c'est encore un bébé. Je le soigne avec beaucoup de tendresse, sous le regard incrédule de Ba'alat Gebal.

Une vive lueur enveloppe le jeune homme dès que j'ai terminé. Je devine ce qui va se passer, alors je me prépare à recevoir un jeune ratel dans mes bras. Quand il apparaît, il se rue sur moi. Ses griffes sont impressionnantes, et son petit museau, adorable.

Mon amie tente de s'interposer croyant qu'il veut m'attaquer, mais Romain l'arrête.

— Il ne lui fera rien, Protectrice. Regardez… Face à *baba*, les enfants réagissent toujours comme ça. Surtout les thérians.

— C'était déjà le cas quand elle était mortelle, précise Ryūjin dans un murmure.

L'animal fourre son museau près de mon cou, sous mes cheveux, et pousse des petits cris de pure satisfaction. Ses moustaches me chatouillent et m'arrachent un éclat de rire. Je caresse un instant son dos argenté et lui embrasse le bout du nez, attendrie.

— Oui… Tu es beau et très gentil, gazouillé-je, mais tu dois laisser Adad revenir. Il veut nous expliquer ce qui s'est passé. C'est important, tu sais ?

Je repose le jeune ratel sur son lit et lève un doigt face à son museau. Son air triste me ferait presque flancher. Il laisse cependant sa place dans un nouvel éclat de lumière. Je le couvre de son drap juste avant qu'il ne reprenne forme humaine.

— Je suis désolé, s'excuse le jeune homme. Il ne fait jamais ça d'habitude ! Je ne sais pas ce qui lui a pris, il…

— Ne t'inquiète pas, c'est normal, le rassuré-je.

— Oh… Vous m'avez soigné, n'est-ce pas ? Je n'ai plus mal et mes idées sont bien claires. Merci, madame.

— Je t'en prie. Maintenant, raconte-nous tout.

Il interroge quand même du regard l'autorité suprême de sa cité avant de se lancer. Mon amie acquiesce. Je devine son doux sourire sous le voile qui cache toujours son visage.

— Je devais rejoindre l'équipe extérieure pour la dernière partie de la nuit. Quand j'ai traversé le portail de la citadelle, je n'ai pas eu le temps de faire deux pas qu'un homme m'est tombé dessus. Sasko, mon compagnon, m'a fait savoir qu'il ne s'agissait ni d'un thérian ni d'un humain. Je n'ai pas pu l'identifier, malheureusement. Des sortes de lianes de terre sont sorties du sol et m'ont immobilisé, puis il m'a frappé derrière la tête. Mais juste avant de m'asséner son coup, il… il s'est excusé. C'est difficile à croire, mais je vous jure que c'est vrai ! Je l'ai bien entendu ! Il a dit : « Je suis désolé, je dois le faire. ». Et après, plus rien. Je me suis réveillé ce matin dans la forêt de cèdres, de ce côté du portail, et mes bracelets avaient disparu…

Le jeune Unika arrive sur ces entrefaites, les bras chargés

de boudins de terre.

— Voici les liens, monsieur, annonce-t-il au Dieu Dragon.

Ryūjin les examine un instant.

— Nous avons là un usage un peu particulier de la magie de la terre du Peuple des Collines, déclare-t-il, sûr de son fait.

— Un sidhe de la terre, qui voulait s'emparer des bracelets sans tuer, et qui souhaitait nous le faire savoir, résume Alek. Sinon, il n'aurait pas laissé Adad dans la forêt.

— Notre sensation d'être épiés quand nous avons traversé le portail, marmonne Romain. Se pourrait-il que ce soit l'espion des renégats qui se manifeste enfin ?

— Quel espion ? demande mon âme sœur sur son ton de général.

— Wyrran, l'ancien Grand Chambellan de Fódla, avait réussi à placer un espion dans la garde personnelle de la reine. Celui-ci a disparu avec elle lors de notre attaque de son palais principal, dans la capitale. J'ai pensé qu'il avait changé de camp, mais Wyrran m'a assuré qu'il ne pouvait pas avoir fait ça…

— Son nom ?

— Le chef ne nous en a jamais informés.

— Quoi qu'il en soit, interviens-je, nous devons considérer que nos ennemis possèdent les clefs des portails de Byblos. Le temps presse.

— Retournons au Q.G., ordonne Alek.

Je me penche sur le jeune Adad.

— Repose-toi encore un peu avant de rejoindre ton poste, d'accord ?

— Bien, madame.

**

Quelques minutes de plus, et nous sommes à nouveau tous assis autour de la grande table.

— Abdolonymos ! lance Alek à peine assis.

— Oui, commandant.

— Il faut prévenir tes guerriers de l'extérieur. Si la reine attaque, ils doivent se replier. Seuls, ils ne seront pas de taille contre les Sans-Âmes.

— Nous pourrions aussi renforcer l'effectif à l'extérieur pour patrouiller davantage et limiter l'effet de surprise, propose Grigory. Nous ne savons pas où ils ont installé leur portail, mais sûrement assez près de celui de la citadelle.

— D'accord, mais pas plus de deux ou trois personnes. Ils sont déjà une vingtaine à surveiller le site historique. Le portail n'est pas plus large qu'une porte. S'ils sont trop nombreux, leur retraite sera ralentie et nous risquons de subir des pertes inutiles.

— Bien, chef, approuve l'ours.

— Les membres de mon clan resteront comme dernière ligne de défense, précise le grand guerrier tatoué.

— Pourquoi ton clan en particulier ?

— Nos compagnons savent combattre en reculant et ils n'ont peur de rien, commandant.

— Arrêtez de me donner du « commandant » ou du « chef », grogne mon prince, agacé. Appelez-moi Aleksander, ou juste Alek, ce sera très bien.

— O.K. chef ! réplique Grigory, un sourire en coin.

Ce qui lui vaut un regard noir du Prince Dragon, évidemment. Davorka s'esclaffe alors qu'un grand frisson secoue l'échine de tous les thérianthropes autour de la table. Elle relâche un court instant le contrôle qu'elle exerce sur son aura, mais se reprend très vite.

— Pardon ! hoquète la dragonne entre deux éclats de rire. J'aime beaucoup ton humour, l'ours !

Ce dernier lui adresse un clin d'œil en sortant avec Abdolonymos pour exécuter les ordres qui leur ont été donnés.

Je comprends ce que le jeune homme a voulu faire : détendre l'atmosphère. Et ça fonctionne plutôt bien. Autour de la table, les visages sont moins fermés. Quelques sourires fleurissent même sur certains visages.

— Bon ! Les clowns ! Passons aux choses sérieuses, intervient Romain. Maintenant que l'ennemi possède les bracelets, ils peuvent nous tomber dessus n'importe quand. Je pense qu'ils éviteront la journée à cause du soleil. Bien qu'ils n'aient pas de conscience, les monstres de Fódla craignent la lumière comme tous les Immortels. Donc, ça ne nous laisse pas beaucoup de temps pour préparer la cité à leur assaut. Parce qu'il faut être lucide, d'une façon ou d'une autre, ils arriveront jusqu'ici.

Sa déclaration efface les sourires, y compris le sien.

Louis se lève et se penche sur le plan de la ville déployé au milieu de la table. Il tourne autour un moment en silence. Mon âme sœur ouvre la bouche pour intervenir, mais je mets un doigt sur ma bouche pour lui intimer le silence.

— *Pourquoi dois-je me taire,* telam ?

— *Louis est un stratège hors pair, mais il réfléchit mieux en silence. Il est en train d'envisager tout ce qui pourrait arriver, ainsi que les solutions à y apporter. Je vois presque les rouages de son cerveau tourner avec frénésie.*

— *Tu as une grande confiance en lui…*

— *J'ai une confiance absolue en lui. Autant qu'en toi, pour tout te dire.*

— *Je vois…*

— *Il n'est pas mon Obligé et pourtant, il me considère comme sa Mère. Hier il…*

— *Il, quoi ?*

— *Il m'a appelée maman…*

La main sur ma cuisse, il se penche à mon oreille.

— Eh bien ! Heureusement que je suis plus vieux que lui,

sinon ce serait bizarre, murmure-t-il le sourire aux lèvres et le regard tendre.

Je lève mon visage vers lui, heureuse qu'il comprenne mon trouble et qu'il accepte ce que je ressens pour le petit Prince de Paris. Il en profite pour me voler un baiser, puis se redresse.

Après de longues minutes de silence, Louis relève la tête, le visage déterminé.

— Notre infériorité numérique ne fait aucun doute. Il nous faudra ruser pour vaincre, et surtout avoir une parfaite coordination. Ce qui est facile à dire, mais dans les faits, ce sera éminemment complexe. Avant de vous exposer mon idée, j'ai besoin de parler à Nicolas. Nous allons avoir besoin des télépathes pour synchroniser nos mouvements. Nous ne nous connaissons pas, ou peu, et n'avons pas le temps de nous entraîner pour ça.

Nicolas entre sans s'annoncer, toujours en compagnie de son épouse. Ces deux-là ne se quittent plus.

— Tu voulais me voir, Louis ?

— Voilà ! lance celui-ci à la cantonade. Ceci n'est qu'un exemple de ce que les télépathes peuvent faire. Ici, nul besoin d'envoyer quelqu'un le chercher et de perdre ce temps précieux.

Il se tourne d'abord vers Alek, qui ne réagit pas, puis vers Romain, qui lui sourit. C'est donc lui qui a appelé Nicolas. Il le remercie d'un signe de la tête.

— Nicolas, continue-t-il en s'adressant à tout le monde, ainsi que Romain et Aleksander, sont les seuls télépathes ici présents. Savez-vous si vos troupes en comptent d'autres ?

— Ce pouvoir de l'esprit est absent chez mon peuple, malheureusement, répond Fínola.

— Pareil pour nous, confirment Naea, Erland et Anne d'une même voix.

— Ma télépathie est limitée aux personnes que je peux

voir, ajoute Ryūjin-sama.

— Je ne possède pas ce don. Il est plutôt rare, vous savez, renchérit Ba'alat Gebal. Peut-être certains habitants de ma cité le possèdent-ils, mais ils ne se sont jamais manifestés.

— Parmi les Dragons, il y en a quelques-uns, annonce Davorka. La plupart du temps, nous les recrutons pour la garde dès que leur don se manifeste. Nous nous arrangeons pour toujours en avoir un dans chaque compagnie. Ils nous sont d'un soutien inestimable pour nos communications. Il y a donc un télépathe parmi mes soldats. Bon, il y a aussi *dada*, bien sûr, mais il n'est pas là, alors… Je demanderai à Zeldig de se mettre sous ton commandement, moustique, ajoute-t-elle à l'attention de Nicolas.

— Tu m'ôtes les mots de la bouche, petite sœur, confirme Alek.

— Heu… Il y a peut-être un autre moyen qui serait complémentaire, intervient Siobhán. Les élémentaires de l'air. Ils sont capables de porter des paroles murmurées sur une longue distance, et de les restituer avec fidélité.

— Nos alliés sidhes ne sont pas encore arrivés, et je ne sais pas combien ils seront, mais Sithmaith ne devrait pas tarder. L'air est son élément, si mes souvenirs sont bons.

— Ma cousine Moreen est déjà là, précise ma petite sorcière de feu.

— Nicolas, demande Louis, quelle est ta portée maximale ?

Mon enfant se concentre un instant.

— Je peux toucher les esprits des soldats qui patrouillent dans la forêt, et… au-delà. Deux jeunes caracals se sont aventurés dans les dunes pour… Ah ! Heu… pour rien qui nous concerne. (Ses joues rosissent.) Il faudra interdire ce genre d'escapade jusqu'à nouvel ordre, avertit-il. C'est trop dangereux.

— Impressionnant ! Et toi, Romain ?

— Je ne dépasse pas les premières maisons de la cité basse.

— J'arrive à peine à l'orée de la forêt, répond Alek avant que Louis ne lui pose la question.

— Nicolas, tu seras donc le centre de notre communication, décide le Prince de Paris.

Le principal intéressé ouvre de grands yeux, surpris d'avoir une si grande responsabilité.

— Tu es bien le dernier à prendre conscience de la puissance de ton don, tonton, se moque Romain. Je te l'avais dit, pourtant.

— On peut tous remercier notre petit papillon de nous l'avoir débloqué ! se réjouit Davorka.

La jeune vahiné rougit d'embarras alors que l'assistance éclate de rire.

— Un peu de sérieux, les amis, lance Louis. Parlons tactique, voulez-vous ?

Durant de longues heures, ils débattent tous sur les atouts des uns et des autres, la meilleure manière de les utiliser pour limiter les pertes, le déploiement le plus efficient… Comme il y a encore beaucoup d'absents, ils établissent un ensemble de conjectures. Je leur laisse ces questions bien volontiers et préfère méditer.

Ces choses me dépassent un peu, je l'avoue. Je repense aux nombreux conflits qui ont jalonné mon existence : les campagnes d'Alexandre, les guerres de Syrie, la troisième guerre punique, la guerre des Gaules, les croisades, celle des Albigeois, la guerre de Cent Ans, la conquête des Amériques, les guerres de religion du Moyen Âge, la guerre de Sécession, ou encore les deux guerres mondiales, et plus encore… Il y en a tant auxquelles j'ai participé ou que j'ai simplement traversées ! Tant de morts inutiles pour un peu plus de pouvoir, de terre, de richesses ou par idéologie ! Je déteste la guerre et tout ce qui s'y rattache. Je trouve cela d'une telle absurdité ! Si seulement chacun pouvait posséder ce dont il a besoin, s'en satisfaire et accepter les différences… Hélas, l'être humain est ainsi fait qu'il veut toujours plus, qu'il jalouse son voisin et qu'il est prêt à tuer son prochain pour satisfaire ses désirs ! Je m'inscris aussi dans ce schéma, tout compte fait. Mon désir le plus cher est de protéger ceux que j'aime, et je suis prête à massacrer quiconque tenterait de leur faire du mal. La vengeance non plus ne m'est pas étrangère… C'est pour ces raisons que le sort de Fódla est d'ores et déjà scellé. Elle m'a trop pris pour que je la laisse à la justice de quelqu'un d'autre que moi, et si j'y laisse la vie, ça ne sera pas sans me battre jusqu'à la dernière seconde, jusqu'à la dernière goutte de mon sang. Je ne trahirai plus aucune promesse ! J'ai eu un moment de faiblesse, mais c'est terminé ! Cette garce va découvrir de quel bois je suis faite et ce qu'il en coûte de toucher aux miens.

— *Baba ! Onegai ! Yamenasai ! S'il te plaît ! Arrête ça !* éclate la voix de Nicolas dans mon esprit.

Je reviens à moi face à des mines stupéfaites, et je sens le sol frémir sous mes pieds. Je me lève et m'incline.

— Je vous prie de bien vouloir m'excuser, je me suis laissé emporter par ma colère alors que vous n'en êtes aucunement responsables.

— On peut dire que vous vous êtes bien trouvés Alek et toi ! rit Davorka.

— *Tu me raconteras ?* me demande mon âme sœur en silence.

— *Tu peux lire en moi autant que tu le souhaites, tu sais. Je ne veux plus avoir aucun secret pour toi, plus aucune zone d'ombre qui pourrait nous séparer ou nous engloutir. Tu connais déjà mon côté lumineux comme le plus sombre alors… Mon esprit t'est grand ouvert.*

Il serre ma main sous la table.

— *Ce n'est pas tombé dans l'oreille d'un sourd…*

— Je crois que nous sommes tous d'accord sur les stratégies à mettre en place, conclut Louis. Ceci sous réserve de la présence des alliés dont nous avons besoin pour compléter les dispositifs. Dame de Byblos, votre ville risque d'en souffrir, souscrivez-vous à notre plan ?

— Mon peuple et moi avons choisi de lier nos vies à cette cité et à ceux qui y sommeillent. Nous ne reculerons devant rien pour accomplir notre mission. Si pour cela notre belle Byblos devait être détruite, qu'il en soit ainsi. Nous reconstruirons !

— Et nous vous y aiderons ! clament beaucoup d'entre nous d'une même voix.

— Alors allons-y ! Mettons tout en place pour accueillir nos indésirables visiteurs ! ordonne Aleksander.

Tout le monde quitte la salle au pas de course, le temps nous est compté.

Le jour va bientôt céder sa place à la nuit, et je reste seule en compagnie de Ryūjin-sama.

— Mon enfant, viendrais-tu voler avec moi ? demande-t-il. J'aimerais te montrer quelque chose.

— Je… D'accord…

Je laisse ma place dans le monde à ma compagne qui frétillait d'impatience, alors que le Dieu Dragon reprend sa forme originelle.

Les deux créatures serpentines, l'une blanche comme la neige et l'autre de multiples teintes de bleu, s'élancent vers le ciel en tournoyant. Depuis le sol, le spectacle doit être magnifique. Ils volent d'abord vers la mer où ils plongent à proximité du port, sous les regards émerveillés des quelques pêcheurs alhurras encore à l'œuvre. Ils ressortent un peu plus loin et soulèvent deux immenses gerbes d'eau qui scintillent dans le soleil couchant comme une pluie de pierres précieuses.

Ils filent ensuite vers le mont Liban. Leurs corps fins et élancés s'entrelacent, s'écartent ou se rapprochent, dessinant des arabesques complexes. Le père et la fille sont heureux de se retrouver et prennent quelques minutes pour s'amuser. Ils vivent sans réserve leur joie avant que la bataille sème le chaos dans leurs cœurs et dans leurs têtes.

Arrivés au sommet le plus haut de la chaîne de montagne, le Dieu Dragon reprend forme humaine. Il cajole encore un peu Kimiko, puis celle-ci me laisse sa place.

Je suis stupéfaite de me retrouver habillée de mon kimono bleu nuit. La transformation aurait dû le réduire en charpie, ou au moins le laisser là où ma compagne a pris ma place. Ryūjin rit devant ma mine interloquée alors que je lève les bras pour inspecter les larges manches de mon vêtement.

— Ce kimono est un cadeau, je me trompe ? Un cadeau de celui qui te protège depuis le jour de ta naissance, *Hime-sama.* Tout autre tissu aurait disparu, sois-en sûre.

— Il faudra que je le remercie…

— Pour l'instant, c'est moi qui te remercie d'avoir cédé au caprice d'un vieux père à qui sa fille manquait affreusement.

— Ce n'est rien… Je suis moi-même très heureuse de l'avoir retrouvée. Je la croyais morte… Kimiko m'a dit que vous deviez tout m'expliquer. Hélas, je ne me souviens de rien. Je sais que vous me parliez juste avant ma mort, mais je ne vous comprenais pas.

— J'ai manqué de discernement. Je t'ai imposé cette explication au pire moment qui soit et tu n'as rien entendu, bien sûr… J'aurais dû attendre que tu te réveilles après ta transition. Je voulais te laisser le temps de calmer ton esprit en ébullition et surtout ta faim. Je sais que tu ne voulais pas être un danger pour ta petite fille. Puis les choses se sont enchaînées sans que nous nous revoyions, et tu as quitté ta terre natale pour découvrir le monde. Je ne t'ai retrouvée que quelques années après ton arrivée sur Héridane. Tu avais tant changé ! Tes magnifiques cheveux étaient devenus aussi blancs que la robe de ta compagne. D'ailleurs, souhaites-tu que je leur rende leur couleur ? Je peux…

— Non ! Non, merci… Ils signifient beaucoup pour moi.

— Qui as-tu sauvé pour que cela te coûte aussi cher ?

— Quand je suis arrivée à Oloba, j'ai appris que la reine Héfadia était en stase parce que sa grossesse ne se déroulait pas bien. Et pour cause, elle attendait des jumeaux. Chez les Dragons, les grossesses gémellaires sont rares et toujours mortelles pour la mère, voire l'un des enfants ou même les deux. Si je n'étais pas intervenue, ils seraient tous morts. Je suis allée au-delà de moi-même pour les sauver. Je me suis servie de l'énergie que renfermait mon corps. Au fil du temps, j'ai récupéré ma chair, mes muscles, mais jamais la couleur de mes cheveux… Ils sont pour moi le symbole que la vie l'emporte toujours si on y met le prix.

— Tu n'es pas encore remise du sauvetage du petit Nicolas et de ton passage dans les geôles de Fódla, je me trompe ?

— …

— Je sais que tu es une femme forte qui ne veut dépendre de personne, mais à la veille de la bataille, laisse-moi t'aider à retrouver toutes tes capacités.

— Je ne voudrais pas vous affaiblir…

Il rit.

— Je te remercie de ta sollicitude, mon enfant, mais ne t'inquiète pas. Je ne risque rien à te soigner. Cela ne représente tout au plus qu'une carafe d'eau dans l'océan. Tu n'auras droit à aucune faiblesse face à ce qui vous attend.

J'acquiesce. Il pose alors sa main sur ma joue avec délicatesse. Une onde fraîche envahit mon corps, me remplit comme la plus agréable des boissons. C'est grisant ! Je sens ma chair se reconstituer, mes os se renforcer, ma peau s'épaissir.

Je suis pleine d'une énergie nouvelle pour affronter la horde qui s'apprête à déferler sur nous.

— *Kami-sama… Kansha shite-orimasu.* Merci infiniment, dis-je en m'inclinant bien bas.

— Je t'en prie. Maintenant, j'aimerais que tu sois franche avec moi. Es-tu prête à assumer le rôle que ton destin t'a réservé ? Aucun faux-semblant, Leizu.

— Les pensées qui m'ont traversée tout à l'heure me laissent croire que je le suis.

— Mais ?

— Mais je ne suis pas sûre de pouvoir en supporter le coût. Les pertes que nous allons subir seront pour moi autant de blessures dont je ne sais pas si je serai capable de me relever. J'appréhende ma réaction face à cette réalité.

— Tu dois accepter les disparitions que cette future bataille va causer, car tes alliés ont *choisi* de se battre à tes côtés. Ce serait nier leur sacrifice, miner leur détermination et dévaloriser leur grand cœur, leur grand courage. Tu ne pourras pas sauver tout le monde, malheureusement, mais ces pertes ne seront jamais inutiles ni vaines si elles mènent les Peuples de l'Ombre vers un avenir meilleur. Comme tu es prête à sacrifier ta vie pour le bien de tous, d'autres le sont aussi, et leur vie n'a pas moins de valeur que la tienne. Ils ont tous besoin de toi comme cheffe de guerre ! Tu es leur phare dans les ténèbres, cette lumière qu'ils sont tous prêts à suivre jusqu'au bout du monde. Et même au-delà en ce qui concerne certains…

— Il y a aussi cette fichue prophétie !

L'heure bleue laisse place à la nuit et un léger vent frais venu de la mer agite nos longs vêtements.

— Connais-tu Kaze-Shirei ? me demande Ryūjin-sama, le regard perdu au loin.

— Non.

— Il s'agit de l'esprit des vents prophétiques. Il est né d'une plume de Yatagarasu arrachée à son corps par une violente tempête – une énième colère de Fūjin, le Dieu du vent – alors qu'il retournait auprès de sa maîtresse, Amaterasu. Cette dernière l'a sauvé du chaos duquel il est né, et dans lequel il a erré des années durant. Depuis ce jour, en remerciement, le petit corbeau aux ailes d'ébène et de brume lui rapporte les murmures portés par les vents. Par-delà le temps, les mots, les promesses, les serments, il entend tout et en est le messager. C'est lui qui a chuchoté à notre chère Déesse du Soleil ce que l'avenir nous réservait. C'est aussi lui qui l'a poussée à te choisir afin de porter le fardeau de notre salut, parce qu'il a vu en toi celle qui aurait la force de se battre pour nous et de tous nous sauver.

— C'est Amaterasu-sama qui vous a demandé à Tsukuyomi-sama et vous de bénir ma naissance ?

— Non, mon enfant. Tu es de ma lignée, et tu es née avec un don de guérison d'une grande puissance. Je t'ai offert Kimiko pour qu'elle te protège et t'accompagne partout où le vent te pousserait. Si tu ne rencontrais aucun compagnon digne de toi, je ne voulais pas que tu traverses la vie toute seule. En ce qui concerne Tsukuyomi, je ne peux pas parler pour lui, mais je pense qu'il a beaucoup d'affection pour toi. Un peu comme un oncle qui aime la fille de sa sœur, vois-tu ? Tu appartiens à la famille impériale et tu es une descendante directe d'Amaterasu. En tant que telle, les trois frères et sœur étaient là le jour de ta naissance. J'ai vu le regard qu'il a posé sur toi alors qu'il était penché sur ton berceau, puis j'ai vu celui des deux autres. Alors que ces derniers n'ont témoigné qu'un vague intérêt, sans doute parce que tu es née fille, ça n'a pas du tout été son cas. Je ne sais pas ce qu'il s'est passé entre vous à ce moment-là, mais Tsukuyomi en a été bouleversé. Après cette première rencontre, il a gardé un œil sur toi sans relâche.

— C'est vrai… Il a toujours été là quand j'en ai eu besoin. Pourquoi me racontez-vous tout cela maintenant ?

— Pour te rappeler qui tu es et combien tu es forte face aux épreuves de l'existence. Jusqu'ici, tu as sans cesse eu l'impression de te battre seule. Mais il n'y a rien de plus faux. Tu n'as jamais été véritablement seule, tu n'étais pas complète, voilà tout. Aujourd'hui, tout est différent. Tu as retrouvé les deux fragments de ton âme qui te manquaient. Et ce fardeau, nous le portons tous avec toi. Si ta peine est trop grande, pleure ceux que tu as perdu, mais rends-leur justice. Si ta colère est trop grande, laisse-la éclater, mais n'oublie pas ceux qui t'aiment. Si le doute s'empare de toi, interroge ton cœur, mais questionne aussi ceux qui se battent à tes côtés. Tu as en toi le pouvoir d'accomplir ta destinée. Sinon les vents n'auraient rien soufflé à Kaze-Shirei. Et voici ta première épreuve de vérité…

Le visage de Ryūjin-sama s'assombrit tout à coup, juste avant que la voix de Nicolas éclate dans ma tête.

— *Baba ! Attaque à l'extérieur ! Besoin de guérisseurs au portail de la forêt ! Au moins douze blessés !*

— *Nous arrivons !*

J'allais laisser ma place à Kimiko pour aller plus vite, mais le Dieu Dragon interrompt ma transformation en me saisissant le bras. Dans la seconde qui suit, je suis dans la forêt de cèdres, à une cinquantaine de mètres du portail.

Il règne ici une grande agitation. Des guerriers sont allongés, blessés, d'autres sont assis au sol, hébétés. Les soldats qui patrouillaient sont à leur chevet pour les soigner, mais leurs moyens sont dérisoires. Je me précipite sur celui qui me semble le plus gravement touché, mais encore une fois, Ryūjin m'arrête.

— Je vais m'occuper d'eux, mon enfant. Va plutôt près du portail.

Je ne comprends pas son conseil jusqu'à ce que je voie

Isabelle, en larmes, tenter de retourner à l'extérieur, et Jérôme la retenir dans ses bras, la mine sombre. La jeune louve du Clan des Cévennes m'aperçoit. Elle se dégage de l'étreinte de son frère et court vers moi, le visage ravagé par le chagrin.

— *Baba* ! Il faut aller le chercher ! On ne peut pas le laisser à ces monstres ! S'il te plaît !

Ma poitrine se serre, j'ai un mauvais pressentiment.

— Qui, ma douce ? Qui dois-je ramener ?

— Durim… C'est Durim qui nous a tous sauvés. Il… Il s'est sacrifié pour que nous ayons le temps de passer de l'autre côté. Oh *baba* ! On ne peut pas l'abandonner là-bas…

J'embrasse la jeune femme sur le front, et j'en profite pour glisser en elle un peu de mon énergie curative pour la calmer. Pourtant, mon cœur saigne pour ce jeune ours courageux.

— Je vais m'occuper de lui, Isabelle. Je te le promets. Retourne près de ton frère.

J'interpelle le premier soldat que je vois.

— Ouvrez le portail ! Je dois aller de l'autre côté !

— Mais, madame, je ne peux pas ! Ils y sont peut-être encore !

Au même instant, un terrible rugissement nous parvient de la cité, et Nicolas envahit à nouveau mon esprit.

— *Grigory a cédé au chagrin et à la colère. Il arrive vers toi…*

— *Merci… Je vais m'occuper de lui, mon ange.*

Je saisis le soldat par le col et le traîne jusqu'au portail. Il tente de résister, mais il n'est pas de taille.

— Ouvrez-moi ce fichu passage si vous ne voulez pas subir la charge d'un ours fou de douleur et la colère d'un dragon !

Le pauvre homme est terrifié. Je sais qu'il ne fait que son travail, ou qu'il obéit à un ordre. Mais à cette seconde, les ordres, c'est moi qui les donne ! Vers les premières maisons de Byblos, nous voyons déjà un nuage de poussière se déplacer vers nous à grande vitesse. Avant que Grigory arrive, le soldat s'exécute en tremblant comme une feuille.

— Éloignez-vous maintenant ! Et que personne ne tente de lui parler et encore moins de l'arrêter. Vous y laisseriez sans doute la vie !

Je jette un regard du côté du Dieu Dragon, comme pour vérifier si j'ai son aval. Il hoche la tête, je suis rassurée. Par sécurité, je laisse ma place à Kimiko qui se tient prête à utiliser son souffle ardent.

Dès que l'immense ours se jette dans le passage, ma compagne le traverse en même temps que lui. De l'autre côté, alors qu'elle file vers le point le plus haut de la forteresse des croisés pour inspecter la zone, le jeune chef du Clan des Ours cherche son ami.

Après vérification, plus aucune menace ne pèse sur nous. Nos ennemis sont partis, non sans laisser derrière eux une odeur fétide de sang, de sueur et de mort. Un silence de plomb recouvre l'acropole, comme si elle retenait son souffle. Je descends de mon poste d'observation et reprends forme humaine.

Grigory n'a pas eu à chercher bien loin. Le corps de Durim n'est qu'à une cinquantaine de mètres du portail. Je retrouve le jeune chef nu, à genoux sur des cailloux, son meilleur ami dans les bras. Il le berce, son large dos secoué de sanglots déchirants. Je revois encore le visage souriant du jeune lieutenant. Il avait l'avenir devant lui, et il a fallu qu'il vienne mourir ici, pour cette guerre inique. Il y aura d'autres Durim, je le sais. Je dois l'accepter…

Une larme de sang dévale ma joue. D'un geste rageur, je l'essuie avec ma manche, et je laisse ma colère enfler en moi, en lieu et place de ma tristesse. Alors que je redresse la tête, j'aperçois un peu plus loin une autre victime.

— *C'était un jeune caracal*, me murmure Kimiko.

Je m'approche de lui. Accroupie, j'abaisse ses paupières sur ses yeux morts et dégage les mèches de cheveux collées à son visage aux traits fins. Lui aussi était un beau jeune homme plein de promesses… Son corps est couvert de morsures et sa peau est grise. Il a été entièrement vidé de son sang. Je le prends dans mes bras avec délicatesse, cachant au mieux sa nudité avec les larges manches de mon kimono.

Ces sales monstres payeront pour ce qu'ils ont fait ! Mais toi, Fódla… Je m'occuperai de ton cas en personne ! Et crois-moi, ce sera long et douloureux !

Au même instant, Grigory et moi laissons échapper un terrible hurlement de rage qui brise la quiétude de la nuit de Jbeil. Nos regards brûlants de fureur se croisent, ils sont le reflet l'un de l'autre.

Le silence revient, et nous emportons nos défunts de l'autre côté du portail.

Chapitre 17

Louis

Coup de Cafard

Enfin un peu de solitude !

Il me semble si loin le temps où je gérais tout depuis mon petit bureau, dans notre immeuble parisien !

Chacun est à sa mission, et la mienne est pour l'instant en suspens. Notre plan de défense est prêt, mais il est basé sur tant d'inconnues ! Certains alliés ne répondront peut-être pas à notre appel, ce qui m'inquiète beaucoup. En l'état actuel des choses, je ne donne pas cher de notre peau dans la future bataille. Nous ne sommes pas assez nombreux.

Les derniers rapports sur l'attaque extérieure – qui pour moi n'était qu'un test – mentionnent une vingtaine de Sans-Âmes et un Immortel, dont la description correspond à celle de Caldwell. Nous déplorons la perte de deux combattants et nous avons eu sept blessés légers et cinq graves. Si Ryūjin et Leizu n'avaient pas été là, ces derniers seraient certainement morts eux aussi. Du côté de nos ennemis, à peine cinq monstres ont été neutralisés. Et encore, je ne suis pas sûr qu'ils aient été détruits.

— C'est quoi cette mine si sombre, Louis ? me reproche Freya, à quelques mètres de moi.

J'ai un léger mouvement de surprise, je ne l'ai pas entendue approcher. Ce qui ne lui échappe pas.

— Houla ! C'est plus grave que ce que je pensais. J'ai trompé votre vigilance, mon ami, vous m'inquiétez. À quoi pensiez-vous pour avoir l'esprit aussi loin d'ici ?

Elle traîne une chaise et s'installe à mes côtés, puis me fixe de son regard aigue-marine. Je sais qu'elle peut rester ainsi pendant des heures à attendre que je me décide à parler. Je suis sûr qu'elle a emprunté cette technique à Leizu, et comme avec elle, ça fonctionne à tous les coups ! Je ne tiens jamais plus de quelques minutes.

— Et si certains de nos soutiens ne venaient pas ? chuchoté-je, anxieux. Si nous sommes moins nombreux, ce que j'ai planifié ne fonctionnera pas. Nous ne pourrons pas y arriver. J'ai calculé au plus juste !

— Et si nous étions plus nombreux, en fin de compte ? Cette hypothèse est tout aussi valable que la vôtre.

— Je n'y crois pas, Freya…

— Je ne vous ai jamais vu aussi défaitiste, Louis. Par la Grande Mère, reprenez-vous !

— Suite à l'assaut de tout à l'heure, Aleksander a détruit le portail. D'un côté, peut-être que cela nous donnera un peu plus de temps pour préparer notre défense, et permettra à nos partisans de nous rejoindre avant la véritable bataille. Mais de l'autre…

— Quoi, de l'autre ? Notre commandant a demandé à Ba'alat Gebal de créer un nouveau passage vers l'acropole. Ce qu'elle a fait en un temps record, soit dit en passant. C'est quand même un rituel complexe qui lui demande beaucoup d'énergie. À l'instant où je vous parle, il est surveillé par le contingent de la Princesse Davorka. Et une fois ouvert, Nicolas peut guetter l'arrivée de nos amis et les guider jusqu'à nous, tout en restant en sécurité de notre côté du portail. Que dem…

— Justement ! J'ai peur de trop lui en demander ! Il est humain, bon sang !

— Lui avez-vous posé la question ?

— Non ! Bien sûr que non, voyons !

— Et pourquoi ça ?

— Mais parce que je le connais ! Il ne me dira pas que c'est trop lourd pour lui ! Il le fera quand même et il ira jusqu'au bout de ses forces, voire même au-delà ! Comme Romain le jour où il a sauvé Nicolas d'une mort certaine. Ils sont tous pareils dans cette famille ! Pas un pour rattraper l'autre !

— Si je peux me permettre, vous oubliez un peu vite qui ils sont vraiment.

— Non, je n'oublie pas, marmonné-je entre mes dents. Ils restent des humains malgré tout et je…

Quelqu'un frappe à la lourde porte de la grande salle alors que l'un de ses battants est ouvert.

— Quoi ! hurlé-je, sans savoir qui est derrière.

Un grognement sourd me répond, suivi d'un « Arrête ! » prononcé par une petite voix.

— « Tels sont les caprices d'une imagination forte : pour peu qu'elle conçoive une joie, elle suppose un messager qui l'apporte. » cite Angélique en avançant vers moi, souriante.

Derrière elle, Hans se dresse de toute sa taille, méfiant, sans doute à cause de mon coup de colère.

Toujours aussi protecteur, ce garçon, dès qu'il s'agit de sa très chère petite Angie…

Freya salue la jeune fille et lui adresse un baiser de la main.

— William Shakespeare ! dis-je alors qu'une vague de quiétude et d'affection me traverse.

Mon anxiété ne résiste pas au pouvoir d'empathie de la jeune fée, et ma mauvaise humeur s'évapore face à son sourire.

— Un point de plus pour toi, Louis. Tu me rattrapes !

— Oh non ! Tu es bien trop forte à ce jeu. Quelle bonne nouvelle m'apportes-tu, petit soleil ?

— Nicolas te fait dire que papy Voly arrive avec Ashar et cinquante gardes royaux. Si tu pouvais aller les accueillir au nouveau portail, ce serait gentil de ta part, parce qu'Alek est de l'autre côté de la cité, occupé à renforcer le mur d'enceinte de la ville haute.

— Je suis sûr qu'il ne l'a pas formulé en ces termes…

— Mes mots sont peut-être… différents, mais j'ai scrupuleusement respecté l'essence du message.

Elle sourit de plus belle, espiègle, Freya et moi éclatons de rire. Cette petite est une bénédiction pour toute personne qui croise son visage d'ange aux yeux d'améthyste.

— Allons saluer le Roi des Dragons comme il se doit !

**

Au moment où nous arrivons à proximité du portail, les soldats d'Héridane le traversent déjà. Nous apercevons l'immense silhouette de Volodymyr, qui dépasse tout le monde de tête et des épaules. Angélique se précipite vers le géant revêtu de ses « habits de roi », comme dirait Vaiana. De ses bottes à sa longue cape, en passant par son surcot, tout est noir et brodé d'or par endroit. Il ne lui manque que sa couronne.

Le jeune thérian tigre blanc la suit d'un pas tranquille, le regard doux et un léger sourire aux lèvres. L'amour simple qui unit ces deux êtres si lumineux est un véritable remède à la morosité.

La jeune fille se jette dans les bras du monarque sans aucun respect de l'étiquette liée à son rang. Elle disparaît dans l'étreinte pleine de tendresse du roi. Sa liberté me rappelle un peu celle de Davorka.

Je salue le roi en m'inclinant, la main sur le cœur. Il me répond d'un signe de la tête et me fixe un instant, le regard grave, avant de reporter toute son attention sur notre petit soleil. Ce léger moment de flottement m'a dit ce que je voulais savoir : nous allons discuter de choses sérieuses, mais ses enfants passent en premier.

— Tu as encore embelli *mo irida,* ma fée. Comme je suis heureux de te voir !

— Moi aussi papy Voly ! chuchote-t-elle à son oreille.

Certains soldats à proximité gloussent à ce surnom affectueux exclusivement réservé à Angélique.

— *Halo* Volodya ! le salue Hans de manière plus formelle.

Il garde son trésor assis sur l'un de ses avant-bras, puis il ébouriffe les cheveux du jeune homme arrivé à sa hauteur.

— Oh toi ! Tu t'es bien étoffé, dis-moi !

— J'ai de bons professeurs qui ne me ménagent pas, *jiji.*

Le colosse éclate de rire.

— Ces vauriens de Romain et Nicolas déteignent sur toi à tous les niveaux !

— J'en ai bien peur, mais c'est pour le meilleur, non ? répond l'impertinent, un sourire en coin.

— *Jiji*, hein ? Pff ! Continue comme ça, fripouille ! lance-t-il, riant encore. Je suis fier de vous, mes enfants !

— Nous allons vous laisser vous installer. Une autre mission de la plus haute importance nous appelle, déclare la jeune fille, les yeux pétillants de malice.

Elle embrasse le roi et saute sur le grand thérian. Il la rattrape avec l'aisance née de l'habitude et la dépose au sol en douceur, puis ils partent main dans la main.

— Le jour où ces deux-là me donneront un petit à chérir, il sera tellement beau qu'il faudra que j'envoie un escadron entier pour le protéger de toute convoitise, bougonne le roi, le regard toujours fixé sur le jeune couple qui s'éloigne.

— *Halo dada !* s'exclame Davorka, qui arrive à toute allure.

Elle saute aussi au cou de son père et lui plaque un baiser sonore sur la joue, sans se soucier des spectateurs. Mais ceux-ci ont l'habitude. Leur petit capitaine principal est toujours comme ça avec les membres de sa famille ou ceux qu'elle considère comme tels. Son attitude ne choque que les nobles de la cour de Oloba, jamais les militaires. D'ailleurs, elle virevolte jusqu'à Ashar dans le but de lui faire subir le même charmant traitement. Pour le plus grand bonheur de celui-ci, qui rosit de plaisir.

Lorsqu'elle a revu son frère aîné après sa Transition, ses démonstrations d'affections ont été encore plus grandes. Ses soldats s'en souviendront longtemps. C'était la première fois qu'ils voyaient pleurer leur supérieure, blottie dans les bras de celui qui, hier encore, était leur futur roi. Nombre de ces grands gaillards, combattants féroces, ont eu les yeux humides et parfois plus, face à leurs retrouvailles émouvantes.

Je grave ces instants de joie et d'amour partagé dans mon cœur et dans mon esprit afin de les rappeler à ma mémoire en cas de besoin. Voilà pourquoi et pour qui nous allons bientôt nous battre… Je ne dois jamais le perdre de vue, et surtout, comme me l'a dit Freya, je dois me reprendre. L'arrivée du Roi des Dragons n'était pas prévue dans mes plans et c'est une excellente nouvelle. J'entrevois déjà les changements à y apporter.

— Ma petite fille… Je te laisse t'occuper de tout ce petit monde avec Ashar, tu veux bien ? Je dois m'entretenir avec Louis, et je veux… Non, j'ai besoin de voir ton frère et ta sœur.

— Pas de problème *dada*. Juste une question… Si tu es là, c'est que tu as nommé Ti, n'est-ce pas ?

— Oui, Tihomir est maintenant Prince Héritier. Il a écrasé la rébellion fomentée par Eldur d'une main d'acier. Je n'avais jamais vu ton frère aussi dur et en colère. Une facette de sa personnalité que j'ai découverte à cette occasion. Elle était si bien cachée derrière sa douceur et sa discrétion ! Il m'a épaté, je l'avoue.

— Il l'a enfin dévoilée au monde… Je suis si fière de lui !

— Tu le savais ?

— *Dada*, nous sommes jumeaux. Nous nous connaissons par cœur, lui et moi. S'il te ressemble presque trait pour trait, il a le caractère de *mama*. Une main de fer dans un gant de velours. Quand viendra son heure, et j'espère le plus tard possible, il fera un aussi bon roi que toi. J'en suis sûre.

Elle embrasse à nouveau son père et part, sa longue tresse dansant derrière elle à chacun de ses pas. Je me retrouve seul avec Volodymyr tandis que nous marchons vers l'autre côté de la cité, à la rencontre d'Aleksander.

— Mes enfants arrivent encore à me surprendre, même après toutes ces années, me confie-t-il dans un murmure.

— Cela signifie qu'ils évoluent, Majesté. Ils ne restent pas sur leurs acquis, mais cherchent à toujours être une meilleure version d'eux-mêmes, jour après jour.

— Tu as sans doute raison… Ah ! Et pas de cérémonie entre nous Louis, s'il te plaît. Je suis ici en tant que guerrier, et non en tant que roi de mon peuple. Je sais par ma petite *shamii* que tu es un excellent stratège, alors dis-moi ce que tu as en tête. Dis-moi comment tu vas nous faire gagner cette guerre.

— Je suppose que Nicolas vous a déjà fait son rapport sur les derniers événements.

— Je suis au courant pour les Cercles Sacrés et l'attaque

de cette nuit, en effet.

— Vous savez donc qui est notre commandant en chef et qui est son second.

— Je n'ai aucun problème à être sous les ordres de mon fils ou du jeune Romain, Louis, si c'est ça qui te préoccupe. Je connais la valeur de mes enfants. De *tous* mes enfants.

— Bien…

Je lui présente donc mon plan de défense dans le détail. Sur le chemin, je lui montre même ce qui a déjà été réalisé, comme la fermeture de certaines rues ou l'élévation de quelques murs. J'y intègre même les changements que sa présence et celle de ses soldats impliquent. À la fin de mon exposé, nous sommes presque arrivés à l'endroit où Alek travaille. Nous nous arrêtons un moment près d'un petit jardin, à l'écart de toute agitation.

— Qui te manque-t-il pour que ton dispositif soit le plus efficace ? demande-t-il, curieux.

— Eh bien… Les sorciers Irlandais ne sont pas encore tous là, le cercle démoniste Diokhana et les sidhes de Wyrran qui choisiront de nous aider ne sont pas arrivés non plus. Je pense que le Petit Peuple ne va pas tarder à nous les amener, mais…

— Mais tu crains qu'ils n'arrivent pas à temps à cause de l'attaque de cette nuit. Ou que s'ils tardent trop, ils n'aient pas suffisamment d'informations, et donc que l'exécution de ton plan manque de coordination.

— C'est ça… confirmé-je dans un long soupir. Il y a aussi le problème de cet espion dont nous ne savons rien. C'est une variable dont je ne connais pas le potentiel d'aide ou de nuisance. Je ne peux donc pas l'intégrer à mes calculs. Or, je déteste avoir des inconnues dans mes équations…

Sans prévenir, Volodymyr déploie son aura à son maximum, puis garde le silence pendant de longues minutes, le regard perdu au loin, vers la mer. Je connais cette expression : il est en pleine conversation silencieuse. Sa puissance est écrasante, sans doute parce que je suis juste à côté de lui. Mon corps entier est soumis à une pression telle que j'ai du mal à bouger. Je comprends la terreur des thérianthropes. Et je comprends aussi qu'en fait, il contrôle son pouvoir en permanence. Quel être formidable !

Une fois son entretien terminé, la force exercée sur moi diminue de manière considérable. Je la sens jusque dans mes os. Je soupire de soulagement.

Quelques instants plus tard, grâce à la brise qui souffle sur la ville haute, je sens le parfum de rose de Leizu juste avant de la voir tourner au coin du bâtiment le plus proche. Elle avance à pas lents, la tête basse, le corps agité de légers tremblements. Je ne distingue pas son visage. Aleksander a passé un bras autour de sa taille, comme pour l'empêcher de fuir ou la pousser à avancer, je ne sais pas trop. Je m'éloigne afin de leur laisser plus d'intimité. Mais je ne peux m'empêcher de les observer, et j'ai l'ouïe fine…

Tendu, les mains jointes dans le dos, le roi les regarde approcher, les yeux humides. Quand ils ne sont plus qu'à quelques mètres, il n'y tient plus. En trois pas, il franchit la distance qui les sépare et les engloutit tous les deux entre ses immenses bras dans une étreinte enfiévrée.

— J'ai eu si peur de vous perdre tous les deux ! murmure-t-il d'une voix rauque.

— Pardon, *dada*, répondent-ils en même temps.

Le colosse embrasse les cheveux de son fils alors que celui-ci passe sa main libre dans le dos de son père et le caresse pour l'apaiser.

— Je n'ai rien à vous pardonner parce que ce qui est arrivé n'est pas votre faute.

— Merci, *dada*, souffle Aleksander.

Ce dernier se décale ensuite derrière Leizu et pose ses mains sur ses épaules agitées de sanglots. Volodymyr s'écarte un peu, se penche vers elle, et encadre son visage de ses grandes mains.

— Regarde-moi, Lili, chuchote-t-il.

Elle ne répond pas. Elle tremble de plus en plus.

— Je t'en prie, ma chérie…

— J'ai failli rompre ma promesse, *dada*… Je voulais disparaître ! Vous abandonner !

— Mais ce n'est pas arrivé. Tu es revenue et Alek, bien que différent, est encore de ce monde. C'est tout ce qui compte pour moi.

Elle lève enfin la tête, les joues baignées de larmes de sang, vers celui qu'elle a toujours considéré comme son père. Il continue :

— Quoi que tu dises ou quoi que tu fasses, ça ne m'empêchera jamais de t'aimer, Leizu. (Elle agrippe son surcot et enfouit son visage dedans en pleurant.) Tu es et tu resteras toujours ma petite fille. Même si, dans les faits, tu es plus âgée que ton vieux père, ce qui n'est pas banal, tu en conviendras.

Un petit rire se mêle aux larmes de l'Immortelle.

— Heureusement que je porte du noir, continue-t-il de plaisanter.

L'humour pour éviter de trop montrer ses émotions… C'est une arme efficace que je connais bien…

Il caresse les magnifiques cheveux blancs de sa fille, le regard plein de tendresse. Je sais ce qu'ils signifient, pour elle comme pour lui. Pour moi aussi, ils sont le symbole de la vie.

— Je t'aime aussi, *dada*, murmure-t-elle, le regard enfin dans celui du roi.

Il la serre une dernière fois dans ses bras à l'étouffer, puis la pousse en douceur dans ceux de son fils.

— Je tenais à vous dire aussi que je suis heureux pour vous deux. Il vous en aura fallu du temps ! Enfin, selon Ti. Rien ne lui échappe, à celui-là ! J'ai d'ailleurs un message pour toi de sa part, Alek : « Je ne sais pas si je serai meilleur que toi, mais j'ai eu le meilleur des exemples. Soyez heureux, mon cher frère, ma Lili, à présent tout le monde est à la bonne place. » (Aleksander sourit.) Maintenant que j'ai eu ce que je voulais et fait ce que je devais, passons aux choses sérieuses. Retournons au portail tous ensemble.

Le trio s'approche de moi. La mine un peu trop réjouie de Volodymyr ne me dit rien qui vaille.

— Tu vas être content, Louis ! lance-t-il avec enthousiasme.

— Qu'avez-vous donc fait, demandé-je, méfiant.

— Disons que j'ai un peu… secoué le cocotier (son sourire s'élargit) et que quelques noix en sont tombées. Allez ! Volons un peu ! Tu as du monde à accueillir !

Une vive lumière entoure le roi et nous nous écartons en vitesse pour ne pas nous faire écraser par son compagnon.

La lueur laisse place à un énorme dragon d'un noir d'encre aux yeux de saphir. À peine arrivé dans le monde, il déploie ses immenses ailes dans un claquement sec, lève la tête vers le ciel et pousse un rugissement qui secoue la cité entière.

Agan est dans la place, et il veut que ça se sache. Plusieurs congénères répondent en écho.

Avec agilité, nous grimpons tous sur le dos de cette extraordinaire créature. En quelques battements d'ailes, nous sommes déjà près du nouveau passage.

Alors que le dragon s'autorise quelques cercles paresseux au-dessus du campement sommaire de ses soldats, j'aperçois un groupe assez conséquent passer le portail. Parmi eux, je reconnais Sithmaith et le reste de sa famille, Awa Diokhana, accompagnée de quatre autres membres de son cercle, Kharis, le fils de Wyrran, le colosse Eoghan, tous deux suivis d'une cinquantaine de guerriers sidhes, et pour finir, environ une trentaine de soldats du Petit Peuple. J'en pleurerais presque de joie !

Sans perdre une seconde, je repasse mes plans dans ma tête et commence à intégrer ces données mirifiques.

Chapitre 18

Hautiare

Le vent du chagrin

Pourquoi je n'aime pas cette cité ?

Au sommet du mur d'enceinte de la ville haute, j'observe les flots calmes de la Méditerranée. Le soleil vient à peine de se lever, et la surface de l'eau ressemble à une immense étendue d'or. J'ai toujours adoré admirer l'océan au lever du jour, je devrais trouver ce spectacle de la nature magnifique… Pourtant, il me remplit de tristesse. Je suis si loin de mon île… Si loin de sa douceur et de sa tranquillité… Si loin de mes alizés… Une brise légère souffle depuis la mer, mais au lieu de m'apaiser, elle m'amène au bord des larmes. Deux d'entre elles s'échappent et glissent sur mes joues, entraînant les autres dans leurs petits sillons mouillés. Tout se passe sans bruit, sans que je sache pourquoi, et sans aucune vision pour m'éclairer, aucun signe avant-coureur, hormis cette douleur dans ma poitrine qui grandit à mesure que coulent mes pleurs.

— Le vent du chagrin, souffle une voix douce et éraillée derrière moi.

Je la reconnais. Il s'agit de la jeune prêtresse Cabiria. Je me tourne vers elle sans honte, nous sommes saisies par la même émotion.

— Pourquoi ? demandé-je simplement.

— Je ne saurais dire… Je ressens juste les sensations que son souffle transporte. Je n'ai pas été, comme vous, touchée par l'Esprit du Vent.

— Comment ça « comme moi » ?

— Notre Bien-Aimée Ashtart me l'a murmuré tout à l'heure. Elle m'a ensuite invitée à venir ici vous transmettre un message. Vous devez vous rendre dans le jardin du temple.

— A-t-elle dit pour quelle raison ?

— Non, *Mata'ira*, je ne sais rien de plus. J'espère ne pas avoir écorché votre titre, je ne parle pas votre langue…

— Non… Vous l'avez très bien prononcé, mais je n'ai aucun titre parmi mon peuple.

— C'est pourtant celui que la Déesse vous a donné… Puis-je vous demander la signification de ce mot ?

— Les yeux du vent…

— C'est beau ! Vous savez, si Ashtart vous a nommée ainsi, c'est donc ce que vous êtes. Venez… Je vais vous guider jusqu'au jardin.

Alors que je lui emboîte le pas, le vent forcit dans mon dos, comme s'il me poussait à suivre le chemin tracé par cette divinité qui n'est même pas la mienne. Les échos de l'activité matinale des quartiers bas montent jusqu'à nous alors que nous avançons vers le sanctuaire en silence. À mesure que nous approchons de la demeure de la Déesse, le vent faiblit, mais la douleur près de mon cœur grandit.

Je me rappelle avoir déjà ressenti une souffrance similaire. C'était la veille de l'attaque de mon île qui a entraîné la mort d'Hititoa, les blessures très graves de Nicolas et le Sommeil de *baba*. Ce souvenir m'envahit, les images affluent sans que je puisse les arrêter. Je revis ce moment douloureux, rouvrant une plaie que je pensais en bonne voie de cicatrisation.

Vais-je à nouveau entrevoir un désastre contre lequel je ne pourrai pas lutter, ou si peu ? Le vent va-t-il m'affliger davantage et m'annoncer la mort de ceux que j'aime ? Pourquoi moi ? Depuis que la prophétie a commencé à se réaliser, je n'ai plus vu que le malheur. Les yeux du vent… Ne les posséderais-je que pour voir toute la noirceur du monde ? Où sont les visions de joie, de rire, ou d'amour ? Existent-elles encore ?

Ces questions me hantent… J'aimais le vent. Mais depuis cette nuit funeste, j'en ai maintenant un peu peur.

— Je dois vous laisser vous y rendre seule, *Mata'ira.* Telle est la volonté de notre Bien Aimée.

Les paroles de la prêtresse me ramènent au présent. Nous nous trouvons dans la salle à ciel ouvert des offrandes du temple. Perdue dans mes pensées, je ne me suis même pas rendu compte que nous étions arrivées.

Cabiria m'indique une porte au bout des arcades couvertes qui longent la cour.

— Il vous suffit de passer par là et de longer le mur de droite jusqu'à la grande arche qui marque l'entrée du jardin. Qu'Ashtart vous accompagne.

— Merci…

Les premiers pas sont faciles. Mais plus j'approche de ma destination, plus je ralentis.

Je passe la porte.

Je dois bientôt lutter contre mon propre corps pour mettre un pied devant l'autre. Mon esprit redoute ce qu'il va trouver au bout du chemin et mon corps lui obéit. Mais je n'ai jamais manqué de courage face aux révélations du vent, ce n'est pas aujourd'hui, sans doute au moment le plus important de ma vie, de notre vie à tous, que je vais faillir. Cela fait plus de vingt ans que j'écoute les messages des alizés ! Peut-être, d'ailleurs, dans le seul but de me préparer à cet instant précis.

Qui sait ce que les Dieux ont encore derrière la tête ? D'après le Prince Alek… Ah non ! Il ne veut plus être appelé comme ça… D'après Aleksander, tout ce que nous vivons actuellement n'est qu'une affaire entre

Dieux, dans laquelle nous avons été poussés pour nous occuper du Monde des Hommes. Pourtant nous appartenons tous aux Mondes Cachés… Pourquoi ? Toujours cette sempiternelle question… Je ne comprends pas…

J'aperçois l'arche.

Encore quelques pas et je serai fixée. Je mobilise ce qu'il me reste de volonté pour forcer mes jambes à m'obéir. Je me sens si lourde ! Et j'ai si mal dans la poitrine ! Qu'est-ce donc que cette épreuve que l'on m'oblige à surmonter ? Serait-ce pour dissiper des doutes ? Mais de qui… Pour savoir si je suis digne de ce que je vais recevoir ? Ou si je suis assez forte pour le supporter ?

— La réponse est « oui », qui que vous soyez !

Je suis arrivée devant l'entrée.

Mon regard est tout de suite attiré par le seul arbre du petit jardin sacré. Dans l'angle touché par la lumière du matin, se dresse un magnifique grenadier. Une sentinelle silencieuse. Son tronc tortueux est strié de fines crevasses où s'accrochent encore quelques lambeaux d'écorce argentée. Ses branches, nues à leur base, s'évasent en de multiples buissons hérissés d'épines acérées. Sur sa partie haute, ses feuilles, lancéolées et d'un vert profond, luisent sous le soleil levant. Il est couvert de fleurs aux pétales froissés d'un rouge éclatant, à l'image d'une multitude d'éclaboussures de sang. C'est la première image qui me vient à l'esprit.

Mes pas deviennent plus légers dès que je dépasse le seuil de cet îlot de verdure. Avec beaucoup de respect, je m'approche de l'arbre sacré, attirée par lui tel un papillon de nuit qui vole vers la lumière. J'ai soudain la certitude que, près de lui, j'obtiendrai les réponses à toutes mes questions. Alors que j'admire sa beauté, un oiseau comme je n'en ai jamais vu s'y pose à ma hauteur avec délicatesse. Plutôt de grande taille, ses ailes d'ébène sont recouvertes de quelques plumes faites de brume. Son envergure, sa couleur et son bec fort et noir me font penser à un corbeau. La branche sur laquelle il est devrait ployer sous son poids, pourtant il n'en est rien. Celle-ci n'a même pas frémi quand il s'y est perché, comme s'il ne pesait rien. L'étrange volatile me fixe de ses yeux noirs à la profondeur insondable. Son regard me paralyse sans pour autant m'effrayer. Je sens qu'il fouille mon esprit à la recherche de quelque chose dont je ne sais rien.

Tout à coup, il déploie ses grandes ailes nébuleuses et, d'un seul battement, vient se poser sur mon épaule. Le vent se lève et me parle. Ou bien est-ce sa voix que j'entends ? Je suis un peu confuse.

— Tu es bien celle dont j'ai marqué l'âme il y a longtemps, souffle-t-il. Je l'ai fait parce que ton destin est de cheminer aux côtés de celle que ma maîtresse a choisie, et de lui révéler les vérités murmurées par les vents. Je m'appelle Kaze-Shirei, et j'ai pour mission de te montrer ce que l'avenir devra être si vous voulez gagner cette guerre.

Toujours incapable du moindre mouvement, je l'écoute avec attention. Il se penche vers mon visage et me caresse la joue de son bec, puis tout s'efface. Je ne suis plus dans le jardin ensoleillé du temple de la Déesse Ashtart, mais face à un champ de bataille, sous la lumière de la lune. Deux armées se font face et je reconnais tous les acteurs de cette scène. L'angoisse me serre la gorge. Mon cœur bat à tout rompre et mon corps est secoué de violents tremblements. Je ne peux rien dire ni faire, et aucun son ne me parvient, comme si j'étais soudain devenue sourde et muette. Même mes yeux sont immobiles. Je n'ai aucun pouvoir sur ce que je regarde. J'ai l'impression de visionner un film.

Premier plan large.

À ma droite, la cité de Byblos, illuminée par une multitude de torches et de sphères flamboyantes. Devant elle, ses défenseurs, avec à leur tête l'une des femmes que j'aime le plus au monde. Ses longs cheveux blancs flottent dans la brise, à la manière d'un étendard que tous, derrière elle, sont prêts à suivre jusqu'à la mort. À ma gauche, l'armée monstrueuse menée et créée par une Reine pour satisfaire sa vengeance ainsi que ses désirs de grandeur. Une marée de créatures assoiffées de sang, prêtes à tout ravager sur leur passage. Une vive lueur éclaire le théâtre tragique de ce conflit et en un instant, le ciel est empli de dragons. Ils sont magnifiques. Comme un signal, les ennemis se précipitent les uns sur les autres. Dans les airs, les thérianthropes originels crachent leur feu sur les premiers rangs de Sans-Âmes et d'Immortels. Ils embrasent la bande de désert entre la ville et la forêt. Au sol, des boules d'un feu violet, presque noir, se perdent dans l'obscurité pour mieux atteindre nos ennemis. Les démons de la famille Diokhana sont à l'œuvre. Les sidhes et les sorciers irlandais déchaînent leurs magies élémentaires pour contrer celles des soldats de Fódla. J'aperçois aussi les attaques de feu et de glace de Siobhán, et Romain qui assure ses arrières. Il se bat comme un lion.

Nouveau plan large.

Les défenseurs ont faibli sous le nombre d'assaillants et la brutalité de leurs assauts. Je vois certains monstres passer le barrage brûlant des dragons et se ruer dans les quartiers bas de Byblos. Nombre des nôtres sont tombés.

Soudain, travelling avant.

Mon champ de vision se réduit au combat de la sorcière de feu et de son ange noir. Pour éviter un tir ami, Romain se décale, et se retrouve séparé de son âme sœur. En la cherchant du regard, il a un unique et infime instant d'inattention. Plusieurs Immortels en profitent pour fondre sur lui.

Non ! Non ! Pas ça, non !

Le plan s'élargit à nouveau pour se resserrer ailleurs.

Dans le ciel, une immense forme noire vole vers la silhouette d'une femme portée par sa magie de l'air. La Reine, armée d'une longue épée lumineuse, fait face au Roi des Dragons. Il souffle, elle évite de peu son feu dévastateur, puis contre-attaque et égratigne son flanc. Ce coup n'aurait dû avoir aucun effet, pourtant… À peine quelques secondes plus tard, Agan tombe comme une pierre et s'écrase au sol.

NOOOOON ! Arrêtez ! Je ne veux pas voir tout ça ! Je vous en supplie, arrêtez !

J'ai beau hurler dans ma tête, rien ne change. Les scènes se succèdent, plus effroyables les unes que les autres. Je ne peux pas pleurer, une force me l'interdit ! Je n'ai pas non plus le droit de fermer les yeux. Une détresse absolue m'envahit, me broie les entrailles. J'ai si mal !

Travelling arrière.

Ralenti.

Siobhán est penchée sur un corps vêtu de noir, tandis que Leizu, qui a repris forme humaine, regarde l'immense silhouette désarticulée de son père avec horreur. Je n'entends pas leurs hurlements de douleur mais je les imagine sans peine. Au même instant, deux terribles ondes de choc balayent le champ de bataille. Amis, ennemis, il n'y a aucune différence. Les deux femmes viennent de perdre tout contrôle sur leurs pouvoirs. Elles dévastent, avec une rage sans commune mesure, sanglante pour l'une, brûlante pour l'autre, tout ce qui est sur leur passage.

Tout s'arrête.

Je suis de retour dans le jardin du temple maintenant baigné de soleil. L'oiseau quitte mon épaule pour retourner sur sa branche. Je m'effondre alors comme une marionnette dont on aurait coupé les fils. La douleur ne m'a pas quittée, mais j'ai retrouvé la maîtrise de mes sens. Mes yeux se ferment et je pleure. J'ai retrouvé ma voix alors je hurle. Je hurle mon chagrin à m'en arracher la gorge, recroquevillée au pied du grenadier sacré. Je maudis les Dieux pour ce qu'ils nous font subir, je maudis cet oiseau, messager du malheur, pour ce qu'il m'a soufflé et je maudis mon don pour ce qu'il m'a obligée à voir.

Je ne sais pas combien de temps je reste dans cet état. Mes larmes finissent par se tarir et ma gorge, ravagée, me force au silence.

Kaze-Shirei quitte sa branche et se pose près de ma tête. Il ne parle pas vraiment, mais ses cris ressemblent à des mots chuchotés par le vent qui souffle à nouveau autour de moi.

— C'est maintenant à toi de déterminer ce que tu dois faire de ce que tu as vu. De ta décision dépendra l'issue de la guerre, ainsi que le sort réservé aux mondes. Il n'y a qu'une seule voie qui vous mènera à la victoire, *Mata'ira*. Fais le bon choix !

Le corbeau des vents prophétiques s'envole. En quelques battements d'ailes, il disparaît dans la lumière aveuglante du soleil, me laissant seule et au comble du désespoir.

Désemparée, je reste encore de longues minutes, les yeux fermés, en position fœtale, à ruminer les dernières paroles de cet oiseau de malheur.

Les mêmes questions reviennent me hanter. Je les tourne et les retourne dans ma tête jusqu'à la migraine et la nausée. En définitive, il n'en reste qu'une qui ait une réelle importance : pourquoi ? Si ce que j'ai vu doit se produire, sans aucune intervention de ma part, cela arrivera, c'est une certitude. Mon don a toujours fonctionné comme ça. Mais s'il m'a montré tout ça, c'est sans doute pour que j'agisse d'une façon ou d'une autre. Sinon, ses révélations sont inutiles. Or, elles ne le sont jamais. Ma prescience aurait-elle évolué ?

Comment suis-je censée faire quelque chose, sans pour autant empêcher ces événements de survenir ? Dois-je en parler ? Et si je décide de révéler ce que je sais, vers qui me tourner ? Je suis perdue… J'en viens même à douter de mon don !

Une main douce et fraîche se pose sur ma joue. Je sursaute et ouvre les yeux, mais les referme aussitôt. Aveuglée par la trop grande luminosité, je ne reconnais pas la personne penchée sur moi.

— Mon enfant, tu risques un coup de chaleur à rester ainsi exposée. C'est dangereux.

Cette voix… C'est la Gardienne ! Je tente de me redresser, mais le monde tournoie autour de moi.

— Je suis désolée. Je ne pensais pas rester aussi longtemps…

— Tu n'as pas à t'excuser, jeune lectrice du vent. Je m'inquiétais simplement de ne pas te voir sortir du jardin, et j'ai eu raison de venir vérifier. Le soleil ne pardonne aucune imprudence sous nos latitudes. Viens avec moi.

Elle m'aide à me remettre sur mes pieds, mais ma démarche est incertaine. Elle passe alors un bras autour de ma taille pour me soutenir.

— Je ne veux pas vous déranger…

— Tu ne me gênes en rien, je t'assure. J'ai terminé de remplir les missions qui m'étaient assignées. Je peux bien prendre quelques minutes de repos en ta compagnie. Allons boire un peu d'eau.

— Merci…

Nous ne nous rendons pas très loin. Nous passons la porte qui est juste en face de l'entrée du jardin. Je suis un peu embarrassée de me trouver aussi près des appartements de Ba'alat Gebal. Mais je suis trop mal en point pour refuser sa sollicitude. Elle me guide vers un siège, puis me quitte d'un pas pressé. Elle revient avec un grand verre et une sorte de petite cuvette, tous deux remplis d'eau.

— Bois à petites gorgées, murmure-t-elle.

Elle plonge ensuite un linge dans la bassine et le passe sur mon front, mes bras et mes jambes avec délicatesse. Puis elle recommence deux fois. Mon verre terminé, elle trempe à nouveau le morceau de tissu et mouille mon visage de la même façon. J'ai l'impression de retourner en enfance… Mes visions déclenchaient toujours de très fortes fièvres contre lesquelles les médicaments n'avaient aucun effet. Naea appelait alors *baba* car seul son merveilleux don parvenait à nous guérir, ma compagne et moi. Elle accourait toujours et prenait soin de nous avec beaucoup de patience et de tendresse, comme une mère. La douceur des gestes de cette femme me rappelle ces moments de bonheur où Leizu n'avait d'yeux que pour moi. Ceux dont rêvent tous les petits thérians dès qu'ils sentent son doux parfum de rose et son aura irrésistible. Encore aujourd'hui, si je le pouvais, j'irais me blottir dans ses bras de temps en temps. Les seuls, avec ceux de mon époux, dans lesquels je me sens en parfaite sécurité.

— Voilà… Ta température a déjà baissé.

Ma bienfaitrice me fait revenir à l'instant présent. Elle attrape un tabouret et s'installe à côté de moi.

— Je sens que quelque chose t'a profondément blessée. La vision que tu as eue était terrible, n'est-ce pas ?

Je hoche la tête.

Puis-je lui raconter ce que j'ai vu et lui demander conseil ? Et si elle intervenait pour empêcher ces malheurs… ? Et moi, j'aimerais tant les empêcher aussi !

Elle reste silencieuse un moment avant de continuer :

— Tu hésites à m'en parler parce que tu as peur, Hautiare de l'île de Ha'apū. Alors sache une chose… Pour reprendre les mots du Dieu Dragon, il revient à certains d'entre nous d'être les garants de l'équilibre divin. De la même façon, il vous revient à vous, mortels, d'être les gardiens de l'équilibre dans vos mondes. Quoi que tu me dises, je ne ferai rien pour entraver la victoire de l'ordre sur le chaos, dans ce monde comme dans les autres. Mon rôle n'est pas celui-là. Mais si tu doutes ou si tu es perdue, je peux peut-être te donner quelques explications qui t'aideront à y voir plus clair.

Baba *et Ryūjin ont confiance en elle après tout…*

— Un étrange oiseau s'est posé sur le grenadier quelques minutes après que j'ai franchi l'arche…

Je lui raconte d'abord ma rencontre avec le volatile de plumes et de brume, et ce qu'il m'a dit de sa mission.

— Il a sans doute été envoyé par Amaterasu, en déduit-elle. Hima… Leizu est l'une de ses descendantes directes, donc je ne pense pas qu'elle lui veuille du mal. De plus, la trinité japonaise fait aussi partie de ceux qui veulent préserver l'équilibre divin. Si la Déesse du Soleil t'a envoyé son messager, c'est peut-être parce qu'elle n'a aucun autre moyen de peser un tant soit peu dans la bataille.

Rassurée par ses explications, je lui raconte toute la vision. J'essaye de me limiter aux faits, mais c'est difficile. Mes émotions débordent une nouvelle fois alors que je revis ces épisodes douloureux. Elle ne s'en formalise pas et me tend simplement le linge humide pour essuyer mes larmes, sans jamais m'interrompre. Je termine mon récit par les questions qui tournent dans ma tête.

Ba'alat Gebal réfléchit un long moment. Puis elle enlève le voile qui masque son visage et plonge son regard doux dans le mien.

— Je jure de ne rien faire pour altérer cette prémonition ni révéler un seul mot de ce que tu viens de me raconter. Ce serait bien trop dangereux. Si ces personnes, aussi précieuses te soient-elles, doivent mourir afin que ces pouvoirs fous se déchaînent et nous donnent la victoire, j'ai bien peur, ma chère enfant, que tu n'aies d'autre choix que de laisser cela se produire.

— C'est aussi ce que je crois, mais c'est si douloureux !

— Cependant…

Je relève la tête. Ce simple petit mot me laisse entrevoir une petite lueur d'espoir.

— Si le corbeau ne t'a pas montré la suite de ces événements, c'est peut-être parce que tu peux tenter quelque chose. C'est en tout cas l'interprétation que j'en fais. Quand des pouvoirs aussi puissants échappent au contrôle de ceux qui les possèdent, il faut un certain temps avant qu'ils s'apaisent. Une fois ce processus amorcé, il sera irréversible. Il faudra qu'il aille jusqu'à son terme. Tu n'auras sans doute qu'une infime marge de manœuvre, mais rien ne t'empêchera, à ce moment précis, d'essayer de sauver ce qui peut encore l'être.

Rien ne m'empêchera d'essayer de sauver ce qui peut encore l'être… C'est, en fin de compte, la seule chose que je retiens. Je dois me battre, comme nous tous, mais à ma façon. Et mon arme la plus puissante est le savoir… Mon combat ne sera pas contre *nos ennemis, mais* pour *mes amis !*

— Merci beaucoup, Dame Ba'alat Gebal, d'avoir pris le temps de m'écouter.

— Je vois que tu vas mieux, c'est l'essentiel. J'ai une dernière chose à te dire : n'oublie pas la prophétie ni qui sont vraiment les trois femmes extraordinaires qui y sont associées…

Je quitte les appartements de la Gardienne, puis le temple, et me dirige vers celle qui, j'en suis sûre, a le pouvoir de m'aider. Je sais maintenant ce que je dois faire !

Chapitre 19

Aleksander

Galvanisation des troupes

Les travaux que Louis a demandés ont été exécutés dans l'urgence, mais grâce à la magie élémentaire des sidhes arrivés un peu plus tôt, ils sont terminés et plutôt solides. Romain et moi en avons profité pour éclaircir cette histoire d'espion avec un certain Kharis. C'est un allié et je ne voulais pas qu'il soit tué par erreur. Maintenant, nous savons tous qu'il s'appelle Gaelin et nous avons une image très nette de lui en uniforme de garde royal. Image que mon cher commandant en second, pressé, est allé chercher directement dans l'esprit du sidhe sans lui demander son avis – ce qui est très grossier – et que Nicolas a ensuite partagée avec tous les alliés, y compris les non-combattants. À présent, chacun connaît son affectation et sa future mission. Nous nous sommes préparés au mieux avec le peu de temps dont nous disposions. Est-ce que ce sera suffisant ? Je ne sais pas… Je le souhaite, en tout cas.

La nuit tombe sur Byblos. Je me suis juché sur le toit le plus haut de l'acropole pour avoir une vue dégagée sur la totalité de la ville. Je le sens dans mes tripes, la grande bataille que nous attendons est pour très bientôt. Est-ce cette nuit que tout va se jouer ?

En ce qui me concerne, ma décision est prise depuis longtemps déjà : je ferai tout ce qui est en mon pouvoir pour que la prophétie se réalise et que Leizu accomplisse son destin. Mais si, par malheur, nous devions échouer et qu'elle y laissait la vie, je la suivrais sans aucune hésitation. Je suis déjà mort une fois pour elle, une deuxième ne me fait pas peur. Je sais maintenant que je serais incapable de vivre dans un monde où elle n'existerait plus. C'est la seule chose qui est au-delà de mes forces. Pour le reste, je suis prêt à tout !

Dans mon dos, des bras légers entourent ma taille. Une silhouette mince se presse amoureusement contre moi. Elle est enfin là… Je recouvre des miennes ses mains délicates et pâles, et tout à coup, je me sens plus fort. Aussi longtemps qu'elle marche à mes côtés, je peux affronter n'importe quoi ou n'importe qui. Il m'aura fallu attendre près de quatre cents ans pour que mon âme humaine soit enfin en paix, complète. Je ne laisserai plus rien se mettre en travers de notre chemin !

J'aimerais tant que ce moment de quiétude dure davantage ! Mais…

— *Telam… Je pense que c'est pour cette nuit.*

— *Je le sens aussi. Quelque chose au fond de moi s'agite et me garde sur le qui-vive depuis que le soleil est passé derrière l'horizon.*

— *J'ai le même sentiment*, ajoute Kimiko. *Une force me pousse à rester près de la surface.*

— *Si Metyr était là, il agirait sans doute comme toi, belle Kimiko.*

— *Merci du compliment, ravisseur du cœur de ma compagne. Il me tarde de faire sa connaissance, tu sais… Et surtout de voler avec lui. J'aurais tant aimé me battre à ses côtés ! Mais, pour cette fois, je vais devoir faire sans lui, hélas…*

— *Ta confiance en l'avenir est agréable à entendre. Merci… Il sera furieux de ne pas avoir pu être là pour veiller sur toi.*

— *J'en suis sûre*, confirme Leizu.

— Je crois que nous devrions leur parler… Je ne suis pas très doué pour les discours, mais à nous deux, on peut y arriver, tu ne crois pas ?

— Je ne suis pas non plus la meilleure dans cet exercice… Je pense cependant que tu as raison. Depuis que nous sommes arrivés, j'ai discuté avec le plus de gens possible. Je voulais qu'ils sachent que notre promesse d'être à leurs côtés dans la bataille n'était pas vaine et que j'avais à cœur de les protéger.

— De mon côté, j'ai donné beaucoup d'ordres, on ne peut pas vraiment appeler ça « discuter », mais bon…

— Ils ont vu que tu prenais leur défense très au sérieux et tu as leur confiance, c'est déjà beaucoup.

— Vous devez galvaniser vos troupes et les unir derrière vous, intervient Kimiko. *Le meilleur moyen reste encore de vous tenir devant elles et de vous montrer soudés et puissants face à ce qui nous attend.*

— Je vais faire sonner le rassemblement, décidé-je. *De toute façon, nous devons mettre les plus faibles à l'abri. C'est la priorité numéro un du plan de Louis.*

******

Un peu moins d'une heure plus tard, tous nos défenseurs qui ne sont pas en mission sont massés sur la grande place des Cercles Sacrés. Les membres des mêmes familles sont rassemblés en petits groupes, serrés les uns contre les autres, leurs enfants dans les bras, comme pour s'imprégner une dernière fois du contact rassurant de chacun. Les torches crépitent, éclairent leurs visages tendus et font briller les armes et armures des combattants. L'air sent encore les embruns, la pierre chauffée par le soleil, ainsi qu'un soupçon de parfum de rose.

Alhurras, sidhes, dragons, thérians, leprechauns et sorciers, leurs regards emplis de peur, de détermination ou encore de rage, sont tous braqués sur Leizu et moi. Nous

nous tenons debout, sur une sorte d'estrade montée à la hâte, main dans la main. Elle, toujours vêtue de son seul kimono bleu nuit, et moi, dans mon armure noire, apportée par Ashar. Les longs cheveux blancs de celle que j'aime flottent librement dans le vent, tel un étendard pour la paix sous lequel nous nous rangeons tous. Derrière nous se trouvent Ryūjin, Ba'alat Gebal, Romain et Louis. Je sens leur affection et leur soutien inconditionnel. Nicolas est assis à proximité, les yeux fermés et, telle une tour de contrôle, il scrute mentalement les environs de la cité. Lui aussi prend son rôle très au sérieux. Tant de choses dépendent de sa vigilance et de sa réactivité ! Juste avant ce rassemblement, j'ai insisté auprès de lui pour qu'il consente à ce que Davorka lui donne toute l'énergie possible. Il a rechigné, prétextant ne pas vouloir affaiblir qui que ce soit, mais c'était mal connaître l'obstination de ma petite sœur. Elle a réuni les plus puissants de mes congénères, dont mon père et Ashar, et ensemble, ils l'ont forcé à accepter. Ainsi, elle n'a eu besoin d'absorber l'énergie de personne d'autre qu'eux.

Parmi nos troupes, sur ma droite, j'aperçois justement leurs silhouettes. Leurs yeux aux pupilles fendues brillent de la présence de leurs dragons prêts à émerger. À leurs côtés, les autres enfants de Leizu, le visage grave, mais le regard confiant.

En quelques minutes, le silence se fait sans que j'aie à l'imposer.

— Défenseurs de Byblos ! commencé-je, la voix rauque et puissante. Mes frères et sœurs de sang et d'armes, l'heure est venue ! Cette nuit, la Reine Fódla va frapper ! Et ceci dans le seul but de s'approprier la couronne de Waldemar, notre dernier Roi des Ombres ! Pas pour suivre sa voie, non ! Mais pour nous dominer, nous écraser, nous réduire en esclavage ! Ses monstres et ses chiens ne connaissent ni la pitié ni la peur ! Ils ne sont que faim et soif ! Faim de votre chair et soif de votre sang ! Mais nous ne les laisserons pas faire !

Des clameurs sauvages de haine envers la souveraine réprouvée du Peuple des Collines montent de la foule. Je serre la main de Leizu pour lui laisser la parole. Sa voix s'élève, forte et vibrante d'une émotion contenue, faisant cesser les hurlements.

— Vous envoyer guerroyer me coûte énormément. Je déteste savoir ceux que j'aime en danger. Mais, comme chacun d'entre nous, je n'ai pas le choix ! Je vous rends grâce à toutes et à tous pour la force que vous me donnez par votre seule présence à mes côtés ! Merci d'accepter de me suivre, d'accepter ma vision ! Celle d'un monde où notre existence resterait un secret aux yeux des Hommes et où les différences seraient notre plus grande force. Celle d'un monde où la voix de tous les Peuples de l'Ombre serait écoutée et respectée, et où chacun pourrait trouver le bonheur dans la paix. J'ai foi en vous, en nous, alors nous allons lutter pour que ce rêve devienne réalité ! Nous allons nous battre pour protéger ceux qui nous sont chers ! Pour nos vies et notre liberté ! Je vois dans vos yeux votre courage et votre détermination, mais j'y vois aussi de la peur et je la partage. Celle-ci doit changer de camp ! Cette nuit sera celle des bêtes féroces qui sommeillent en chacun de nous ! Cette nuit, quand leurs lames ou leurs crocs vous atteindront, souvenez-vous : chaque goutte de votre sang sera leur poison ! Chaque cri que vous pousserez sera votre chant de guerre ! Et si vous tombez…

Je n'ai besoin d'aucun signe de Leizu pour enchaîner. Je dégaine mon épée et la pointe vers le ciel, entraînant le même mouvement chez les dragons, et en cascade, chez tous les guerriers armés de lames. Je pousse ma voix au maximum.

— …vous emporterez dix d'entre eux avec vous ! Que chaque coin de rue soit une embuscade ! Que toutes les ombres deviennent des pièges mortels ! Par le feu, le sang et nos âmes guerrières, Byblos restera debout ! Et demain, lorsque le soleil inondera à nouveau votre merveilleuse cité, c'est sur leurs cadavres que nous marcherons !

— Que nos Dieux, ainsi que tous ceux que nous aimons, soient dans nos cœurs, guident nos bras et nous mènent à la victoire !

Les défenseurs rugissent à l'unisson. Leurs hurlements, accompagnés du fracas des armes contre les boucliers, résonnent dans toute la cité, et même au-delà, comme une malédiction lancée à la face de nos ennemis. La lune brille soudain avec plus d'intensité alors que le vent se lève, chaque bourrasque portant un parfum différent. La forêt après la pluie, le sable chauffé par le soleil, le sel et l'iode mêlés qui évoquent la mer.

Un grand corbeau aux ailes brumeuses tournoie au-dessus du rassemblement et couvre un instant les cris de ses croassements rocailleux, puis se pose au sommet du cèdre le plus proche de la place.

— Ils arrivent, souffle Nicolas tout haut et mentalement.

De leurs voix de stentor, Romain et Louis lancent les premiers ordres pour l'exécution de notre plan de défense.

Alors que chacun file rejoindre son affectation ou son poste de combat, une flèche noire traverse la foule et se jette dans mes bras. Pacha… Il presse son front contre le mien. Le message est très clair, je lance mon esprit vers le sien.

— *Montre-moi…*

Par les sens du jeune chat, je ressens d'abord une sorte de pression dans l'air. C'est ce qui l'a intrigué. Je le vois parcourir la forêt de cèdres pour en chercher la source. Il finit par tomber finalement sur un groupe d'Immortels franchissant un portail inconnu.

Voilà la véritable information que voulait nous transmettre le sidhe voleur de bracelets ! Il nous prévenait d'une intrusion, et les sidhes sont les maîtres de la création de portails ! Ah les bâtards ! Ils en ont placé un à l'intérieur ! Et moi, comme un con, je n'ai pas fait le rapprochement, j'ai rien compris !

— Tu n'as pas été le seul à ne comprendre que la moitié de son message, Alek, me glisse Nicolas toujours à l'affût. *Nous avons tous été sonnés par leur attaque de l'acropole, et par la mort de Durim et du jeune caracal…*

— Ce n'est pas une excuse, putain ! Il voulait nous faire savoir qu'il était toujours actif, d'accord, mais j'aurais dû voir plus large ! Au-delà de l'évidence ! Tout était sous mes yeux, bordel !

— Te fustiger est inutile, revenons à ce qui importe maintenant : le rapport de Pacha.

Il a raison. Je calme ma colère et continue d'observer ce que le chat a surpris. Le passage a l'air assez large pour qu'une dizaine d'hommes passent de front sans se gêner. D'ailleurs, quelques secondes plus tard, des rangs et des rangs de Sans-Âmes arrivent dans le plus grand calme. Je suis sidéré. C'est à ce moment-là que le chat a pris la fuite afin de nous rapporter cette précieuse information.

— Ces maudites créatures devraient être ingérables ! Enfin, c'est ce que nous savions d'elles. Fódla a réussi à dompter ses monstres ! Je ne sais pas comment elle s'y est prise, mais c'est une très mauvaise nouvelle pour nous, ça !

— Je préviens Louis tout de suite, lance Nicolas.

— Merci Pacha, dis-je à voix haute. Tu peux rejoindre ton poste.

Au lieu de filer, le regard doré du grand chat se tourne vers Leizu, l'air d'attendre quelque chose. Un frisson agite son échine l'espace d'une seconde et cela suffit à mon âme sœur, qui comprend ce qu'il veut. Elle me le prend des bras avec douceur. Le jeune félin enfouit aussitôt la tête dans son cou pendant qu'elle le cajole un instant. Toujours cet attrait irrésistible des jeunes pour son parfum…

— Prenez bien soin de Vaiana, tous les deux, hein ? lui murmure Leizu. Et faites aussi bien attention à vous, d'accord ? Elle serait très malheureuse s'il vous arrivait malheur, et moi aussi.

Elle embrasse la joue poilue de l'animal qui lui rend son baiser, puis il saute au sol et disparaît dans l'obscurité sans se retourner.

— *Telam*, rejoignons notre position.

Chapitre 20

Leizu

Plan de défense

Plus de deux millénaires d'existence, à distraire les Dieux par ma résilience, pour en arriver à cet instant précis. À y regarder de plus près, cette fichue prophétie aura gouverné toute ma vie jusqu'à aujourd'hui. Non pas que je me sois efforcée de la suivre, bien au contraire. Depuis le premier jour, je la fuis comme la peste. Mais dans un sens ou dans l'autre, cela revient au même : elle a tracé une multitude de chemins qui menaient tous à cet endroit exact, sur cette première ligne de défense de la cité cachée de Byblos, entourée de ces valeureux guerriers que sont les Dragons. Au fond de mon cœur, ils sont bien plus mon peuple que les Humains dont je suis issue. Maintenant que j'ai accepté mon destin et rassemblé les morceaux de mon âme, je me souviens pourquoi. L'énergie de Kimiko palpite en moi, presque impatiente de se déchaîner sur la horde ennemie. Dans mon dos, une ombre silencieuse en armure noire pose une main sur mon épaule. Sa façon de me promettre qu'il assurera toujours mes arrières. En tant qu'Immortel, il va devoir redoubler de vigilance et d'habileté au combat pour ne pas brûler sous le feu de nos compagnons. J'ai eu beau insister pour qu'il reste en arrière il n'a, bien sûr, rien voulu entendre. C'est d'Aleksander Shardra qu'il s'agit, mon amour, mon âme sœur, et le plus entêté des mulets que j'aie jamais rencontrés ! Le deuxième de ce classement singulier n'est autre que Romain, qui se trouve bien à propos être son second. Il ne compte pas « quitter sa femme d'une semelle » ! Et notre sorcière de feu qui se contente de hausser les épaules… Ces enfants m'auront tout fait !

Nous sommes tous déjà en place, et l'ennemi n'est pas encore arrivé à nos portes. Mais ça aussi, Louis l'a anticipé… Nous l'attendons pour que la bataille se déroule sur notre terrain, là où sa connaissance sera un avantage. Notre armée ne compte que cinq cents hommes et femmes aux pouvoirs et aux compétences disparates. Face à nous, si ses calculs sont bons – et ils le sont souvent, pour ne pas dire toujours – une force presque trois fois supérieure en nombre. La dernière information qui nous est parvenue change aussi la donne. L'indiscipline des Sans-Âmes était un aspect de la bataille qui jouait en notre faveur. Grâce à une bonne coordination de nos actions, nous aurions pu les manipuler avec facilité afin de les mener vers les pièges préparés pour eux. Cet atout a maintenant disparu, et leur puissance s'en trouve grandement accrue.

Cependant, nos choix étant limités, les plans de Louis n'ont pas beaucoup changé. Il a élaboré une stratégie de défense en deux temps, inspirée du principe du quadrilatère de Napoléon. Même si je n'aime pas le personnage, je dois lui reconnaître une certaine habileté en matière de stratégie militaire.

Phase un, une défense frontale centralisée…

Elle a pour objectif d'arrêter la marée ennemie avant qu'elle n'atteigne les premières habitations. Nous devons utiliser nos points forts que sont les attaques à distance, ainsi que la magie élémentaire de combat, et exploiter au mieux la faiblesse de nos adversaires face au feu. C'est là que le chaos de leurs rangs nous aurait le plus rendu service…

Les leurres et les diversions seront beaucoup moins efficaces. Néanmoins, Louis a planifié plusieurs fausses retraites qui devraient quand même inciter nos opposants à pousser leur avantage et ainsi, tomber dans nos embuscades. Le but principal de la première ligne est de viser les monstres les plus puissants. Ceux-ci ne doivent pas atteindre la cité. Tenir cette première ligne nous demandera une énergie considérable et entraînera de l'épuisement, c'est inévitable. Pour y remédier, des relais ont été prévus, même pour les dragons et les démons.

C'est ainsi que je me retrouve au centre d'une ligne de plus de trente de mes congénères. Juste derrière nous attendent les sorciers irlandais et les démonistes, accompagnés d'une vingtaine de sidhes, en majorité des maîtres de l'air. Feu et mouvement, voilà notre future tactique.

Phase deux, une bataille urbaine…

Pendant qu'Aleksander barrait des rues, érigeait des barricades ou piégeait des bâtiments, Louis et Romain constituaient des groupes réduits et équilibrés, c'est à dire composés de trois ou quatre membres, parmi lesquels au moins un habitant de la cité. Un attaquant efficace associé à un mage et à un ou plusieurs puissants thérians, Immortels ou non, capables de résister à l'attaque d'un Sans-Âme. En utilisant la connaissance du terrain des Alhurras et la coopération entre ces petites unités, Louis veut isoler et éliminer les ennemis qui perceraient la défense frontale, avec le minimum de pertes possible. S'il pouvait n'y en avoir aucune…

Le point crucial de toute cette belle mécanique reste la

communication. Les télépathes, qu'ils soient à l'avant ou à l'arrière, seront les relais de toute nouvelle information. Celle-ci devra être transmise en temps réel à tous, et surtout à l'esprit de celui qui en a le plus besoin. Nicolas est le centre de ce dispositif. À ses côtés, dans deux immenses villas regroupées en une seule, une équipe de soin se tiendra prête à recevoir les blessés, extraits du champ de bataille par les soldats du Petit Peuple. Seuls les plus rapides à former leur arc-en-ciel seront déployés sur le terrain. Là encore, Nicolas aura un rôle des plus importants : leur montrer les images des endroits où ils devront se rendre. C'est avec eux que resteront Ba'alat Gebal et Ryūjin-sama, entourés du reste de mes enfants et de nos alliés les plus fragiles comme Naea et Hautiare. Erland, ainsi que la quasi-totalité des membres de son clan, a été affecté à la protection de cet endroit en tant que commandant, étant donné que les deux divinités sont susceptibles de rejoindre le champ de bataille à tout instant, si par malheur l'un des leurs apparaissait.

— *Ils arrivent*, nous informe Nicolas. *Les premiers monstres dépassent les derniers cèdres de la forêt et s'arrêtent une cinquantaine de mètres plus loin. Ils se mettent en position : les Sans-Âmes sont au centre sur huit rangs plutôt serrés, les Immortels sur leurs flancs, et les soldats sidhes à l'arrière avec la Reine.*

— *Je connais ça* ! intervient Romain. *Ils se sont inspirés des Grecs et de leurs phalanges !*

— *Louis vous fait savoir qu'ils auront un bouclier puissant,* continue Nicolas*, sans doute un ou plusieurs élémentaires de l'air pour dévier les souffles des dragons et les autres attaques directes de feu. C'est la particularité de cette formation de combat. À toutes les forces de l'avant : la première vague sera contre les soldats sidhes de Fódla ! Ils vont s'en protéger, c'est une certitude, mais ils ne peuvent pas être partout. Attaquez de face juste après…*

Nous y sommes ! Le moment de vérité approche.

Qui de nous deux l'emportera ? Toi, Fódla ? Ton âme noire, tes abominations, ainsi que tes désirs de vengeance et de domination ? Ou bien moi et mon armée bigarrée, à l'image de ma maisonnée, de mes amitiés et de mes idéaux ?

Quand nous apercevons l'armée adverse, alors qu'elle est encore à plus d'un kilomètre, les hommes et femmes qui m'entourent se métamorphosent. Une vive lueur envahit le futur champ de bataille, et près d'une trentaine de dragons, de toutes les couleurs et de toutes les tailles, apparaissent au même instant. Avec une synchronisation parfaite, ils s'élancent vers le ciel en rugissant. Un déploiement de puissance rarement observé. Depuis le sol, le spectacle est saisissant.

Bonne chasse, dada, petite sœur, mes amis…

Je laisse alors les rênes à Kimiko afin qu'elle rejoigne sa place, à la tête de ce groupe.

— *Bonne chasse à toi aussi,* baba/telam ! lancent Aleksander, Romain et Nicolas dans un bel ensemble.

En réponse, Kimiko leur adresse un long mugissement qui rappelle la colère de l'océan. Avec ce cri, elle donne aussi le signal du début de l'offensive. Les dragons plongent les uns derrière les autres et crachent leur souffle brûlant sur la première cible désignée par Louis. Comme prévu, le feu est dévié. En même temps, je vois une énorme vague de feu quitter les bras de Siobhán et fondre sur l'ennemi à la vitesse d'un troupeau de chevaux sauvages en furie. Alors qu'elle est sur le point de toucher le front, une tempête gelée se lève juste devant et disperse les flammes. Deux immenses cobras de glace se dressent face à nous. Ma compagne se rue sur le premier et le second est attaqué par une petite dragonne brune au dos blanc, plus vive que mes autres congénères. Davorka ! Elle virevolte autour de sa proie et finit par la prendre de vitesse. Elle souffle en visant sa tête qui est littéralement vaporisée au contact de son feu. Suivant son exemple, quand Kimiko s'enroule autour de son adversaire et atteint son capuchon déployé, elle crache à son tour et obtient le même résultat. Les corps des deux serpents se figent, puis se dispersent dans le vent en une pluie de paillettes de givre. Voilà des adversaires qu'il fallait très vite neutraliser.

Les Sans-Âmes continuent d'avancer, sans désordre ni précipitation. Telle la marée montante, rien ne semble pouvoir les arrêter. Les dragons soufflent sur leurs rangs sans relâche. Notre sorcière de feu se déchaîne. À elle seule, elle invoque une douzaine de puissants élémentaires de feu. Suivie par les groupes des sidhes de Kharis et Eoghan dans son initiative, c'est un groupe plutôt conséquent qui se précipite sur la première ligne ennemie, ouvrant la voie au feu noir des démons. Cette attaque porte ses fruits et détruit une centaine de monstres. Mais leur nombre décroît trop lentement.

Pendant ce temps, les Immortels, sur les flancs, se dispersent pour nous éloigner les uns des autres et rompre notre ballet aérien incandescent.

Depuis l'attaque des deux serpents de glace, j'ai perdu Fódla de vue. J'essaye de la trouver du regard, mais je suis tributaire des yeux de ma compagne, et ceux-ci ne quittent pas beaucoup les troupes au sol, amies comme rivales.

Je l'avais pourtant en ligne de mire ! Où est-elle passée ? Je suis sûre qu'elle prépare un mauvais coup… Ou peut-être se cache-t-elle ? Non, impossible !

— Kimiko, nous devons la retrouver !

— Il faut aussi éliminer le plus de monstres possibles pour éviter qu'ils envahissent la ville ! S'ils sont trop nombreux, les petits groupes en embuscade n'y résisteront pas ! Je suis la seule à pouvoir m'approcher d'eux sans risquer la chute, je dois le faire !

Les Sans-Âmes font maintenant face à nos troupes au sol. Les thérians immortels et les dragons encore sous forme humaine se jettent dans la bataille, menés par mon aimé. Kimiko se rapproche du sol. Elle serpente droit sur l'alignement ennemi afin de le briser. Elle se retrouve au milieu de leurs rangs et souffle en tournoyant sur elle-même. Puis, comme une gigantesque flèche, elle file vers le ciel et recommence. Ces deux offensives font beaucoup de dégâts parmi l'armée adverse, mais elles sont trop vite contrées par un mouvement de troupes. Les pertes sont aussitôt remplacées et le front se reforme, uni et compact.

— *Ils ont compris ton stratagème, chère compagne. Il est temps que je rejoigne Aleksander.*

Elle me laisse sa place sans protester, elle doit être fatiguée. Ma transformation ne prend pas plus de trois secondes, mais déjà je suis assaillie par plusieurs abominations. Je me retrouve face à la pointe d'une nouvelle formation de combat triangulaire. Nos ennemis ont clairement l'intention d'enfoncer nos défenses. À l'image d'un éventail, ils se déploient devant nous et continuent leur progression inexorable. Là où je combats, je ne vois plus mes compagnons d'armes. Mon âme sœur dans mon sillage, je poursuis l'élimination systématique de tout ce qui se présente à moi sans en voir la fin. Peu à peu, nous reculons vers la cité pour ne pas nous faire encercler.

Alors que la tête d'un monstre roule à mes pieds, je lève un instant le regard vers mes alliés.

Sur ma droite, une langue de feu m'indique la présence de Siobhán, toujours à l'attaque. En retrait, j'aperçois un orbe violacé voler vers un assaillant et le toucher en pleine poitrine. L'œuvre d'un démon, sans aucun doute. Des projectiles de glace et de pierre fondent sur nos terribles adversaires, qui tombent, un à un, toujours avec la même lenteur et sans pour autant dévier de leur trajectoire. Plusieurs attaques sont nécessaires à l'élimination d'un seul Sans-Âme. Ces créatures sont vraiment infernales ! Un peu plus loin vers l'arrière, se forme soudain un arc-en-ciel qui disparaît presque aussi vite qu'il est apparu. Encore un camarade blessé, ou pire… L'air est saturé de fumée, et l'odeur de cendre et de chair brûlée envahit mes sens, me plongeant un peu plus à chaque seconde dans l'horreur de ce combat que nous n'avons pas le droit de perdre.

Tout se déroule, hélas, exactement comme Louis l'avait anticipé. Notre stratégie fonctionne, mais nos rangs s'éclaircissent plus vite que ceux de nos adversaires. Beaucoup des nôtres sont déjà tombés et la bataille est loin d'être terminée. Les larmes me montent aux yeux.

Pourquoi tant de pertes ? Pourquoi cette bataille inutile ? Pourquoi !?

— *Pour l'amour et la liberté des Peuples à disposer d'eux-mêmes, Leizu… Ton cœur est tendre, compagne, et je sais que cette guerre te pèse et te blesse. Puise en moi ! Trouve la force de résister à cette affliction qui t'affaiblit ! Tu dois continuer de te battre et vaincre ! Tu m'entends ? Tu dois continuer d'avancer vers ton idéal ! Leur idéal !*

Une vague d'amour et de force mêlés me traverse et me pousse en avant. Mes larmes refluent et ma détermination se raffermit.

Dans le ciel, un nouveau groupe de dragons est reparti à l'assaut des lignes adverses, mais du coin de l'œil, je constate que deux d'entre eux n'ont pas cédé leur place.

Je l'aurais parié ! Tous les mêmes dans cette famille !

Le dos contre celui d'Alek, je repars au combat, la rage de Kimiko au cœur.

Tout à coup, alors que nous approchons des premières maisons de la cité, un hurlement inhumain surpasse le fracas des armes, des souffles brûlants et des cris de guerre. La douleur d'une femme recouvre le champ de bataille. Au même instant, une autre plainte tout aussi déchirante nous parvient. Celle d'un dragon à l'agonie !

Une terrible douleur m'envahit et me coupe presque les jambes. Un froid intense me balaye le dos, Alek vient de tomber à genoux, atteint par la même souffrance insupportable.

— Qui ! hurlé-je à mon tour, fouillant des yeux les alentours à la recherche des victimes. *Dada* ? Dava ? Quiiiiii !

Lorsque je pivote à nouveau vers ma droite, je découvre un ouragan de flammes dévastateur, au centre duquel Siobhán tourbillonne.

— Non ! Romain ! Pas mon enfant ! *Kami-sama*, par pitié ! Pas mon enfant !

Ma petite sorcière de feu vient de perdre le contrôle de son immense pouvoir. Elle décime les rangs ennemis au mépris de sa propre vie.

Je lève le regard vers le ciel, implorant les Dieux d'épargner la vie de mon ange noir, pour apercevoir une immense silhouette sombre chuter à une vitesse vertigineuse. Elle s'écrase comme une pierre sur les lignes ennemies dans un bruit écœurant d'os brisés et de chairs martyrisées. Les ailes déchiquetées, le corps désarticulé, mon père meurt sous mes yeux épouvantés.

Je ne veux pas croire ce que je vois !

Tout mon être est à la torture, mon cœur se brise de chagrin. Un supplice sans commune mesure me submerge et me paralyse.

Un mur de flammes violette apparaît soudain autour d'Alek et moi, et nous protège des attaques opportunistes de nos ennemis. Mais cela m'indiffère…

Mon enfant ! Mon père ! C'en est trop ! Au fond de moi, ma peine et ma rage se mêlent, puis explosent. Les entraves de ma bête cruelle et sans pitié cèdent dans un claquement sec. Je rejette Kimiko au plus profond de moi et laisse ma part de ténèbres m'envahir. Je l'accepte. Je l'appelle, même ! Tout autour, un voile écarlate recouvre le monde. Je suis au-delà de la fureur et je hurle, la voix d'une puissance inédite et ivre du besoin de satisfaire ma soif de sang :

— FÓDLA ! TU VAS MOURIR ! VOUS ALLEZ TOUS MOURIR !

Chapitre 21

Vaiana

Puissance spirituelle

Fódla est là, entourée de ses atrocités sur pattes…

Que puis-je faire pour aider ? Rien, hélas… Mon don n'est ici d'aucune utilité, mes compétences non plus. Les blessés affluent et moi, je ne sais même pas faire un bandage correct ! La seule chose qui soit dans mes cordes, c'est apporter un peu d'eau, de nourriture et de réconfort à ceux qui se battent pour moi, pour nous tous, pour notre liberté. Et encore, en ce qui concerne le réconfort, je ne suis pas sûre… Leur vaillance m'impressionne beaucoup et c'est plutôt eux, tout compte fait, qui me remontent le moral.

Autour de moi, que ce soient ma nouvelle famille, Naea, Ryūjin-sama, la Dame ou encore la Princesse Fínola, ils sont tous penchés sur un blessé pour le soulager. Il en arrive un peu plus à chaque minute… Les leprechauns se relayent, mais ils commencent à montrer des signes de fatigue. Produire tous ces arcs-en-ciel leur demande une grande quantité d'énergie bien qu'ils en récupèrent un peu chaque fois qu'ils ont le bonheur de sauver une vie. J'admire leur ballet incessant entre ici et le champ de bataille. Eux non plus ne manquent pas de courage !

Je surveille aussi Nicolas. Assis en tailleur dans un coin de la grande pièce principale, dos au mur, ses magnifiques yeux verts fermés, il est très concentré sur tout ce qui se passe à l'extérieur. De temps à autre, je lui signifie mon soutien en lui serrant l'épaule ou la main quand je passe à côté de lui. Son rôle est si important ! Et si difficile !

La seule qui ne se préoccupe que de moi, c'est mon amie Hautiare. Et ce depuis la minute où nous avons tous rejoint nos positions. Je ne sais toujours pas pourquoi. Les minutes passent et je suis de plus en plus anxieuse. Je sais que quelque chose va se produire et que je ne vais pas aimer ça du tout. Mais quoi ? Ça reste un mystère.

Cet après-midi, alors que nous transportions du matériel médical dans les maisons collées, elle est venue me demander quelque chose d'étrange. Une chose à laquelle j'essaie de trouver un sens, une explication, un indice au moins…

— Vaiana ! Je dois te poser une question, m'annonce-t-elle de but en blanc, très sérieuse.

Je dépose mon chargement et prend un instant pour l'écouter. Je m'assieds sur une caisse en m'épongeant le front de la manche de mon tee-shirt. La journée est magnifique, mais ici, la chaleur est écrasante. Même la brise est brûlante !

— Une petite pause ne me fera pas de mal ! Tu as besoin de moi ? Si je peux…

— Tu n'as pas idée, marmonne-t-elle avant de poursuivre sur un ton inquiet. Quand la bataille commencera, j'aimerais que… que tu fasses un truc avec moi.

— Bien-sûr ! De quoi s'agit-il ?

— Serais-tu prête à me suivre les yeux fermés dans une mission dont je ne peux rien te dire ?

Elle me répond par une question. Je commence à bien la connaître, ma vahiné et là, elle ne va pas satisfaire ma curiosité.

— Ah ! Heu… Oui ? Si c'est important pour toi, je t'accompagnerai où tu voudras. (Je me penche vers elle et lui prends la main.) Uti ? Que se passe-t-il ? Tu ne peux vraiment rien me…

— Aucune question, Vaiana, s'il te plaît… Je n'y répondrai pas ! Je ne peux pas ! Je ne dois pas… finit-elle dans un murmure, la tête basse.

Son angoisse, visible, déteint sur moi. Je suis maintenant tendue comme une corde de violon.

— Tu ne *dois* pas ? Est-ce en rapport avec ta clairvoyance ?

— …

— Tu ne peux pas partager ce que t'a murmuré le vent, n'est-ce pas ? Ça, tu peux me l'avouer, non ? J'aimerais juste savoir si c'est bien le cas.

Elle lève des yeux pleins de larmes vers mon visage et ne me dit rien. Son silence vaut réponse. Elle a vu quelque chose de triste dans notre futur et je vais y être impliquée d'une façon ou d'une autre. Je me souviens soudain du sauvetage de Nicolas. C'est à une de ses prémonitions qu'il doit la vie. Quand le calme était revenu sur Ha'apū, elle m'avait tout raconté. Si c'est le même genre de vision qui l'a assaillie, je peux m'attendre au pire.

Elle s'arrache à mon contact et prend la fuite.

Depuis que la bataille a commencé, bien malgré moi, je garde un œil sur Hautiare en permanence. Après ce qu'elle qualifierait de « moment de faiblesse », elle a repris ses esprits et s'est murée dans le silence. Son attitude est à présent fermée, son visage, dur, et son regard, lointain. Je n'y lis qu'une grande détermination. Elle aussi est très concentrée sur quelque chose que je ne peux pas voir. Elle donne une telle impression de solidité face à ce qui va arriver que je suis à la fois terriblement soucieuse et pas si crispée que ça. Le mélange de ces deux sensations opposées est étonnant… Le moment venu, je sais que je la suivrai sans hésiter.

Soudain, au fond de moi, un lien se déchire. Mon cœur se serre, ma poitrine me fait mal et mes yeux se mettent à pleurer. L'écho d'un hurlement terrible traverse mon bouclier mental. Je comprends tout de suite que l'événement tant redouté par mon amie vient de se produire, quelqu'un qui m'est cher nous a quitté. Au même instant, un gémissement de bête blessée échappe à Nicolas et son visage se tord de douleur. Je me précipite vers lui. Le dos voûté, il passe une main dans ses cheveux un peu trop longs. Des larmes dévalent ses joues et pourtant, il ne bouge pas d'un pouce. Il pleure en silence, serre les dents et poursuit sa mission. Agenouillée près de lui, je prends sa tête dans mes bras et la presse contre mon cœur.

— Qui est-ce, Nicolas ? Montre-moi ! S'il te plaît, montre-moi !

Une scène terrifiante s'impose à mon esprit entre deux sanglots. Siobhán est à genoux près d'un homme vêtu de noir. Au centre d'un tourbillon de flammes, elle hurle sa détresse vers le ciel. Puis une deuxième… Celle d'une immense silhouette sombre qui tombe du ciel et s'écrase au sol dans un fracas épouvantable, comme un rocher lâché par un Dieu sur le champ de bataille. Mon souffle se bloque dans mes poumons tant ces deux coups me blessent. Je suis incapable du moindre mouvement. Ce n'est pas un, mais deux êtres aimés que je… que nous venons de perdre.

Oh seigneur ! Pas eux ! Je vous en prie, pas ça !

— *Telam*… murmure au fond de moi une voix rauque de chagrin.

— C'est maintenant que je dois agir pour sauver ce qui peut l'être, souffle Hautiare dans mon dos.

Elle saisit mes épaules et me secoue avec vigueur. Je sens

en elle une sorte de rage contenue.

— Vaiana ! crie-t-elle. Reprends-toi ! Tu dois venir avec moi ! Tout de suite ! Chaque seconde compte, tu m'entends ?

L'urgence dans sa voix me pousse à agir, mais je n'y arrive pas. Comme si je ne pesais rien, elle m'arrache à Nicolas et me prend dans ses bras. Je la laisse m'entraîner où elle veut sans protester. Même si je ne peux pas bouger, je me souviens de la promesse que je me suis faite de la suivre, quoi qu'il arrive. Mon esprit se ressaisit plus vite que mon corps.

Plus loin, alors que mon amie se précipite à l'extérieur de la maison, j'entends une autre voix de femme s'exclamer avec autorité : « Restez là ! C'est à moi d'y aller ! »

En moins de temps qu'il n'en faut pour le dire, je me retrouve assise sur le rebord du bassin en pierre de la cour intérieure du temple d'Ashtart. C'est ici, dans les pièces adjacentes, que sont amenés nos défunts… À côté de moi, Hautiare, les yeux hantés, trompe sa peur en arpentant les dalles sacrées à grandes enjambées impatientes. La lumière pâle d'un arc-en-ciel de lune apparaît enfin, et avec elle, Fínola, la main posée sur l'immense corps sans vie de Agan.

— Volodya… Agan… chuchoté-je, désespérée, les yeux rivés sur le dragon.

Cette tristesse abyssale ne m'appartient pas en totalité. Héfadia souffre aussi le martyre, je le sens.

— Où est Romain ? demande mon amie avec brusquerie.

Je relève la tête au moment où la petite princesse lui tend une épée – un katana, plus exactement – et lui répond :

— Sa dépouille n'était pas là, je n'ai vu que cela à l'endroit où il est tombé.

La belle vahiné fixe un instant la lame ensanglantée. Je délaisse du regard les deux femmes et la seule chose qui reste du jeune homme que j'aimais tant. Je sens que je retrouve peu à peu l'usage de mon corps. J'en profite donc pour me lever et me diriger d'un pas chancelant vers la grosse tête écailleuse de celui que j'adorais comme mon grand-père.

— C'est bien son arme. Je ne comprends pas…

— Je suis désolée de ne pas avoir pu répondre à tes attentes, mais…

— Ne vous excusez pas, Princesse. Vous avez fait votre possible. C'est moi… Je n'ai pas su faire le bon choix, je…

— Notre voyageuse t'attend, jeune clairvoyante. Et pour ma part, je dois retourner auprès de nos blessés. Ne tire pas de conclusion trop hâtive, la bataille n'est pas terminée !

— Vous avez raison ! Merci infiniment pour votre aide.

— Je t'en prie…

Elle se retire en invoquant un nouvel arc-en-ciel. Juste après la disparition de sa douce lueur, le corps du Roi se met à briller. Appuyée contre le front du dragon, je perds l'équilibre et tombe sur lui alors qu'il retrouve forme humaine. Ma main se porte à son visage sans que je le veuille et lui caresse la joue.

— Mon amour… gémit mon amie intérieure par ma bouche.

Un parfum de forêt après la pluie et une puissante présence envahissent mes sens, juste avant qu'un souvenir surgisse de ma mémoire. Une nouvelle intervention de notre Déesse Mère qui ne me surprend même pas. « Ton esprit est maintenant plus puissant que celui de mon cher Volodya. » m'a affirmé Héfadia le jour où nous avons voyagé ensemble afin d'informer le Roi de tout ce que nous avions découvert au sujet de Fódla, des Sans-Âmes et de la trahison du guérisseur. J'étais entrée dans sa bulle « comme un couteau dans une motte de beurre mou », selon ses propres mots. Je me rappelle avoir alors pensé qu'un jour, peut-être, je trouverai la force, et surtout le moyen, de les réunir afin qu'ils retrouvent un peu de leur bonheur perdu. En quelques petites secondes à peine, une idée folle germe en moi, grandit et s'épanouit telle la plus merveilleuse des fleurs que j'aie jamais vues.

Oui ! Je peux le faire ! Je dois le faire ! Les sentiments qui nous lient sont d'une puissance incroyable. Ces fils résistent même à la mort, je le sais ! Au moins quelques temps, en tous cas… Je suis sûre que je peux y arriver !

— Non ! Ma petite fleur, ne fais pas ça ! Tu risques d'y…

Je n'entends pas la fin de sa phrase parce que je plonge dans l'Entre-Monde, à la recherche de l'âme double de notre bien-aimé roi. Une fois dans cet espace où les lois de la physique n'ont plus cours, je m'arrête un instant et observe ce qui m'entoure. Je ne connais qu'une seule façon d'y arriver : écouter mon cœur et me laisser guider par l'amour que j'éprouve pour cet être hors du commun qui m'a accueillie, avec tant de gentillesse, dans son monde plein de magie et au sein de sa fabuleuse famille.

Je ferme les yeux et visualise Volodya et Agan dans toute leur gloire, le premier sur le large dos du second, vêtu de son armure noire incrustée d'argent, de sa longue cape brodée, et sa couronne, si belle de simplicité, bien à sa place sur sa tête. Voilà la façon dont j'aime les imaginer tous les deux ! Je m'accroche à cette image avec passion et espoir. Très vite, un frémissement traverse mon ventre, comme ce jour-là. Je laisse grandir mon désir de transformer ma vision en réalité. Au plus profond de moi, je sens une sorte de tourbillon s'agiter avec fureur. Serait-ce la source de mon don, comme le lac et la forêt le sont pour Leizu ? J'en suis persuadée ! Alors je puise en lui sans m'imposer de limite et j'en extrais la quasi-totalité de l'énergie psychique que je possède. J'ouvre les bras et celle-ci explose hors de mon corps éthérique. Je la sens me quitter en une myriade de vagues successives et se déployer dans toutes les directions. Je hurle à pleins poumons :

— Venez à moi, Volodymyr, Agan, Rois des Dragons d'Héridane ! Je le veux !

Le frémissement s'intensifie et devient une vibration de plus en plus puissante. Lorsqu'elle atteint son paroxysme, je n'ose pas regarder. J'ai si peur de ne rien trouver en face de moi !

— Mon petit papillon…

C'est à peine un bruissement, mais je les entends. À ces trois petits mots, j'ouvre les yeux en grand et découvre enfin l'ombre du géant. Agan, devenu minuscule, est enroulé autour de son bras. Leurs corps sans substance flottent au milieu des ondulations luisantes qui m'entourent. Ma lumière leur donne des contours et me permet de les distinguer avec netteté. Ils sont pris dans ma toile ! J'ai une conscience aiguë de leur présence dans mon esprit, et c'est à la fois douloureux et jubilatoire.

— J'ai réussi !

Des larmes de bonheur inondent mes yeux – même sous cette forme, j'arrive encore à pleurer, c'est fou ! – mais rien n'est joué. Je dois encore les emmener dans ma bulle. Je rappelle à moi les vagues d'énergie et, ce faisant, les deux âmes se rapprochent jusqu'à être à portée de main. Sans aucune hésitation, je saisis le poignet libre de Volodya et file tout droit vers mon refuge. Mon corps éthérique répond à mon ordre muet avec une facilité déconcertante. Sans doute le fruit de mon récent voyage vertigineux et de ma rencontre avec Kimiko…

Lorsque je franchis enfin les frontières de ma bulle, le roi et son compagnon reprennent une consistance et une taille normales. Leurs corps grandissent sous mes yeux émerveillés, surtout celui de Agan. Là, au milieu de mon champ de cosmos multicolores, mes forces m'abandonnent. Mes jambes ne me portent plus et je m'effondre, le regard toujours fixé sur l'immense dragon aussi noir que de l'encre de Chine. Derrière lui, j'aperçois Héfadia qui court dans notre direction, et dans le ciel, Millyth vole vers moi à tire d'aile. Pour moi, ce spectacle est d'une beauté incroyable ! Ils sont enfin réunis !

— J'y suis… arrivée…

Le Roi, sa Reine et leurs compagnons sont maintenant à l'abri dans mon esprit. Un grand soulagement m'envahit. J'aurais au moins été utile à quelque chose dans cette guerre insensée…

Arrivée à mes côtés, mon amie se jette à genoux et me prend dans ses bras. Au-dessus d'elle, son cher époux se penche vers moi, l'air très inquiet.

— Vaiana ! Vaiana, ma chérie, reste avec nous !

— Effie, je vais bien, ne t'inquiète pas.

— Non, tu ne vas pas bien ! me lance Volodya d'une voix tendue. Tu es en train de disparaître, Vaiana !

— Quoi ? Je « disparais » ? Mais non ! Non, je ne veux pas partir !

— Ma petite fleur… se lamente la Reine. Je n'ai pas réussi à t'arrêter. Quand j'ai compris ce que tu voulais faire, il était déjà trop tard…

Elle lance un regard plein de chagrin à son mari.

— Petite Vaiana, commence-t-il, tu ne peux pas me garder ici avec vous. C'est trop…

— Si ! Je peux le faire ! Je veux que tu restes ici avec Effie ! Tant que je vivrais, vous serez…

— Justement, bon sang ! Cinq âmes, c'est beaucoup trop ! Tu es humaine, Vaiana ! Ton esprit est à l'extrême limite de ce dont il est capable et ton corps n'y résistera pas ! Agan et moi devons partir, mon petit papillon…

Comme pour appuyer ses mots, j'entends au loin des voix affolées qui crient mon nom. Le monde physique s'agite autour de mon corps malmené. Ma faiblesse augmente. Je ne sens plus la main douce de mon amie posée sur ma joue, mais je résiste. Je suis plutôt obstinée dans mon genre.

— Il en est… hors de question !

— Sois raisonnable, jeune fille ! m'intime le Roi avec autorité. Je sens que tu nous retiens ici, mais tu dois nous laisser poursuivre notre chemin dans l'Entre-Monde ! Il en va de ta vie, Vaiana !

— Je… Je ne céderai pas, Volodya ! Et ta grosse voix ne m'impressionne pas ! Je suis chez moi, ici, et je sais que mon esprit est plus puissant que le tien !

Le roi s'énerve.

— Nom de nom ! Par la Grande Mère, tu es plus têtue que mes trois enfants réunis ! Je ne veux pas que tu meures à cause de moi, bon sang !

— Moi non plus, je ne veux pas que tu quittes ce monde à cause de l'un de nous deux, ajoute Effie. Je partirai avec lui. Ainsi, nous ne serons plus jamais séparés. Tant d'années à occuper…

— Alors ça, jamais de la vie ! Tu m'entends ? Jamais !

Mon amie écarquille soudain les yeux, et mon corps retrouve brusquement ses sensations. Je lève une main et constate qu'elle a repris une certaine densité.

— Tu… Tu… bredouille mon amie.

Un souffle frais au parfum d'iode et au goût de sel balaye mon domaine spirituel.

— *Jeune voyageuse, tu as tenté là quelque chose de fort audacieux ! J'admire le pouvoir de ton esprit. Il est de loin le plus puissant que j'ai jamais rencontré, que ce soit chez un être humain ou bien au-delà de ton espèce !*

— Ryūjin-sama !

Les regards d'Héfadia et de Volodya cherchent en tous sens le propriétaire de cette voix grave, mais il ne se montre pas.

— *Lui-même, âme sœur de l'enfant de mon enfant ! Malgré le bracelet que ma fille t'a donné, ton corps n'est pas encore au niveau de ton âme, j'en ai peur. Ton cœur pur te pousse à des extrémités dangereuses, mais il m'oblige, jeune dame. Je ne peux pas te laisser mourir. J'ai donc décidé de soutenir ton choix. Pour l'équilibre des Mondes comme pour l'amour de mes enfants, tu dois vivre, jeune voyageuse.*

— *Kami-sama, subete ni kansha shite imasu*… Mon Dieu, merci beaucoup, pour tout…

— *Yorokonde, Vaiana-chan !* Avec plaisir, petite Vaiana.

— Merci, Dieu Dragon… intervient Volodymyr, mais nous ferions quand même mieux de partir. Nous ne voulons pas qu'elle souffre par notre faute. Elle nous a déjà tant donné !

Oh ça ! Mon être entier le rejette, catégorique ! Je hurle mon refus et ma voix se répercute aux quatre coins de mon domaine.

— NON !

Ce qu'il me restait d'énergie psychique s'échappe de mon corps vers les frontières de mon refuge afin qu'elles deviennent infranchissables, dans un sens comme dans l'autre. Je ne veux pas qu'ils partent dès que j'aurais le dos tourné.

Une grande faiblesse s'empare soudain de moi et je glisse lentement vers le néant. Mais j'ai confiance en Ryūjin-sama. Je sais qu'avec lui à mes côtés, je ne mourrai pas.

— Vaiana ! hurlent mes souverains adorés.

— Je… ne… vous… laisserai… jamais… partir…

L'obscurité me submerge.

Chapitre 22

Leizu

Victoire amère

Tout est rouge autour de moi… Pourtant, cette fois, je ne sais par quel miracle, j'ai encore toute ma lucidité. Alliés, ennemis, je fais parfaitement la différence. Je ne me suis retrouvée dans un état similaire que deux fois depuis ma Transition, il y a plus de deux mille cinq cents ans. Mais avant cette nuit, jamais je n'avais lâché la bride, de façon délibérée, à la bête ténébreuse qui sommeille en chaque Immortel. Cette volonté est peut-être la raison pour laquelle je me maîtrise aussi bien… Ça, et la présence de Kimiko, qui me donne la force de résister à l'engloutissement. Mais malgré ce contrôle, ma part sombre réclame son dû et j'ai bien l'intention de le lui donner. Je n'ai qu'un seul désir : trouver cette Reine maudite et lui faire payer les souffrances qu'elle a infligées aux Mondes, à mes amis, à ma famille et à moi-même…

Je traverse les rangs ennemis à une vitesse vertigineuse. Les Sans-Âmes qui croisent mon chemin, je les déchiquette de mes longues griffes et de mes crocs et leur arrache la tête par la seule force de ma rage. Il n'en reste qu'un amas de chair sanguinolent. Les soldats sidhes ? Je les vide de leur sang et les jette au loin comme des pantins inutiles. Quant aux Immortels, je leur déchire la gorge et les laisse à celui qui me suit. Car oui, je sens encore qu'il protège mes arrières. Je me rappelle qui il est et ce qu'il représente pour moi. Je sais que je ne lui ferai aucun mal cette fois. J'ai toute ma raison. Il est une part de moi, comme je suis une part de lui. Sa propre sauvagerie n'a rien à envier à la mienne, même celle à laquelle je laisse maintenant libre cours. À celle d'un Immortel, s'ajoute celle de son peuple. Les Dragons sont bien connus pour ça, et surtout pour leur désir farouche et absolu de protéger ce qui leur appartient.

Aleksander…

Tous ces sous-fifres me gênent ! Ils s'interposent entre ma proie et moi et ils n'en ont pas le droit ! Alors je m'en débarrasse et avance, inexorablement… Aucun d'eux n'est celle que je veux !

Lorsque j'atteins enfin l'endroit où mon père est tombé, son corps n'est déjà plus là. Je sais qu'il a été emmené au temple, j'ai vu l'arc-en-ciel. Il en est sans doute de même pour Romain.

Mon ange noir… Mon gentil cerbère… Mon amour de petit garçon…

Je revois son beau visage exprimant une large palette d'émotions dont j'ai si souvent été la cause. Je repense aussi à ma douce Léonie et à Charles, son époux aimant et dévoué depuis tant d'années. Nita, Ojo, Ayumi, Takahiro, le jeune Durim… Ils étaient mes amis, et elle me les a tous pris ! Ces souvenirs décuplent ma fureur. Mais au lieu de rester vive et flamboyante au creux de mon ventre, elle se transforme peu à peu en un maelström sombre et glacial.

Un éclat lumineux attire mon regard vers le ciel.

Elle est là !

En lévitation, l'épée luisante et encore maculée du sang de mon père, elle rit à gorge déployée. Elle se repaît de notre douleur ! Elle jubile du terrible coup qu'elle vient de nous porter ! Mais je le jure sur tout ce que j'ai de plus cher, elle ne va pas juste mourir, elle va souffrir !

— Fódla !

Elle baisse son regard vers moi, la mine réjouie. Bouffie de l'orgueil de sa victoire, elle descend à ma rencontre avec une lenteur calculée. Pense-t-elle réellement qu'elle m'impressionne ? Que la vision qu'elle m'offre me fait peur ? La folle !

Au fond de moi, Kimiko s'agite avec frénésie. Malgré mon bannissement, elle finit par rejoindre la bête de marbre noir que je suis devenue.

— *Ne me sous-estime pas, compagne ! Ténèbres, lumière, douceur ou soif de sang, je suis aussi tout ça et je t'aime toute entière ! Ta rage est à moi ! Ta férocité est à moi ! Ta haine pour elle est aussi à moi ! Je veux combattre à tes côtés et tu ne pourras pas m'en empêcher ! Sa mort m'appartient autant qu'à toi !*

Son âme s'enroule autour de la mienne.

— *Oui,* telam, *ne rejette pas l'amour que nous te portons,* ajoute Aleksander. *Kimiko, Metyr et moi serons toujours avec toi, quoi que tu fasses.*

Leurs puissantes émotions m'enveloppent comme la plus douce des couvertures. Elles me nourrissent, me transportent, et ma soif de sang s'éteint pour laisser place à quelque chose dont j'ignorais l'existence. Une sorte d'entre deux, ou plutôt un mélange de deux états : la Rage de Sang des Immortels et la rancune ténébreuse et tenace des Dragons.

Mon âme sœur attrape mon poignet et glisse son épée dans ma main.

— *Tu es la Reine Blanche, ma Lili, et cette nuit verra ton avènement ! Regarde qui tu es !*

Une image s'engouffre dans mon esprit. Je me vois au cœur d'une bulle d'ombres, vêtue du kimono offert par mon

Dieu tutélaire, maintenant devenu blanc. Autour de moi, Kimiko, diaphane, dispense une lumière délicate qui fait briller les liserés d'or de mon vêtement. Sur mon épaule, une lueur orangée, au sein de laquelle se dessine la silhouette d'un petit oiseau de feu. Dans ma main droite, une longue épée à la lame d'un noir profond qui semble absorber la lumière plutôt que la refléter. La poignée, sobre et ergonomique, noire elle aussi, est ornée de motifs dorés serpentant avec élégance.

Cette lame n'est pas juste une arme de guerre. Elle est aussi un objet de pouvoir et de lignée, celle des Rois d'Héridane. Je la sens vibrer au creux de ma main. Mes doigts s'y sont posés avec familiarité, comme s'ils reconnaissaient une extension de ma propre âme.

Ici et maintenant, je me vois telle que je suis vraiment.

La Reine réprouvée touche le sol et, ses deux mains sur la longue poignée, elle pointe son épée étincelante vers moi.

Cette arme n'a pas été forgée pour elle…

— Je vais t'envoyer rejoindre ton Roi de pacotille une bonne fois pour toute, Leizu ! Comme lui, tu n'échapperas pas à *Claíomh Solais* !

Elle parle trop, c'est un avantage pour moi. Ses émotions se lisent sur son visage, et c'en est un autre. Je connais l'arme qu'elle brandit. Il s'agit de celle du Roi-Dieu Nuada des Tuatha Dé Danann. Elle est réputée pour trancher l'acier comme si c'était du papier et, infaillible, ses blessures sont toujours mortelles.

Dada… Sous ta forme draconique, tu ne pouvais pas lutter à armes égales contre elle…

Le vide se fait autour de notre futur combat. Fódla maintient encore un semblant de contrôle sur ses monstres et elle les envoie sur nos alliés présents dans la zone. À mesure que les secondes s'égrènent, mon esprit se calme et retrouve sa clarté. Le voile rouge qui s'était abattu sur le monde se dissipe et mes sens retrouvent toute leur acuité. Plus concentrée que je ne l'ai jamais été, je suis prête à me battre contre mon ennemie. Je sais à présent que je ne peux parer aucun de ses coups, au risque de détruire l'épée d'Alek. J'ai aussi conscience de la létalité de sa lame à la moindre égratignure. Pour ma part, je ne risque rien, mais Kimiko, si, et avec elle l'existence même de la source de mon don. La seule part de moi encore vivante. Je ne prendrai donc aucun risque…

Lors d'un duel, comme me l'ont enseigné mes chers professeurs au fil des siècles, la première arme à utiliser est la parole. Les émotions qu'elle est capable de susciter nous poussent souvent à commettre des erreurs.

— Pour reprendre les mots de ton ancien affidé, présomptueuse en plus d'être stupide. Tu peux essayer de me vaincre avec toutes les épées magiques que tu veux, tu ne gagneras jamais, Fódla. Et tu sais pourquoi ?

— Tais-toi ! C'est toi qui ne sais rien ! Je t'ai dépossédée de ton précieux médaillon et je me suis rendue dans le Royaume des Dieux. Cette fois, toutes les cartes sont dans ma main !

Elle s'énerve ? Parfait…

— Tu penses réellement que les Dieux sont de ton côté ? Pauvre petite Reine désavouée par son propre peuple ! Quelle naïveté !

— *Je* suis la Reine Blanche de la prophétie ! Je remporterai cette bataille et je régnerai sur les Mondes, c'est écrit ! Les Dieux en ont décidé ainsi et tu ne pourras rien y changer !

J'éclate de rire, puis je me reprends et simule la stupeur.

— Mais… C'est que tu es sincère en plus ! Tu crois à ce que tu dis ! C'est renversant de bêtise ! Tu t'en rends compte, n'est-ce pas ? Par quel sang et quelle âme penses-tu mériter ce titre ? Ah mais oui, c'est ça ! C'est cet imbécile de Ballaban qui t'a révélé cette ânerie pour mieux se servir de toi !

La Reine bout vraiment de colère. De fait, elle tremble et les traits de son visage sont crispés en une vilaine grimace.

Tout à coup, elle ne trouve plus les mots pour répondre à mes provocations et se laisse envahir par sa rage impuissante. Elle engage le combat, et c'est exactement ce que j'attendais. Les coups pleuvent sur moi sans qu'aucun ne me touche. Ils ne manquent pourtant ni de précision ni de force. Cependant, mon attention n'est focalisée que sur une seule action : l'esquive. C'est le deuxième procédé à employer. Il rend fou ! Romain me l'a rappelé avec brio lors de son duel sacré. Mais ce que je veux surtout, c'est qu'elle change de tactique, qu'elle se décide enfin à utiliser la magie en plus de sa lame. Je veux qu'elle tienne sa longue épée d'une seule main. Un coup bien placé sur son poignet devrait alors suffire à la désarmer.

Je dois la pousser dans ses retranchements…

— Regarde ! Tu vois que tu ne peux rien contre moi malgré ta belle épée ! Elle n'a de puissance que si elle me touche, mais tu en es incapable. Cette lame n'est pas la tienne, Fódla. Entre tes mains, on dirait un jouet bien trop grand pour toi ! Tu es loin d'égaler Nuada ! Dommage que Liadan ne soit plus à tes côtés, elle aurait pu t'aider…

J'éclate à nouveau d'un rire dont la fausseté lui échappe.

À force de la brocarder, elle va bien finir par céder…

— Je t'interdis de prononcer son nom ! hurle-t-elle, un peu essoufflée. C'est de ta faute tout ça !

Alors qu'elle prend le temps de m'agonir d'injures pour retrouver son souffle et que sa colère monte d'un cran, Alek s'engouffre un instant dans mon esprit.

— Telam, *où veux-tu en venir avec cette stratégie ? Pourquoi ne pares-tu pas ses coups pour contre-attaquer ? Tu es bien plus forte qu'elle, je ne comprends pas…*

— Tu ne connais pas cette épée, n'est-ce pas ?

— Non… Qu'a-t-elle de si spécial ?

Je lui explique en quelques mots l'origine et les particularités de cette arme. Mais quand je porte à nouveau toute mon attention sur la Reine, l'expression de son visage a changé. Elle regarde par-dessus mon épaule et un sourire vicieux se dessine sur ses lèvres. Un sourire qui signifie : voilà ma némésis !

Alors là, ma cocotte, ça ne va pas tout à fait se passer comme tu l'imagines ! Je ne te laisserai jamais toucher un seul de ses cheveux !

Contre toute attente, au lieu de mes invectives, c'est son désir de vengeance qui la pousse à la faute. Elle libère une main de la poignée de son épée et lance un sort qui lui permet de s'élever à nouveau dans les airs afin d'avoir un meilleur angle d'attaque. Sa cible ? Mon âme sœur, bien entendu. Elle sait qui il est, et par son attitude, elle a compris ce qui nous unissait…

— *Kimiko, j'ai besoin des ombres,* dis-je simplement.

Je la sens se retirer à l'intérieur de moi. J'ai confiance en son intelligence, elle sait ce que je vais faire.

— *Telam, c'est le moment que tu attendais. Je suis prêt à te servir d'appât et à recevoir le sortilège qu'elle me réserve.*

— *Je ne la laisserai pas utiliser sa magie sur toi, c'est trop dangereux ! Je ne manquerai pas mon coup, alors prépare-toi plutôt à lui subtiliser son arme.*

Aleksander se détache un peu de moi et se détourne de notre combat, comme s'il surveillait mes arrières – ce qu'il continue de faire, d'ailleurs. Il se place ainsi une immense cible dans le dos à laquelle Fódla ne peut résister. Je profite de son obsession vengeresse pour me glisser dans l'obscurité, derrière elle. Mais là, alors que je saute à sa hauteur et porte mon attaque sur sa main armée, son épée a déjà quitté ses doigts et file à une vitesse folle se ficher dans le dos de mon âme sœur. Le membre sectionné, Fódla hurle de douleur et tombe au sol en même temps que sa victime.

Mon cœur manque d'éclater. J'ai un instant de pure terreur

avant de me souvenir que sur lui, *Claíomh Solais* n'a pas plus d'effet qu'une lame ordinaire. Là, malgré sa souffrance, elle se tourne vers moi et se réjouit du coup qu'elle vient de me porter. Elle s'exclame entre deux éclats de rire :

— Maintenant, tu sais ce que ça fait de perdre la personne que l'on aime le plus au monde, sale garce ! Et ce n'est pas fini !

Elle se précipite pour récupérer son arme, mais je la devance sans difficulté.

— Je crois que tu as oublié un peu vite à qui tu avais affaire, Fódla…

D'un geste vif, je la saisis par le cou. Son hilarité laisse place à l'effroi. Elle ne comprend pas ce qu'il se passe. C'est le moment que choisit ma compagne pour remonter près de la surface. Je sens sa joie alors que je tiens, dans le creux de ma main, la vie de celle qui nous a tant fait souffrir. Sans la moindre hésitation ni le plus petit scrupule, je lance mon don à l'assaut de son corps et lui sectionne la moelle épinière, mais sans la tuer. Avant de me retirer, je concentre un peu d'énergie curative sur son poignet et fait cesser l'hémorragie. J'ai encore des projets pour elle. Sans plus la regarder, je la lâche et elle s'affale dans le sable comme une marionnette privée de ses fils. Je marche ensuite vers le corps sans vie de mon aimé.

— Que m'as-tu fait !? hurle-t-elle à s'en arracher les cordes vocales. Espèce de sale pourriture, que m'as-tu fait !? William ! Williaaaam !

J'empoigne la garde de l'épée de lumière et l'arrache du dos d'Aleksander, puis je la jette à côté de lui.

En plein cœur… Je suis désolée, mon amour. Ça n'a pas dû être très agréable…

— Putain ! Ça fait mal ! jure-t-il en se relevant.

Sa blessure déjà cicatrisée, il s'empare de l'arme d'une main et de la nuque de la Reine de l'autre. Il la soulève et la maintient sans effort, le visage tourné vers moi.

— Comment est-ce possible ? Tu devrais…

— Être mort ? Mais je le suis, petite sidhe. Je l'étais même bien avant que l'envie te prenne de m'embrocher avec ton cure-dent magique, pauvre cinglée !

Elle tente de se dégager de la prise de mon âme sœur, sans succès. Ses jambes ne répondent plus et ses bras manquent cruellement d'énergie.

— Lâche-moi ! Espèce de… de…

— Je préfère te garder aux premières loges.

La terre commence à trembler sous nos pieds et un froid intense balaye le champ de bataille. Une grande magie est à l'œuvre et ce n'est pas Fódla qui en est à l'origine.

— Ogme, murmure-t-elle, ravie et soulagée.

Mais ses espoirs sont vite balayés par une flèche lumineuse venant de la cité. Loin au-dessus de nos têtes, retentit un rugissement titanesque, suivi d'une explosion de lumière. La Dame de Byblos se dresse face à Ogme, le Dieu celte de la magie. Même affaibli, il reste dangereux.

Geblit… Ce combat est le tien… Bonne chance mon amie !

Alors que nous sommes quelque peu distraits par l'affrontement divin, la Reine essaye d'utiliser ses maigres forces pour lancer un nouveau sortilège. Mais Alek veille.

— Oh non ! Pas de ça avec moi ! Si tu poursuis ton incantation, je t'arrache la langue pour te faire taire. Pigé ?

Elle s'arrête sous la menace, mais ne cesse pas pour autant de crier.

— Vous n'êtes que des sauvages ! Des barbares ! J'aurais dû vous écraser bien plus tôt !

— Mmm… Tu ne sais pas ce que sauvagerie veut dire, Fódla, susurre Aleksander. Mais oui, tu as raison, tu aurais dû… Tu sais, elle ne va pas tout de suite t'offrir la consolation de la mort. Ce serait bien trop doux au regard de tous les crimes que tu as commis… Elle va d'abord te faire découvrir la véritable profondeur des abîmes du désespoir. Avant de rejoindre l'En-Dessous, tu vas tout perdre, jusqu'à ta dignité dans le trépas. C'est une promesse qu'elle t'a faite, et elle tient toujours ses promesses. Pour mon père, pour ses enfants, et pour tous ceux à qui tu as fait du mal dans le seul but d'assouvir tes désirs de grandeur et de vengeance… Regarde-la ! C'est aussi ton œuvre, après tout. Regarde ce que tu as fait d'elle. N'est-elle pas magnifique ?

Les mots de mon âme sœur me touchent beaucoup. Il me comprend et accepte tout de moi, même la cruauté dont je suis capable par vengeance ou pour protéger les miens.

Les ténèbres les plus cruelles et la lumière salvatrice font partie de moi… Il *les accepte et* je *les accepte aussi… Avec lui à mes côtés, je peux enfin embrasser mon destin… Si tu savais comme je t'aime, Aleksander Shardra !*

— *Me le répéteras-tu à haute voix,* telam *? Je t'aime aussi plus que tout, Leizu. Montre-leur ce que sauvagerie veut dire !*

L'âme nourrie et le cœur plus léger, j'attends l'assaut furieux de Caldwell, qui arrive comme un boulet de canon. Et il ne me déçoit pas. Il jette toute ses forces et ses compétences martiales dans ce combat. Les coups pleuvent à nouveau sur moi, mais là, plus question de les esquiver ! J'ai une magnifique épée en mains et je sais m'en servir.

Attaques, parades, ripostes, le combat est âpre dans les toutes premières minutes. Il fait preuve d'un certain talent de bretteur, je dois le reconnaître. Mais je ne veux pas que notre affrontement s'éternise, je n'ai pas de temps à perdre. Il reste encore beaucoup trop de Sans-Âmes à neutraliser.

À la différence de Manar lors de notre duel, William ne parle pas. Il reste concentré et enchaîne les coups avec fluidité. Une entaille sur sa cuisse, une autre sur mon bras, ces blessures ne sont rien pour nous. Elles guérissent en un rien de temps. Je le teste, je dissèque et analyse sa technique encore quelques petites minutes, et je finis par trouver la faille.

École allemande… Ses suites de mouvements larges et mordants sont destinés à me déséquilibrer. Mais ils constituent aussi la plus grande faiblesse de ce style. Quand l'une de ses attaques amples échoue sans rien toucher, son arme et ses bras sont emportés par leur élan et cela crée une ouverture sur l'un de ses flancs…

Lui non plus ne veut pas que ça traîne ! Son dernier assaut est d'une violence inouïe. Je le laisse m'effleurer le ventre pour être au plus près de lui. Emporté par la force de son mouvement circulaire, il découvre ses côtes. Sans attendre qu'il arrive en bout de course, je saisis mon *kaiken* qui ne quitte jamais les plis de mon *obi* et m'engouffre dans la brèche. Je le lui plante en plein cœur, ce qui l'immobilise complètement. Deux pas en arrière, et d'un grand coup en courbe, je détache de ses épaules sa tête qui roule dans le sable quelques mètres plus loin.

— Non… Non… Non…

Fódla n'a que ce mot à la bouche. Les yeux exorbités, elle me regarde anéantir ses rêves, ses plans et ses désirs. Dans un fracas épouvantable, tel un terrible orage sans pluie, le combat des Dieux se poursuit loin au-dessus de nous.

Je me précipite sur toutes les abominations que je vois et leur inflige le même traitement qu'à William. Je récolte griffures et morsures dans la bataille, mais n'en ai cure. Lorsque je sens mes forces faiblir par manque de sang, je me nourris sans vergogne sur l'une de mes proies en lui arrachant la gorge au passage.

Alek ne quitte pas mes arrières, armé de l'épée lumineuse des Tuatha Dé Danann. Je ne laisse pas grand-chose dans mon sillage, ce qui lui permet de maintenir sa prise sur la nuque de la Reine. Enfin, ce qu'il en reste… Ses larmes coulent sans discontinuer et ses épaules sont agitées de sanglots déchirants.

Elle continue de répéter « non » comme un mantra…

Dans le ciel, mes congénères crachent toujours leurs flammes sur l'ennemi, dont les rangs sont maintenant plutôt clairsemés, et les soldats sidhes encore en vie ont pris la fuite. Il ne reste qu'une dizaine d'Immortels et peut-être deux centaines de Sans-Âmes. Certains ont traversé nos lignes de défense et se sont engouffrés dans les rues de la cité.

J'espère que la tactique de Louis fonctionne… Courage mes amis ! C'est bientôt terminé !

Encore de longues minutes d'un combat acharné, entourée de dragons, d'Abdolonymos, le thérian Immortel au compagnon ratel, ainsi que d'Awa Diokhana et de son démon. Mon regard s'attarde sur ce dernier… Un visage glabre plutôt jeune aux traits fins et aux yeux mauves luisants, deux cornes brunes torsadées sur les côtés de son crâne, de jolies oreilles pointues et des vêtements violets brodés d'or de style indien, la veste largement ouverte sur un torse lisse à la musculature parfaite. De ses mains s'échappent des volutes de pouvoir de la même teinte que ses yeux. Voici un magnifique spécimen qui ne doit laisser personne indifférent ! Et en plus d'être très beau – ce dont il a tout à fait conscience et use et abuse, j'en suis sûre – sa puissance ne fait aucun doute.

Un démon supérieur… peut-être un noble, voire un membre de la famille royale…

Je tourne à nouveau toute mon attention vers mes autres compagnons d'arme qui ne sont pas au meilleur de leur forme. Ils restent cependant d'une vaillance exemplaire. Nous avançons sans faillir jusqu'à éliminer le dernier ennemi.

Le champ de bataille est maculé du sang des deux camps, mais seules restent les dépouilles de nos adversaires. Je me tiens là, au milieu de tous ces monstres taillés en pièces ou changés en statues carbonisées. Le silence est retombé sur la bande de désert séparant la cité de la grande forêt de cèdres.

L'air est irrespirable, rempli des odeurs de feu, de chair brûlée, de sang et de soufre résultant de la magie des démons.

C'est fini.

Je laisse le soin à mes alliés de vérifier chaque corps pour éviter la mauvaise surprise d'une attaque soudaine d'un rescapé, et je me tourne enfin face à Fódla.

— Je t'avais dit que tu ne gagnerais pas…

Pâle comme une morte, elle reste muette, mais la haine n'a pas entièrement disparu de son regard autrefois si doux. Alors je poursuis :

— Ton armée n'était animée que par tes propres aspirations. Elles te semblaient grandioses alors qu'elles étaient petites et mesquines, centrées sur ta seule personne. Une attitude bien égoïste qui n'engendre aucune adhésion durable, aucune affection fédératrice. Pour tout le mal que tu as fait et pour respecter ma promesse, tu vas mourir cette nuit, Fódla. Mais pas de ma main. Je vais laisser cet honneur à une autre personne qui souffre aussi le martyre par ta faute.

À l'instant où je termine mon petit discours, je la vois écarquiller les yeux de terreur. Un courant d'air puissant balaye l'endroit où nous sommes. Dans mon dos, d'immenses ailes battent une dernière fois avant que ma petite sœur adorée se pose.

Milinala, la dragonne de Davorka, me pousse du museau avec douceur pour que je me retourne. Ce que je fais, bien-sûr. À côté d'elle, se pose un immense dragon couleur terre de Sienne avec une tache rouge foncé sur le front : Orlok, le compagnon du commandant Ashar. Lui aussi approche sa grosse tête écailleuse de mon giron. Depuis qu'ils ont appris à voler, alors qu'ils n'étaient que de minuscules dragonnets, ils ne sont jamais bien loin l'un de l'autre, ces deux-là.

D'ailleurs, maintenant que j'y pense… Serait-il possible qu'ils soient…

Je scrute le vide entre leurs énormes corps, mais dans un premier temps je ne vois rien. Puis la lune sort de sa cachette, derrière un gros nuage, et là tout devient très clair. Je le vois ! Il est là, rouge et plus fin qu'un cheveu, et il relie leurs pattes sans qu'ils n'en sachent rien. J'en suis heureuse pour eux… Cette petite joie me met du baume au cœur.

— Mes petits lézards, murmuré-je en caressant les contours de leurs yeux. Je sens votre chagrin, et j'en suis profondément désolée. Je n'ai pas pu nous épargner ces pertes si douloureuses… Je n'ai pas su les protéger…

Les deux dragons tendent le cou vers le ciel pour rugir leur colère et leur peine. Ils ramènent leurs têtes près du sol et se contorsionnent pour regarder derrière moi. Un grondement sourd et continu s'échappe de la gueule de Milinala. Elle braque ses magnifiques yeux bleus sur son frère, sur moi, et enfin sur notre prisonnière. Son regard nous dit tout de son désir meurtrier.

Aleksander jette ce qu'il reste de la Reine du Peuple des Collines aux pieds de sa sœur. Fódla pleure, crie, supplie, prie ses Dieux de lui venir en aide, mais rien ne peut infléchir notre décision. Pour nous, elle est bien au-delà de toute rédemption, elle ne mérite que de pourrir dans l'En-Dessous.

Au moment où elle tente une dernière fois de ramper loin de son funeste destin, Milinala la saisit rageusement dans sa gueule et s'envole. J'adresse un léger signe du menton à Orlok et celui-ci décolle derrière sa féroce dulcinée.

Aleksander enroule son bras autour de mes épaules et me serre contre lui. Ensemble, nous regardons notre sœur et notre ami s'éloigner vers le mont Liban.

À l'horizon se lève l'aube d'un autre jour. Le premier d'une nouvelle ère où tout reste à imaginer et à construire.

Chapitre 23

Siobhán

La massue de Dagda

À genoux près du corps de Romain, le visage inondé de larmes brûlantes, je hurle mon supplice vers le ciel.

J'ai mal… J'ai si mal ! Mon amour… Étendu là, sans vie… Je n'ai pas su te protéger ! Mon pire cauchemar est devenu réalité !

Je me relève, l'esprit en déroute. J'ai l'impression qu'il quitte mon corps et se fragmente en des milliers de petits morceaux. Et cette souffrance… Insupportable ! C'est comme si une lame émoussée me poignardait le cœur encore et encore, jusqu'à atteindre mon âme et la blesser avec cruauté. Cette douleur, telle de l'huile jetée sur un feu, attise en moi un terrible incendie que je n'ai aucun désir de calmer. Je veux qu'il devienne brasier, tempête de feu, ouragan de flammes !

Nous avions l'avenir devant nous… Comment vais-je pouvoir continuer sans toi ? En ai-je seulement envie ? Non… Mais avant de te rejoindre…

— Fallait pas faire ça… Vous allez me le payer ! VOUS ALLEZ TOUS PAYER !

Mon pouvoir explose ! Je le laisse s'échapper de mon corps et consumer le monde. Il engloutit et ravage tout ce qui est à sa portée, sans pour autant m'accorder la moindre consolation.

Mais je m'en fiche complètement. Ce que je veux, c'est tous les brûler vifs, les détruire comme ils m'ont anéantie en prenant la vie de celui que j'aimais.

Soudain, alors qu'avec mon pied je maintenais un dernier contact avec le corps de Romain, celui-ci disparaît. Il ne reste de lui que son *daishō*, sa paire de lames préférées. Tout en le cherchant des yeux autour de moi, je me penche et ramasse la première qui me tombe sous la main : son *wakizashi*. Au-delà de la masse grouillante de nos assaillants, au sommet d'une petite butte, j'aperçois la silhouette d'un homme qui en porte un autre dans ses bras. À la faveur d'un rayon de lune, je reconnais les vêtements d'un soldat de Fódla et ceux de Romain. Il me fixe et ne bouge pas, comme s'il attendait que je le voie. À ma peine s'ajoute la fureur qu'il me nargue du haut de son monticule. Beaucoup d'ennemis se dressent entre lui et moi. Qu'à cela ne tienne ! Je tracerai un chemin de cendres jusqu'à lui et il payera, comme tous les autres !

J'enflamme la lame de l'amour de ma vie et me lance à l'assaut dans un cri de bête enragée. Je brûle et décapite chaque adversaire qui ose se mettre en travers de mon chemin. Sans un regard en arrière, j'avance vers le ravisseur. Dans mon dos, les dragons rugissent, la magie crépite, tous les combattants se déchaînent, le chaos recouvre le champ de bataille. L'air est saturé de fumée et de l'odeur de chair carbonisée. Au loin, j'entends *baba* hurler une promesse de mort qu'elle tiendra, je n'en doute pas une seconde. C'est son combat, et j'ai aussi le mien.

Mètre après mètre, je progresse vers ma cible. Mais elle recule au rythme de mon approche. Les monstres se raréfient. Un soldat, plus courageux que les autres, se dresse tout à coup devant moi. Un maître de l'eau. Une masse aqueuse de forme humanoïde se précipite au combat et tente d'éteindre la torche vivante que je suis. C'est peine perdue ! Mon feu est bien trop ardent pour lui. Les cris d'agonie de l'élémentaire, puis de son invocateur, emplissent mon cœur d'une sombre satisfaction et alimentent un peu plus ma rage brûlante.

Arrivée en haut de la butte, plus aucun combattant ne s'oppose à moi. Ma frénésie incandescente n'a plus qu'un seul objet : le ravisseur. À la lisière de la forêt de cèdres, il disparaît entre les arbres. Je me lance à sa poursuite de toute la force de mes jambes. Au loin, je l'aperçois enfin, mais parce qu'il le veut bien. Immobile, le corps de Romain toujours dans les bras, il me regarde et m'attend. Puis il fait un pas de côté et disparaît à nouveau. Il vient de passer un portail !

Il veut que je le suive ? Il ne va pas être déçu du voyage !

Toujours entourée de ma tempête de flammes, je traverse à mon tour, telle une boule de feu.

De l'autre côté, il fait grand jour et le soleil brille de toute sa puissance. Éblouie, je m'arrête un instant pour que mes yeux s'y habituent. Quand enfin je retrouve une vue normale, je regarde autour de moi, médusée. C'est un changement radical de décors. Je me trouve dans un désert rouge, au pied d'une formation rocheuse qui s'élève comme une sorte de gratte-ciel sauvage façonné par le temps et les éléments. Plus loin, un énorme rocher posé sur un socle étroit défie la gravité avec insolence. Partout, des arches taillées dans la pierre qui va de l'ocre au rose, de magnifiques fenêtres naturelles au travers desquelles j'aperçois le bleu pur d'un ciel sans nuage ainsi que d'autres falaises et encore plus d'arches monumentales.

Mon regard quitte ces créations vertigineuses dressées telles des sentinelles et revient vers le sol. Je découvre alors un tableau dans lequel s'est invitée la mort. Je suis au milieu d'un campement sommaire. Je présume qu'il s'agit de celui de Fódla et de son armée. Le ravisseur n'est qu'à quelques mètres de moi, seul, debout à côté d'un énorme chaudron couvert de symboles celtes. À ses pieds, le corps de Romain, et un peu plus loin, plusieurs cadavres de soldats sidhes alignés.

Sa tête me dit quelque chose…

Perdue dans mon brouillard mental, je n'arrive pas à me souvenir de cet homme. L'ai-je déjà rencontré ? Combattu ? Il tend vers moi une main ouverte avec, entre ses doigts, les *magatama* sacrés du médaillon-clef. Un noir, un vert et un troisième blanc nacré, arraché au corps de Leizu avec une extrême violence. Ce simple geste m'arrête, alors que je m'apprêtais à fondre sur lui pour le réduire en cendres. Mon regard balaye la scène qui m'entoure dans une nouvelle tentative de compréhension. En vain. Je l'interpelle d'une voix rauque que je ne reconnais pas :

— Qui es-tu ?

— Jeune fille du feu, je m'appelle Gaelin Mac Gribín et je suis un maître de la terre au service de la rébellion et de son chef, Wyrran Miramaris.

Sa façon de s'exprimer, les mots qu'il choisit, son assurance, rien ne colle avec l'idée que je me faisais de l'espion sidhe. Je reste sur mes gardes.

— Pourquoi avoir emmené le corps de Romain jusqu'ici ? Que voulais-tu faire de lui ?

— Restaurer l'équilibre et réparer une injustice.

— « Restaurer », « réparer », de quoi parles-tu ? Je ne comprends pas !

Ma frustration ravive ma tempête brûlante et cela ne l'impressionne même pas. Il émane de lui une absolue sérénité face à mon déchaînement de feu. Il y a bel et bien quelque chose qui cloche.

— Cela t'a visiblement échappé, et tu l'aurais appris d'une façon ou d'une autre, alors autant te le dévoiler tout de suite… La mort de ce guerrier-né que tu nommes Romain résulte d'une intervention divine, ce qui, à mes yeux, constitue une terrible injustice. Et par surcroît, si rien n'était fait, elle bouleverserait l'équilibre des Mondes jusqu'au Royaume des Dieux.

— Pourquoi le conditionnel ?

— Jusqu'où serais-tu prête à porter ta vengeance, Siobhán O'Greaney du clan des puissants sorciers irlandais, à présent que tu sais qui est responsable ? Et que penses-tu que feraient la Reine Blanche et sa terrible âme sœur si elles l'apprenaient ?

— Que ce soit Leizu, Aleksander ou moi, sans oublier le reste de notre grande famille, nous pourchasserions le coupable jusque dans sa demeure divine, s'il le fallait. Même si pour cela nous devions ravager le Royaume tout entier afin de le débusquer !

— Voici la raison pour laquelle j'ai utilisé un conditionnel. Parce que si je n'interviens pas, c'est précisément ce qu'il va advenir. La majorité des Dieux n'en ont pas conscience, mais Leizu et toi êtes capables, à vous seules, de détruire leur joli petit nid douillet. Il en résulterait une sérieuse déstabilisation de tous les Mondes, et ça, je ne peux le permettre.

Maintenant j'en suis sûre, je n'ai pas affaire à un simple sidhe, espion ou pas…

Au moment où cette pensée me traverse l'esprit, un parfum incongru de fleur, d'arbre et de pétrichor parvient à mes narines. Les pièces du puzzle s'assemblent lorsque je me rappelle le récit de l'étrange voyage de Vaiana.

Je suis face à la Grande Mère, j'en mettrais ma main à couper !

— Tu es perspicace, mon enfant, et ta main est très bien au bout de ton bras. Nul besoin de la mettre en jeu pour moi.

Sans objet, ma rage retombe comme un soufflet. Mon regard se remplit de larmes et descend sur le corps de Romain. Rattrapée par ma peine, je m'approche de lui et m'agenouille près de sa tête. Je caresse amoureusement ses cheveux en m'attardant sur sa mèche blanche.

— Vous avez dit « si je n'interviens pas »… ? Vous allez…

— Je t'arrête tout de suite ! Je n'en ai pas le pouvoir. Par contre, je sais qui le possède. Bon… Il faudra peut-être… *insister* un peu, je dirais. Mais j'ai toute confiance en notre pouvoir de persuasion ! Et je suis sûre que nous recevrons de l'aide…

Je relève les yeux vers elle.

— Je ferai tout ce que vous voulez… Je suis prête à donner ma vie pour lui, pour qu'il revienne…

— Je ne t'en demande pas tant, petite sorcière. J'ai juste besoin de savoir une chose : s'il revenait différent ou amoindri, l'aimerais-tu avec autant de force ?

— Dans le bonheur comme dans les épreuves, dans la santé ou la maladie, je le chérirai jusqu'à mon dernier souffle, et peut-être même au-delà… Je l'aime depuis toujours, et pour toujours. Je ne peux pas vivre sans lui !

— L'amour est si puissant autour de la Reine Blanche ! C'est lui qui fait de toi qui tu es, et qui te donne le pouvoir de renverser un Dieu, Siobhán O'Greaney.

— Je ne sais pas si j'en suis capable… Mais si c'est l'épreuve que vous m'imposez pour me le rendre, je m'y plierai de toutes mes forces.

— Ce n'est pas moi qui t'imposerai quoi que ce soit, ce sont les circonstances. Afin de le ramener dans le monde des vivants, il va nous falloir nous rendre dans le Royaume des Dieux, restituer son chaudron au Dagda qui aura ainsi une dette envers toi. Et s'il est aussi bienveillant que son histoire le dit, il voudra s'en acquitter. Tu pourras alors lui demander la vie du jeune Romain en guise de remboursement. Grâce à sa massue, le Dieu Druide a le pouvoir de vie et de mort sur qui il veut. Un côté pour tuer, et l'autre pour ressusciter. Mais attention ! Ton âme sœur ne reviendra peut-être pas tel qu'il était avant son trépas. Cette magie est très puissante et elle a un coût des plus élevé…

— Je suis prête à le payer à sa place s'il le faut !

— Nous verrons bien le moment venu…

Toujours dans le corps de Gaelin, elle se baisse et me donne les trois *magatama*, puis reprend mon amour dans ses bras.

— Pour former le médaillon, tu dois d'abord placer la pierre blanche, puis la verte et enfin la noire. Sa magie opérera et nous ouvrira le portail. Je te laisse porter le chaudron et reprendre la clef quand nous aurons traversé.

Je suis ses directives à la lettre. C'est comme ça que nous nous retrouvons sur le pont de cristal qui mène au cœur du Royaume des Dieux. Malgré la triste raison qui m'amène dans ce lieu, je m'émerveille. Les palais aux colonnes changeantes, les avenues baignées de lumière, le fleuve d'argent et les petites bulles brillantes qui s'en échappent, la douce mélodie des prières des mortels… J'admire tout ça, mais je ne m'y attarde pas. L'espoir fou de rendre la vie à Romain balaye cette splendeur parce qu'elle n'est rien en comparaison.

Grâce aux souvenirs de l'espion, la Grande Mère nous mène jusque devant la demeure défraîchie du Dagda. La Déesse dépose Romain avec délicatesse sur les dalles grises qui recouvrent la première marche du grand escalier. Je me déleste de mon fardeau et hurle le nom du Dieu Druide à pleins poumons. Je concentre en moi toute la magie qu'il me reste, prête à affronter n'importe qui ou n'importe quoi.

Dans un premier temps, seul un lourd silence répond à mon appel. Même les chuchotements des ombres cessent. Je crie encore, plus fort, et d'un revers de la main, je génère un léger souffle qui porte ma voix jusqu'au fin fond du palais. Tant que personne ne se manifeste, je recommence. À ma sixième tentative, une brume apparaît en haut de l'escalier et glisse lentement vers nous.

— Qui ose ainsi troubler le repos du Dieu Druide sans

permission ? lance une voix gutturale de femme.

— La Morrigan… chuchote la Grande Mère.

— Je suis la sorcière de feu et je demande audience au Dagda ! S'il ne veut pas venir à moi, ici et maintenant, je pénétrerai dans son palais et irai jusqu'à lui ! Et si tu essayes de m'en empêcher, toute Déesse que tu sois, je te détruirai !

— Voyez-vous ça ! se moque la voix. Tu te permets de me menacer, petite humaine insignifiante ? Sais-tu qui je suis ?

Un immense loup noir aux yeux rouge sang apparaît au milieu de la brume et approche à pas lents.

Ah, elle a décidé de me barrer la route ! Elle va voir de quel bois je me chauffe, la grognasse !

— Montre-toi, Morrigan, au lieu de m'envoyer ton sale clébard ! Serais-tu trop lâche pour me faire face ?

Je n'ai pas la patience d'attendre son bon vouloir, j'ouvre les hostilités. J'écarte les bras, libérant une vague de feu qui file droit sur l'animal, et au contact de laquelle la brume s'évapore. Juste avant qu'elle n'atteigne le loup, celui-ci se transforme en une volée de corneilles qui se posent plus loin.

— Petite insolente ! Comment oses-tu ? s'emporte la Déesse. Je vais te faire ravaler tes insultes et tes petites étincelles !

Les corneilles se changent en une magnifique jeune femme aux yeux almandins et aux longs cheveux noirs, vêtue d'une robe de la même couleur dont le tissu vaporeux effleure le sol. Elle tend un bras vers moi, main ouverte et le peu de brume qu'il restait se change en une nouvelle volée de corneilles. Sa voix, portée par un vent qui ne souffle que pour elle, pénètre mon esprit comme un venin fatal :

— Ton corps mortel pourrira et je le donnerai en pâture à mes familiers. Tu le sens déjà, n'est-ce pas ? Tes entrailles brûlent et vont se liquéfier ! La douleur sera telle que tu en perdras la raison !

En effet, je sens quelque chose en moi, mais bien loin de la putréfaction promise. Une tempête se lève, d'abord faible, elle se renforce au fil des secondes. À la fois brûlante et glacée, c'est un peu comme si le soleil et la lune se disputaient mon corps.

Le Soleil, la Lune, la Tempête ! Kansha shite-orimasu, Amaterasu-sama, Tsukuyomi-sama, Susanoo-sama! Merci infiniment…

Je ne suis plus seule à combattre ! Une puissance inédite envahit mes veines, et mon corps est impatient de l'utiliser. De ma main droite, je façonne un fouet de feu, alors que la gauche se couvre de givre. Je frappe Morrigan de cette longue langue incandescente qui s'enroule autour de son corps sombre. Elle hurle de douleur et cherche à se dégager de ma prise. Mais je la ramène à moi et lui impose un touché glacé. Elle crie de plus belle. Dans un dernier sursaut de pouvoir, elle se transforme en corneille pour m'échapper. L'oiseau quitte les lieux à tire-d'aile dans un coassement furieux et disparaît vers le fond de la demeure, les ailes roussies.

— Dagda ! hurlé-je à nouveau en montant la première marche. Montre-toi, ou je détruis ton palais ! Pierre après pierre, je le réduirai à néant ! DAGDA !

Pour preuve, je lance une boule de feu sur ma droite, à l'angle du bâtiment. Deux colonnes cèdent sous l'impact et entraînent dans leur chute une partie de l'avant-toit. À côté de moi, la Grande Mère quitte le corps de Gaelin qui s'affaisse près de celui de Romain. Ni nue ni habillée, une multitude de petites fleurs et de jeunes pousses recouvrent les parties intimes de son corps à la peau semblable à de l'écorce. Ses cheveux noirs d'une longueur interminable et ses yeux étoilés complètent son portrait, fidèle à celui que Vaiana nous avait fait d'elle.

Une légère brise s'enroule autour de la Déesse, puis gagne l'entrée du palais et s'engouffre à l'intérieur, emportant avec elle son doux parfum caractéristique.

Alors que mes appels sont restés sans réponse, il ne faut que quelques secondes au Dieu Druide pour réagir à celui-ci. Un géant trapu et musclé au ventre rebondi apparaît en haut des marches. Il est simplement vêtu d'une tunique grossière en peau, nouée à la taille par une corde rustique, et à ses pieds, d'une paire de bottes plus usées que celles d'un paysan. Sa peau bronzée couverte de cicatrices et de tatouages, ainsi que sa touffe de boucles grises emmêlée de brindilles et de feuilles, lui donnent un air à la fois ridicule et sublime. Son énorme massue calée sur son épaule, il darde sur nous un regard noir parsemé d'éclair.

— Grande Mère, que me vaut le déplaisir de découvrir une fille du feu enragée sur le pas de ma porte ?

— Père des druides… répond la Déesse en le saluant du menton. Nous nous imposons dans ton domaine pour te restituer ton bien.

Je m'écarte et elle désigne le chaudron de la main. Le Dagda fronce ses sourcils broussailleux, contrarié. S'il est surpris que nous soyons en possession de l'un de ses attributs, il le cache bien.

— *Coire Ansic*… Comment est-il arrivé entre vos mains ?

— Je suis au regret de t'informer de la trahison de ton épouse ainsi que de celle de ton frère, dévoile la Grande Mère.

Puis elle lui relate en peu de mots les événements qui nous ont conduites jusqu'à lui, sans rien dire de la raison première de notre présence. Je laisse à la Déesse le soin de mener cette conversation ô combien importante pour l'équilibre qu'elle protège avec tant d'acharnement. À mes yeux, la seule chose qui compte, c'est qu'il me rende Romain.

Au fur et à mesure du récit, son visage s'assombrit. La colère monte en lui comme la marée, mais il ne laisse rien paraître. Puis elle redescend, cédant la place à une tristesse amère.

— Je n'aurais pas dû me désintéresser du sort des Hommes et me retirer ainsi dans mon pauvre palais, murmure-t-il, affligé. Tu dois me trouver bien pathétique, non ? D'avoir choisi la fuite sans m'apercevoir que j'étais si mal entouré…

— On ne choisit pas sa famille de sang, Dagda. Tu es considéré comme sage parmi les sages, tu devrais le savoir. Mais tu dois mettre fin à ton aveuglement volontaire et prendre les mesures qui s'imposent.

— Je suivrai ton conseil avisé, Grande Mère. Mais toi qui refuses depuis toujours de t'impliquer dans les affaires divines, si tu es venue jusqu'ici, ce n'est pas juste pour porter la trahison des miens à ma connaissance ni me rendre ce qui m'appartient. Je me trompe ? L'équilibre des Mondes est menacé.

— Je loue ta sagacité, mon enfant. Je n'ai pas l'intention de rester très longtemps… Juste ce qu'il faudra… Tu sais qu'il n'est pas dans mes habitudes ni de faire des prédictions ni d'interférer dans vos intrigues, mais cette fois, je le dois. Si je suis là aujourd'hui, c'est dans le but de protéger ce Royaume. Je suis sûre que tu n'es pas sans savoir qui est la Reine Blanche en réalité et ce qu'elle doit devenir…

— En effet. Mais je ne vois pas…

— Tu devrais me laisser terminer avant d'arguer de l'inviolabilité de cette terre sacrée.

Il soupire, puis pose la tête de sa massue au sol et s'appuie dessus, attentif. La Déesse poursuit :

— Vois-tu, cette nuit a vu son *véritable* avènement grâce au soutien mal avisé que ton frère a apporté à la Reine Fódla dans sa quête de puissance et de domination. Leizu, puisque tel est son nom, est maintenant consciente de l'immense pouvoir qu'elle possède et son âme est complète. La seule chose qui lui manque, c'est de mettre un mot sur ce qu'elle est devenue. Comprends-tu ce que cela implique ?

Le Dagda hoche la tête et moi je suis tout ouïe.

Qu'est-ce que c'est encore que cette histoire ? Baba *ne serait pas juste la Reine Blanche ? Que peut-elle être de plus ?*

— Il se trouve que le jeune homme en noir, qui gît sur les marches de ta demeure, est l'un de ses enfants, et que sa mort ne résulte que de l'intervention de ton frère, Ogme. De plus, dans son inconséquence, Fódla a tué le Roi des Dragons d'Héridane, un être merveilleux que Leizu aimait comme un père, et ce, grâce à *Claíomh Solais.* Épée qui sera, bien-sûr, restituée à Nuada le moment venu.

La Déesse fait une pause le temps que ses mots pénètrent bien l'esprit du Dieu Druide. Celui-ci pâlit sous son bronzage et ses magnifiques yeux se remplissent d'effroi. Il ouvre la bouche pour répondre mais aucun son n'en sort. Il est figé.

Il a compris quelque chose qui m'échappe encore… Et pourquoi la Grande Mère lui explique-t-elle tout ça ? Serait-ce pour que je le sache aussi ?

Elle poursuit sa démonstration de sa voix douce mais implacable. Le contraste entre ses mots et son ton est saisissant.

— Je dois souligner également que la jeune Siobhán, ici présente, est l'âme sœur de ce garçon, une sorcière du feu accomplie, en plus d'être la plus douée des élèves que la Reine Blanche ait jamais eus.

Le Dieu glisse le long du manche de sa massue et tombe assis sur les dalles grises de son palais. Son visage est livide. Il secoue la tête comme s'il refusait d'admettre la véracité des propos qui lui sont tenus. La Déesse enfonce le clou :

— Maintenant, un choix s'offre à toi, père des druides et détenteur du *Lorg Mór* : réparer de ta massue les errances de ta famille et rendre la vie à ce jeune homme, ou subir l'ire de la jeune femme qui m'accompagne ainsi que de celle qui aura un jour le nom de Déesse. Tout à l'heure, je t'ai dit qu'il était rare que je me laisse aller à des prédictions, mais ici et maintenant, voici une exception. Si tu ne le fais pas, et ce en y mettant toute ton âme pour en payer le prix, tous les responsables mourront, toi y compris, Dieux ou non, et ce Royaume disparaîtra en partie, voire en totalité.

Nom de Dieu de bordel de merde ! Pardon mamie Léonie, mais là… Une Déesse… Elle est sérieuse ?

— Je suis on ne peut plus sérieuse, me répond-elle, l'air de rien. Réfléchit bien avant de te décider, Dagda. Elles en ont le pouvoir, je te le garantis.

Un profond soupir échappe au géant abattu. Il regarde sa chère massue avec tristesse.

— Je vais le faire… murmure-t-il, résigné. Et j'en payerai le prix…

C'est quoi maintenant cette histoire de prix ? Je suis prête à payer, moi ! Tout ce qu'il veut, mais qu'il fasse vite, bon sang !

— Pourquoi devrait-il se dépêcher, petite Siobhán ? me chuchote la Grande Mère.

— Quand vous m'avez rendu espoir, j'ai cherché au fond de moi si notre lien était rompu et il est encore là. J'ai confiance en Romain et dans la force de l'amour qu'il éprouve pour moi. Mais je sens un tiraillement de plus en plus puissant au creux de mon ventre, et un sentiment d'urgence m'oppresse sans relâche.

Le Dieu Druide se relève avec difficulté. On dirait qu'il vient de vieillir de mille ans en quelques minutes.

— Amenez-le moi, lance-t-il en entrant dans sa demeure.

— Prend le chaudron, jeune fille, je m'occupe de ces messieurs.

Nous suivons le géant jusqu'à une sorte de salon à l'aménagement plus que sommaire puisqu'il se limite à un sofa, un tapis élimé aux couleurs indéfinissables, une immense chaise et un grand bureau. Meuble sur lequel la Déesse, retournée dans le corps de l'espion, étend Romain avec douceur. Je dépose la marmite divine dans un coin sans plus m'en préoccuper et m'approche du corps de celui que j'aime plus que tout.

— Pour mettre toutes les chances de notre côté, je vais te donner un peu de moi, annonce la Grande Mère en plaçant une branche fleurie sur la poitrine du défunt.

— Moi aussi je peux vous aider si vous en avez besoin, ajouté-je.

Le Dieu soupire à nouveau à fendre l'âme et me parle d'une voix blanche et monocorde :

— Tu n'as pas le don de transfert, mais puisque vos âmes sont déjà liées, tu peux lui donner ton souffle quand je le toucherai de ma massue. Et si tu peux y mêler un peu de ta magie, ce sera encore plus efficace.

Il joint le geste à la parole et pose, avec la plus grande délicatesse, le côté fin de son attribut sur la tête de mon guerrier. De la pointe vers les racines, le brun de ses cheveux, ainsi que le morceau de bois fleuri disparaissent, comme absorbés. Aussitôt, la tension en moi se relâche. Notre lien n'est plus distendu ! Je me précipite sur sa bouche et souffle de toute la force de mes poumons en y ajoutant le plus de magie possible. Sous les miennes, ses lèvres se réchauffent et contre mon cœur, dans un sursaut, je sens le sien battre à nouveau. Les yeux débordant de larmes, je plaque mon oreille sur sa poitrine pour l'écouter. Je ne pensais pas qu'un jour je trouverais ce son si merveilleux.

Dans mon dos, j'entends un gémissement de douleur, suivi d'un sinistre craquement sec.

— Je suis fière de ce que tu as fait, père des druides, déclare la Grande Mère.

— Le prix que tu en as exigé est bien élevé pour une seule vie…

— Pour avoir rétabli l'équilibre, sauvé ta vie, celle des tiens et ton cher Royaume, penses-tu vraiment que ce soit si cher payé ?

Le Dieu ne répond pas.

Je jette un regard derrière moi et découvre le géant affalé sur son sofa. Il est amaigri et ses cheveux sont eux aussi tous blancs. Il tient dans ses bras les débris de sa massue, réduite à de simples morceaux de bois sans aucune valeur.

Lorsque je me penche à nouveau sur Romain, il ouvre enfin ses beaux yeux et m'adresse le plus magnifique des sourires.

— Mon amour ! Tu m'es revenu !

— Je savais… que tu trouverais… un moyen…

Je l'embrasse à pleine bouche devant les deux divinités sans honte ni pudeur.

— Qu'il est doux de contempler l'amour véritable… souffle la Déesse.

Alors que je veux me redresser, mes forces m'abandonnent. Les Dieux qui me soutenaient jusqu'à présent, se retirent. Un voile noir envahit mon champ de vision et je me sens glisser dans l'inconscience sans plus aucune once d'énergie.

— J'ai tout… donné…

Chapitre 24

Aleksander

L'oiseau de feu

Le calme après le chaos.

Je serre Leizu contre moi un long moment au milieu du champ de bataille. Je sais qu'elle a besoin d'un peu de temps pour faire redescendre la pression. Je lui embrasse les cheveux et respire sa senteur à pleins poumons. Comme les petits, je n'y résiste pas. J'ai le sentiment que son parfum de rose se renforce quand elle est entourée de ceux qui la chérissent… Mais ce n'est peut-être qu'une impression. Mon Dieu ce que j'aime cette femme !

Mon esprit glisse jusqu'à celui de Nicolas qui me sent approcher bien avant que je l'atteigne. Maintenant qu'il a lâché la bride à son don, il est d'une puissance impressionnante. Mais c'est d'une voix mentale épuisée qu'il m'interpelle :

— *Alek… Comment va* baba *? Et Sio ?*

— *Leizu va bien. Je suis avec elle… Par contre, je ne sais pas où est notre petite sorcière.*

— *J'ai perdu le contact avec elle tout à l'heure, mais je sens qu'elle n'est pas… Enfin, tu vois…*

— *Non, elle ne l'est pas ! J'en suis convaincu ! J'ai vu l'étendue de son pouvoir. Rien ne pouvait l'atteindre.*

Un instant de silence. Un gémissement contenu. Le jeune homme que je connais si bien et que j'aime comme mon propre enfant est au bord de la rupture.

— *C'est si douloureux, Alek !* Jiji, *Romain… Je n'arrive pas à l'accepter ! Et là, Sio qui disparaît et Vaiana…*

— *Je suis désolé, Nicolas. Leizu et moi n'avons rien pu faire… Mais ta femme… Elle va bien ? Que s'est-il passé ? Elle était avec toi, non ?*

— *Quand* jiji *est tombé, Hautiare l'a embarquée je ne sais où et là, elle vient de la ramener, mais elle est inconsciente et elle ne se réveille pas. Ryūjin-sama me dit de ne pas m'inquiéter, mais j'ai peur, Alek. Il reste en contact permanent avec elle et ça veut dire qu'il la soigne en continu ! Je pense savoir ce qu'elle a fait et ça me terrifie, merde !*

— *Ta petite Vaiana est forte, Nicolas, et celui qui prend soin d'elle n'est pas n'importe qui. Respire un bon coup, mon grand, je suis sûr que ça va bien se passer, d'accord ?*

— *O.K. T'as raison… J'ai confiance en lui !*

— *Et en ce qui concerne la cité ?*

— *Plus aucun ennemi à signaler. Les pièges ont très bien fonctionné et les petits groupes s'en sont plutôt bien sortis.*

— *C'est une bonne nouvelle… Il y a beaucoup de blessés ?*

— *Oui, la maison est pleine. Mais les cas les plus graves ont été pris en charge par Ryūjin-sama avant l'arrivée de Vaiana. La famille est à pied d'œuvre aux côtés des autres.*

— *Très bien… Garde tes forces, nous arrivons. Tu as plus qu'accompli ta mission, repose-toi maintenant.*

— *D'accord, je… D'accord…*

Il rompt le contact, même si je sens que son esprit fouille une dernière fois les environs avant de disparaître.

— Lili… (Elle se retourne dans mes bras.) Il y a un problème avec la petite Vaiana.

Son corps se tend et son regard s'assombrit à nouveau.

— Que s'est-il passé ? Comment a-t-elle pu mourir alors que…

— Elle n'est pas morte, ma chérie. Je sais juste que quelque chose ne va pas, mais je ne sais pas encore quoi. Ryūjin s'occupe d'elle et Nicolas nous attend.

— Avant de les rejoindre, j'aimerais aller au temple, s'il te plaît.

— Moi aussi, j'en ai envie. Allons-y.

Quelques minutes plus tard, nous passons les lourdes portes en cèdre du temple aux obélisques. Dans la cour intérieure, la prêtresse Cabiria est en prière près du corps de notre père. Dès qu'elle nous voit, elle se lève et s'avance vers nous, un masque d'angoisse sur le visage. Son trouble est tel que ses boucliers mentaux s'affaissent et laissent passer une image de la personne pour laquelle elle a si peur : Abdolonymos, son frère adoré. Pourtant, elle ne demande rien.

— *Lefkí Vasílissa,* Reine Blanche, commandant, je suis heureuse de vous trouver indemne, nous salue-t-elle en s'inclinant en signe de respect.

— Vous l'avez veillé… Merci beaucoup, murmure Leizu, émue.

— Je vous en prie.

Mon amour s'agenouille ensuite près de la tête de *dada* et lui caresse le visage. Son geste est empreint d'une immense tendresse et d'une profonde tristesse qui fait écho à la mienne. Une perle grenat dévale sa joue pâle alors que je sens la même larme solitaire couler sur la mienne. Je tourne le regard vers la jeune prêtresse.

— Pouvez-vous me dire combien de compagnons nous ont quittés ?

— Quatre-vingt-quatorze, monsieur. Tous les Peuples ont subi des pertes cruelles, même les petits hommes alors qu'ils n'étaient pas combattants. Pouvez-vous… Non, je… Pardon !

Elle lève une main devant sa bouche, comme pour s'interdire de parler, et baisse la tête.

Nos défunts sont plutôt peu nombreux au regard des monstruosités que nous avons affrontées. Mais un mort est déjà un mort de trop.

— Vous êtes inquiète pour votre frère ?

Elle relève les yeux, surprise.

— Il n'a rien ?

— Je peux vous assurer qu'il va bien. Il combattait à nos côtés.

Son regard retrouve sa lumière et se gonfle de larmes qu'elle parvient à retenir.

— Je veux voir Romain, souffle Leizu, la voix éraillée. Savez-vous où je peux le trouver ?

— Non, *Lefkí Vasílissa.* Je n'étais pas en charge du transport des corps, mais je peux demander si…

— Ne vous donnez pas cette peine, je le trouverai. Je voulais me recueillir un instant auprès de tous ceux qui ont perdu la vie cette nuit, de toute façon.

Elle embrasse le front de notre père, se lève et se rend directement dans la première pièce adjacente, sous la colonnade. Un à un, elle soulève les linceuls rouges qui recouvrent les corps puis, une main sur leur tête, elle adresse une prière au Dieu de chacun, sans exception. Alors qu'elle confie la dernière âme à sa divinité, toujours aucune trace du jeune homme.

— Il n'est pas là… Pourquoi n'a-t-il pas été amené ici comme les autres ? demande mon âme sœur à Cabiria.

— Je ne comprends pas. Peut-être n'était-il que blessé. Il est sans…

— Je sais qu'il n'est plus, je l'ai senti ! Et d'ailleurs, où est

Siobhán ?

— Nico non plus ne sait pas où elle se trouve, mais je suis sûr qu'elle est encore en vie, tenté-je afin de la rassurer. Elle est sans doute juste hors de portée. Un portail, peut-être…

— Oui, peut-être… Sans savoir où elle s'est rendue, nous ne pouvons qu'attendre… Je veux retrouver mes enfants, Alek. Ils ont besoin de moi, de nous.

Je prends Leizu dans mes bras. Elle souffre, et la frustration s'ajoute à son mal-être. Je le comprends, j'éprouve les mêmes sentiments. C'est juste que je les cache mieux qu'elle.

Sur le chemin de la maison double, elle se redresse et son visage se ferme. Elle ne veut pas montrer sa peine aux vivants. Nous y sommes accueillis par Fínola qui, malgré son statut, n'a pas ménagé sa peine pour venir en aide aux blessés. Déjà, avant la bataille, la Princesse du Petit Peuple avait pris les choses en main, avec l'aide de Benoît et Élodie, le père et la sœur de Nicolas. Tout avait été rangé et organisé de façon à traiter les blessures par type et de la façon la plus efficace possible. Leur synergie avait parfaitement fonctionné.

Ce qui me frappe le plus en entrant dans cet hôpital de fortune, c'est le silence. Sans être oppressant, il est à la fois digne et lourd de chagrin. Les victimes de cette guerre stupide ne se limitent pas aux morts, loin de là. Eux, ils ne souffrent plus, à la différence de ceux qui leur ont survécu et qui traîneront leur tristesse pendant des mois, des années, peut-être même jusqu'à la fin de leur vie.

Élodie est la première à nous voir au détour d'un couloir. Alors qu'elle tenait bon, malgré la perte de son fils et parce que c'est une femme de caractère, tout cède tout à coup maintenant que sa *baba* est là. Elle court vers son aïeule et s'effondre en larmes dans ses bras.

— Ils m'ont pris mon bébé…

— Mon ange, je suis tellement désolée… murmure Leizu en lui caressant les cheveux.

Alors que je m'approche pour la consoler aussi, elle s'accroche à moi, telle une naufragée. Son geste me va droit au cœur car, même si je connais les enfants de Leizu depuis leur naissance, j'ai toujours gardé une certaine distance à leur égard. Mon titre et mon rang en étaient les principales raisons, mais pas les seules. J'avais peur de les aimer sans que cela soit réciproque, comme avec ma Lili. En dépit de tout ça, alors que je ne me suis imposé dans leur vie que depuis quelques jours à peine, ils m'ont accepté comme si ma place avait toujours été là.

Bien que j'aie moi aussi perdu des êtres chers, je dois être fort pour eux, pour mon frère et ma sœur, et aussi pour ma Lili. Je veux qu'ils se sentent libres d'exprimer leurs émotions, sans avoir peur de s'écrouler, de se perdre ou de paraître faibles. Je veux qu'ils sachent que je serai toujours là pour les rattraper s'ils trébuchent. Ils ne tomberont pas !

Le reste de la famille arrive d'un pas lourd. Nous prenons le temps de leur témoigner notre amour.

Plus loin dans ce même couloir, un énorme chat noir avance la tête basse, une patte traînante. J'ai du mal à reconnaître Pacha avec cette attitude abattue. Il sort d'une chambre et entre dans la suivante sans nous voir.

— Allez les enfants, souffle Benoît sans enthousiasme, nous avons encore beaucoup à faire.

Il enroule son bras autour des épaules de sa fille, rassemble les siens à ses côtés et les emmène dans la grande salle. Lui aussi est un pilier de résilience pour sa famille. *Notre* famille, maintenant… Je suis fier de ces enfants qui deviennent un peu plus les miens à chaque minute que je partage avec eux.

Dans la pièce qu'Erland vient de quitter, Louis se trouve au chevet de Freya, entouré d'une bonne partie des Norsk Skogkatt. Leizu se précipite, mais elle sait comme moi qu'il est trop tard. La matriarche a déjà rendu son dernier souffle. Là aussi, nous montrons notre soutien sans faille au clan en deuil.

— Elle s'est sacrifiée pour me sauver, murmure Louis, les yeux rougis par des larmes de sang contenues. Je n'ai pas pu la mener à temps au Dragon, elle est morte dans mes bras…

Voilà sans doute l'une des dernières victimes, si ce n'est *la* dernière. Je le souhaite de tout mon cœur, en tout cas. Je pose une main sur l'épaule du petit Prince de Paris alors que Lili lui embrasse les cheveux. Puis elle se penche sur la dépouille de Freya et recommande son âme à la Grande Mère avant de poser son front un instant sur celui de la vieille dame avec affection. C'était son amie à elle aussi, depuis de nombreuses années.

Le tableau que nous découvrons dans la pièce voisine est bien différent. Ici aussi le silence règne, mais le temps y est comme suspendu, dans l'attente de quelque chose. Je me demandais justement où était Nicolas. Eh bien, il est là, assis en tailleur à côté du lit sur lequel est allongée sa femme inconsciente. Dans ses bras, il tient la petite fée, Angélique, endormie, les joues marquées pas les larmes. À ses côtés, Hans, le jeune thérian tigre blanc, veille, le visage dur et fermé par le chagrin. Il a tout d'un homme, mais pour nous, c'est encore un bébé. Pacha s'est roulé en boule contre Vaiana, la tête sur son épaule. De l'autre côté du lit, Ryūjin nous regarde entrer de ses yeux dorés, son éternel petit sourire bienveillant aux lèvres et la main de notre voyageuse dans les siennes.

Leizu câline ses trois enfants avec tendresse avant de prendre l'autre main de la jeune femme inconsciente. Elle écarte délicatement une mèche de cheveux de son visage pâle en sueur et lui caresse les joues.

Pour ma part, je vérifie l'état de santé du chat. J'effleure son esprit et je perçois tout de suite la douleur au niveau de sa patte arrière.

Pourquoi ne s'est-il pas fait soigner ?

Je pousse ma recherche un peu plus loin et comprends qu'il voit cette blessure comme sa juste punition pour ne pas avoir assez protégé la jeune femme qu'il aime comme une petite sœur… C'était sa mission et il a failli. En plus de la perte de sa grand-mère, voir Vaiana ainsi affaiblie l'accable. Je ne peux pas le laisser comme ça, et je suis sûr que Lili ne le voudrait pas non plus.

— *Ma chérie, peux-tu examiner Erland, s'il te plaît ?*

— *Il est blessé ?*

— *Je crois, oui.*

Elle le saisit en douceur par la peau du cou. Le chat réagit à peine tant il est englué dans sa peine et sa culpabilité. Elle le prend contre son cœur et caresse sa fourrure soyeuse. Par réflexe, l'animal enfouit sa tête dans le cou de Leizu et gémit alors qu'elle le soigne. Pour apaiser son profond désarroi, elle le garde au creux de ses bras.

Un sanglot discret attire mon attention, mais je n'en trouve pas tout de suite la source. Il me faut fouiller la pièce du regard et me déplacer vers Ryūjin pour repérer Hautiare derrière lui. Assise au sol, les genoux remontés sous son menton et entourés de ses bras, elle se balance doucement d'avant en arrière, le visage baigné de larmes malgré ses yeux fermés. C'est pourtant une femme qui ne s'en laisse pas conter… À la voir ainsi prostrée, dévastée, alors que je sais que le Clan des Aquatiques n'a subi aucune perte, je devine que son état est dû à un événement qui est bien au-delà de ça. Une vision, peut-être… Je m'accroupis face à elle et, pour préserver le silence, je me sers de ma télépathie. Son esprit, à l'instar de celui d'Erland, est grand ouvert, laissé accessible à celui de Nicolas, je suppose…

— *Hautiare ?*

Elle ne me répond pas.

— *Presciente Hautiare ?*

Elle sursaute et ouvre de grands yeux noirs effrayés à la mention de son don. Je crois que j'ai vu juste.

— *Majesté, je…*

Je plonge mon regard dans le sien et j'essaye de rester le plus doux possible.

— *Juste Aleksander ou Alek, vahiné, d'accord ?* (Elle acquiesce.) *Bien… Tu le savais, n'est-ce pas ? Tu savais ce qui allait arriver à mon père et à Romain.*

Elle ne dit rien, mais son tourment se lit jusque dans ses yeux. Je continue :

— *Si tu ne peux pas me l'expliquer, montre-le-moi. S'il te plaît, j'ai besoin de trouver une explication logique ou une raison valable à tout ça.*

Ses larmes redoublent. Avec délicatesse, je passe le dos de ma main sur son visage pour les essuyer.

— *Je ne te blâme pas, petite vahiné. Je sais que la clairvoyance est parfois un fardeau cruel, car même si on intervient, les événements se produisent malgré tout et on se sent alors inutile, impuissant et parfois même coupable. Montre-moi…*

Elle se remémore tout ce qu'il s'est passé et les images déferlent dans mon esprit. J'assiste aux épreuves qu'elle a traversées en accéléré, comme si elle souhaitait que cela dure le moins longtemps possible. La chute de mon père, de Romain, les paroles sibyllines du corbeau aux ailes de brume, et tout ce qui s'en est suivi. Je vois aussi quelles étaient ses intentions, puis ce qu'elle a essayé de faire afin de sauver ce qui pouvait l'être, avec le résultat que l'on connaît pour

Vaiana.

— *Merci…* dis-je en me relevant.

— *Me pardonnerez-vous un jour ?* supplie-t-elle d'une voix éteinte.

— *Je n'ai rien à te pardonner, Hautiare. Et eux, ils t'aiment. Tu as fait ce que tu pensais juste, et je sais combien cette décision t'a coûté. La guerre ne t'a laissé aucun autre choix, alors sois indulgente envers toi-même et accorde-toi ton propre pardon, jeune clairvoyante. Ton don est une bénédiction, ne le rejette pas.*

Je prends appuis sur le mur un instant. L'inéluctabilité de la mort de ces deux hommes que j'aimais tant est dure à avaler. Mais j'ai été élevé pour devenir Roi. Trancher, prendre des décisions difficiles ou un certain recul sur une situation complexe, je sais faire. Je suis donc parfaitement conscient que le corbeau avait raison. Si rien de tout cela n'était arrivé, l'explosion de pouvoir de Leizu et de Siobhán n'aurait pas eu lieu et nous aurions peut-être… Non, pas *peut-être*, nous aurions perdu. Cela dit, ça reste difficile à accepter…

Maintenant, j'ai compris ce que le grand cœur de Vaiana l'a poussé à faire. Je vais devoir briser le silence de cette pièce et faire redémarrer l'horloge. Il est urgent de la mener à mon frère et de trouver une solution, sinon elle finira par mourir. Le don de guérison de Ryūjin est certes puissant, mais pas sans limites.

J'espère que le Dieu Dragon pourra nous emmener tout droit en Héridane, et qu'il n'en a pas trop marre de nous et de nos conneries…

Je me tourne vers lui et son regard me transperce. Il m'adresse un sourire entendu.

— *Ah, oui ! C'est vrai… Vous lisez dans les esprits… Vous saviez, vous aussi, n'est-ce pas ? Pour mon père et Romain…*

Recevoir sa réponse, c'est comme faire face à une tempête en haute mer qui laisse dans la bouche un goût de sel et d'iode. Je serre les dents.

— *Oui, je le savais, âme sœur de mon enfant. Comme je sais déjà ce qui va se passer quand nous serons dans ton monde, et même après.*

— *Mais vous ne nous direz rien.*

— *Je sais que tu as compris pourquoi, et je vois en toi que tu acceptes cet état de fait. En plus d'un corps résistant et vigoureux, ton esprit est vif et solide, jeune Aleksander. Je ne pouvais rêver mieux pour ma seule enfant. Je peux juste te signifier une chose : comme depuis toujours, je serai à vos côtés. À mes yeux, ma famille passe avant tout.*

— *Merci, Maître des Océans.*

Bon, quand faut y aller…

J'inspire un grand coup et lance d'une voix forte :

— Vaiana a pris les esprits et les âmes de *dada* et Agan en elle pour qu'ils rejoignent *mama* et sa compagne. Je ne sais pas ce que nous pouvons faire pour elle, mais Tihomir, lui, le saura. Seul un voyageur peut en sauver un autre s'il est coincé dans l'Entre-Monde.

— C'est bien ce que je pensais. Nous devons nous rendre tout de suite à Oloba, tranche Leizu en déposant le chat sur le lit. Le temps presse !

Elle échange un regard entendu avec Ryūjin qui reste stoïque. Nicolas embrasse la petite fée maintenant réveillée avant de la confier à Hans et de se lever. Il chancelle, mais Lili le rattrape. Quand il approche sa main de celle de sa femme, elle retient son poignet avec fermeté.

— Tu ne peux pas la toucher, trésor. Tu es trop affaibli, cela pourrait te tuer. Même moi je ne peux pas rester longtemps en contact avec elle.

Il lève les yeux vers le Dieu Dragon.

— J'avais raison, alors… Vous la soutenez en continu, sinon elle…

— Oui, enfant de mon enfant, elle pourrait en mourir. Son corps n'est pas aussi fort qu'il le faudrait. La prouesse qu'a accompli son esprit le consume presque aussi vite que je le soigne. (Il se tourne vers moi.) Gagnons un peu de temps. Ça, je peux le faire sans conséquence. Je vous mènerai jusqu'à ton frère, et la petite Princesse Davorka doit venir avec nous.

Comprenant ce qu'il insinue, je lance mon esprit à la recherche de ma sœur sans y réfléchir à deux fois. Mais je ne la trouve pas. J'essaye d'atteindre Ashar…

— *Aleksander…* me répond-il, tendu et épuisé.

— *Dava est-elle toujours avec toi ?*

— *Bien-sûr ! Je veille sur elle, ne t'en fait pas.*

— *Merci, mon ami, mais nous devons rentrer à Oloba et nous avons besoin d'elle. La vie de la petite Vaiana est en danger pour avoir sauvé l'âme de notre père. Il faut faire vite !*

Je sens la surprise le traverser, mais sa réaction est aussi vive qu'espérée.

— *Compris !*

Il ne leur faut pas plus de cinq minutes pour nous rejoindre. J'entends le pas de grenadier de mon petit volcan bien avant qu'elle ne passe la porte comme une tornade, Ashar dans son sillage. Toujours vêtue de son armure bleu nuit, son épée claque contre son flanc et sa longue tresse noire virevolte autour de son visage inquiet. Elle se précipite au chevet de Vaiana en nous bousculant.

— Petit papillon ! Que s'est-il passé ?

Elle pose la main sur le front de la jeune femme, toute brusquerie envolée.

— Dava, je te raconterai tout ce que tu veux savoir quand nous serons avec Ti. Il faut partir.

— Je viens avec vous ! déclare Nicolas.

— Moi aussi ! ajoute Ashar.

— Je ne peux accéder à votre requête, messieurs, objecte Ryūjin, toujours très calme. Je n'en ai, hélas, plus l'énergie. Si je vous emmenais, ce serait au détriment de cette jeune personne. Mais vous trouverez le moyen de nous rejoindre, j'en suis sûr.

Alors que je disparais, je crie un dernier mot en priant pour qu'ils m'entendent :

— Fínola !

À peine le temps d'un soupir, et nous voilà à l'intérieur du palais de la capitale d'Héridane. Je reconnais tout de suite la chambre de mon père. Par la fenêtre, j'aperçois les premières lueurs du jour. Vaiana est allongée sur l'immense lit, la main toujours dans celles du Dieu. Celui-ci est d'ailleurs encore assis sur la chaise de l'hôpital de Byblos. Il l'a emportée avec lui.

Il ne peut plus se lever ? Et il reste là, imperturbable, à nous regarder nous agiter autour de lui ! Non mais je rêve !

Puis je me souviens : il sait. Malgré son ton égal, nous avons tous les trois perçu l'urgence de la situation. Sans perdre un instant, j'appelle mentalement mon petit frère, alors que Davorka se rue sur le pas de la porte et le fait aussi à sa façon, en hurlant son nom dans le couloir.

La maison brûle, là ! Grouille-toi, Ti !

— Ce n'est pas encore un incendie, jeune Aleksander. Disons, pour filer ta métaphore, que nous n'en apercevons que les toutes premières volutes de fumée.

Leizu se précipite sur Vaiana. Davorka revient dans la pièce et se rue sur le Dieu affaibli, qui soupire de soulagement.

— On va commencer par faire un truc intelligent, hein ? Vous permettez ?

Les yeux fermés, concentrée, elle lève les bras et siphonne sans vergogne la magie de tout ce qui l'entoure, des plantes à tous les résidents du palais, en passant par l'air lui-même. Nous sommes chez nous, elle sait qu'elle peut utiliser son don sans mettre personne en danger. Je sens son pouvoir ramper sur ma peau et une modeste part de mon énergie me quitte. Quand elle estime en avoir assez, sans faire de manières, elle pose ses mains sur les épaules de Ryūjin et la déverse en lui. Comme toujours, ma petite sœur ne fait pas les choses à moitié. Le contre-coup du transfert est à la hauteur de la quantité de magie prélevée. Ce ne sont pas que ses mains, cette fois, qui se couvrent de douloureuses plaques écarlates. D'autres apparaissent sur son cou et son visage. Elle en a sans doute sur tout le corps. Elle grimace de douleur mais tient jusqu'à la fin du processus.

— Dava…

— C'est rien, ça va passer, me souffle-t-elle en s'asseyant avec lenteur sur le bord du lit.

La porte d'entrée s'ouvre à la volée sur un Tihomir débraillé et échevelé, suivi de près par Holger, notre Grand Économe, la mise toujours impeccable. Je lis dans leur regard la plus grande incompréhension. Je n'ai pas le choix, je leur relate en peu de mots ce qui est arrivé à notre père, puis ensuite à la petite Vaiana. Les explications détaillées attendront que son sauvetage soit terminé. L'annonce est brutale, les larmes montent aux yeux de mon petit frère. Mais il est pragmatique et maintenant, Prince Héritier. Il a été élevé de la même façon que moi, il sait mettre ses émotions de côté pour agir avec efficacité.

— Tu veux dire que son esprit abrite à présent cinq entités dont quatre complètes ?

— Oui…

— Par la Grande Mère, mais c'est beaucoup trop !

— Je ne te le fais pas dire… Pourtant, avec un dragon de moins, elle s'en sortait très bien. Ça fait un peu compte d'épicier, mais…

— Tu… Attends ! Comment ça « avec un dragon de moins » ?

Je lui explique vite fait dans quel état j'étais après ma

Transition.

— O.K. ! Une minute ! Je dois… Une minute, d'accord ?

Il appuie sa grande silhouette contre le mur, ferme les yeux et se passe la main dans les cheveux, les ébouriffant un peu plus au passage. Ça ne dure en effet qu'une petite minute avant qu'il se redresse.

— Très bien ! Les âmes et les esprits de *mama*, *dada* et de leurs compagnons, ainsi que l'esprit de Metyr, sont dans celui de Vaiana. Toi, tu es là, et l'âme de ton compagnon est dans la source du don de guérison de Lili, en compagnie de Kimiko, sa propre compagne. Kimiko qui n'est pas Immortelle parce que la source a été préservée de la Transition.

— C'est ça.

— Par la Grande Mère, quel sac de nœuds !

Lui qui ne jure jamais, il vient de le faire par deux fois en moins de cinq minutes ! Il est très perturbé. Il poursuit :

— La solution serait donc de faire revenir ton compagnon en toi. Pour cela, je devrais vous emmener tous les deux dans l'esprit de Vaiana. Elle pourrait ainsi réunir les entités séparées et te les rendre. En est-elle seulement capable ? Moi, je ne sais pas faire ça ! Et en plus, nous aurions un autre problème, après. Metyr mourrait à la minute où il prendrait ta place dans le monde puisque…

— Mon corps est mort.

— Voilà ! Désolé, j'ai encore un peu de mal avec cette idée… La seule solution que je vois c'est…

— Une stase et une Transition, termine Leizu dans un murmure, consternée. Moi qui ai juré de ne jamais l'offrir à qui que ce soit, je suis aujourd'hui face à ce choix qui n'en est pas un.

— Tu dois accepter tes propres contradictions, Lili, intervient Davorka d'une voix un peu lointaine. Ces derniers jours, nous avons tous agi d'une façon qui n'était pas toujours en accord avec nos convictions, ou envoyé valser nos serments personnels par-dessus les montagnes rouges. Et nous l'avons fait par amour… La seule vraie question à te poser n'est pas si tu vas sauver Vaiana, ou si tu veux garder Metyr près de toi. Non, ça, c'est évident ! C'est plutôt : es-tu en capacité de donner la Transition à un dragon ? C'est la seule chose qui importe, en fin de compte.

— Oui, je peux le faire. Je suis assez âgée pour cela.

— Alors y a pas de débat, sœurette. Ce sera stase et Transition, tranche mon petit volcan. Dès que tu as terminé là-bas, tu reviens dans ton corps pour t'occuper de lui. Et moi, je lancerai le sortilège à l'instant où Metyr apparaîtra.

— Tu as raison… Ce n'est de toute façon pas la première promesse que je romps ces jours-ci… (Elle se tourne vers Ryūjin.) Mais si nous ajoutons notre présence aux autres dans l'esprit de Vaiana, son corps…

Le Dieu Dragon la coupe.

— Il tiendra, j'y veillerai. Cependant, une fois tous à l'intérieur, vous aurez très peu de temps.

— Nous ne pouvons pas faire ça ici, affirmé-je. La pièce est trop petite pour accueillir le corps de mon compagnon.

— Le jardin, à proximité de la roseraie, recommande Holger.

Le bon sens en action, notre Grand Économe !

— *Je vous y attend, jeune Aleksander,* me lance la divinité qui a déjà disparu avec Vaiana.

Encore pour gagner du temps, je suppose. Alors continuons sur cette lancée !

J'ouvre la fenêtre de la chambre de mon père qui donne sur le jardin. Nous ne sommes qu'au premier étage… Je prends ma sœur encore faible dans mes bras et saute. Tout le monde me suit. Moins de trois minutes plus tard, nous sommes tous réunis et prêts à nous lancer, mais je prends le temps de demander :

— Une dernière chose avant que nous partions… Non, deux ! Davorka, si tu pouvais donner un peu d'énergie à Vaiana… Je pense que son esprit en aura besoin. Et la deuxième… Je connais Metyr comme moi-même. Il préférera mourir pour de bon que de risquer la vie de qui que ce soit. Si vous devez prendre cette terrible décision, sachez que je ne vous en voudrai pas, et lui non plus. Nous avons déjà fait ce choix tous les deux il y a peu.

— Vous allez y arriver, Alek. J'ai confiance en vous, nous assure ma chère petite sœur.

Adossés à un arbre, main dans la main, nous quittons le monde physique. Tihomir nous guide dans la nuit permanente de l'Entre-Monde, jusqu'à la première étoile brillante.

— Son esprit est bien plus puissant que le mien, nous devons lui demander la permission d'entrer, dit mon frère.

Il lève nos mains pour toucher sa frontière.

— Petite Vaiana, continue-t-il, nous venons t'aider à revenir dans le monde. Ton corps souffre trop !

La surface de la bulle luit un instant, mais rien ne se passe.

— Je m'en doutais, soufflé-je, elle manque d'énergie. Attendons que Dava lui en donne…

Nous ne patientons pas très longtemps. La membrane se met soudain à briller avec une telle intensité que nous devons nous en éloigner. La silhouette fantomatique de la jeune femme apparaît alors devant son domaine spirituel.

— Si vous voulez m'empêcher de garder Volodya près de moi, vous perdez votre temps ! Je ne céderai pas !

— Vaiana, intervient Leizu, nous voulons tous que *dada* reste parmi nous. Si nous sommes là, c'est pour rendre son âme à Metyr et le renvoyer là où est sa place.

Elle lui explique en quelques mots nos intentions. La jeune femme disparaît et nous patientons à nouveau. Maintenant, c'est une question de confiance entre elle et nous… Je ne pensais pas cette petite aussi têtue, mais j'aime cette facette de sa personnalité ! Elle la cachait bien jusqu'à aujourd'hui.

De mon côté, je suis à la fois impatient que tout cela se termine et terrifié par l'échec potentiel de cette unique tentative. Mon compagnon, mon alter-ego, la moitié de moi-même… Il me manque tellement ! Même si être auprès de mon âme sœur me comble de bonheur, l'éternité avec ce trou dans la poitrine me semble, malgré tout, un chemin bien difficile à emprunter. D'un autre côté, Leizu a arpenté le monde sans sa compagne pendant plus de deux millénaires… En aurai-je le courage ?

Perdu dans mes pensées, je manque l'instant où notre chère insoumise nous accorde le droit d'entrer dans son domaine. Je me retrouve sous un magnifique soleil d'été, devant la grotte où Metyr dort d'un profond sommeil.

— Je suis désolée de devoir vous cantonner à cette partie de mon refuge, nous annonce Vaiana, l'air triste et la silhouette diaphane. Ryūjin-sama m'a vivement déconseillé de vous laisser voir Effie et Volodya. Il ne m'a pas dit pourquoi, mais je vous promets que, quand mon corps me le permettra, je vous emmènerai près d'eux quand vous voudrez !

— Ne t'inquiète pas pour nous, la rassure mon âme sœur avec douceur. Tu dois faire vite et surtout, tu dois vivre, mon enfant.

— Pour retrouver Nicolas…

— Oui, il t'attend.

La jeune femme tend un bras vers Leizu, et un magnifique petit oiseau de feu vient se poser dans sa main. Je me retourne, surpris, et je découvre la présence de Kimiko et Grysat, le compagnon de mon frère. Ce dernier est bouche bée devant la belle dragonne blanche qui s'approche de la voyageuse en ondulant.

— Coupe le lien qui lie Suzaku à toi comme je viens de le faire quand tu seras près de l'esprit de Metyr, explique-t-elle. Il trouvera son chemin tout seul. Notre mission est accomplie, Vaiana. Pour ton bien, Leizu et moi devons partir.

Elles commencent déjà à disparaître.

— Merci d'être là pour moi ! lance la jeune femme avant que leur image se dissipe. Allons-y…

La petite vahiné caresse les plumes incandescentes du minuscule volatile en entrant dans la caverne. Tihomir et moi la suivons sagement, sans un mot. Une fois au fond, elle laisse l'oiseau s'envoler et il file comme une flèche dans l'immense corps noir de mon compagnon. Dans l'instant, il ouvre ses grands yeux dorés et tend le cou vers moi. Je prends sa grosse tête écailleuse dans mes bras, juste quelques secondes. Je suis si heureux de le voir ! Et je sens que c'est réciproque. Mais ce n'est pas fini ! Je lui parle d'une voix douce en lui caressant les joues :

— Il nous reste encore une épreuve à traverser, j'espère que ça ne sera pas long. Quand tu prendras ma place dans le monde, Leizu t'offrira la Transition. Accepte-la sans lutter, laisse-toi porter, mon grand, d'accord ?

— *Si c'est pour vous retrouver tous les deux, je ferai tout ce qu'elle voudra !*

— J'ai confiance ! Ça va bien se passer !

Vaiana lève une main et attrape quelque chose que je ne vois pas. Elle se tourne face à moi et me scrute avec attention, les sourcils froncés.

— Le voilà ! s'exclame-t-elle, ravie, le visage à nouveau détendu.

Elle lève son autre main pour saisir un autre truc, toujours aussi invisible pour moi. Nous restons tous silencieux, curieux de ses moindres gestes et désireux que cela fonctionne, quoi que ce soit. Concentrée sur sa tâche, elle enchaîne des mouvements amples et gracieux, d'abord comme si elle faisait un nœud, puis les poings serrés, de la gauche vers la droite et ensuite dans l'autre sens. C'est à la fois étrange et fascinant, mais son image vacille. Cette opération doit lui coûter beaucoup d'énergie…

Son visage se plisse alors qu'elle tire de toutes ses forces sur… ce que je ne vois toujours pas, mais que je suppose être notre corde d'argent, puis inspecte son travail avec minutie une dernière fois avant d'enfin la lâcher, l'air satisfait.

— Tu sais même réparer les liens ! s'extasie Tihomir, très impressionné.

— J'ai mis en pratique les conseils de Ryūjin-sama, mais je ne l'avais jamais fait alors je ne savais pas si j'en étais capable, en vérité. On dirait bien que oui ! Le cordon que ta Transition avait coupé est réparé, Aleksander. Il a l'air solide…

Je prends ses mains fines dans les miennes et plonge le regard dans ses yeux chocolat.

— Merci ! Merci infiniment ! Les mots ne suffiront jamais à t'exprimer toute ma gratitude, petite Vaiana. Tu m'as rendu la moitié de moi-même. Un jour, je trouverai le moyen de te remercier à la hauteur de ce que tu as fait pour moi. Pour nous tous !

— Je… Je t'en prie…

Ses joues rosissent d'un mélange de plaisir et de gêne, mais son corps éthérique faiblit à nouveau. Metyr la pousse du museau et elle lui caresse le front, émerveillée. Cette jeune femme adore les dragons, c'est inscrit sur son visage !

— Comme Leizu et Kimiko, pour ton bien, nous devons

vite partir. Je serai là à ton réveil. Alors, rendez-vous de l'autre côté !

Je m'écarte, laissant la place à mon frère qui la serre un instant dans ses bras.

— À bientôt ici ou ailleurs, petit papillon. Moi aussi je trouverai un moyen…

Elle nous salue timidement, puis nous quittons son refuge tous les quatre.

Je reprends conscience sous l'arbre, Leizu au-dessus de moi, le visage déterminé et le regard doux. J'y lis tout l'amour qu'elle me porte. Elle m'embrasse à pleine bouche puis s'éloigne. J'entends alors Davorka commencer à incanter le sortilège de stase. Je ferme les yeux et m'enfonce au plus profond de moi-même pour laisser ma place à Metyr. Dans un premier temps, je ne sens rien. Puis la douleur arrive, tel un raz-de-marée, et balaye ma conscience comme un fétu de paille. Je sombre dans un néant qui me rappelle des souvenirs désagréables. Mais cette fois, aucune vision du passé, juste un noir profond sans aucune source de lumière et pas la moindre notion du temps qui passe. Je ne ressens plus rien non plus, la douleur a disparu.

Est-ce que ça va fonctionner ? Peut-être que je vais définitivement mourir tout compte fait… Si cela arrivait, aurais-je des regrets ? Oui… Ne pas avoir assez profité des gens que j'aime, leur faire de la peine par ma disparition, avoir attendu si longtemps avant de balancer mon rang et mon titre par-dessus les montagnes rouges pour celle que j'aime plus que ma vie, ne plus pouvoir la prendre dans mes bras, ne jamais lui faire l'amour… Leizu… J'espère que tu ne m'en voudras pas trop de t'avoir forcée à rompre ton serment…

Et soudain, je me sens comme aspiré. Vers quoi ? Je ne sais pas encore. J'ai l'impression que ça dure des heures ! Puis enfin, la lumière crue d'un soleil de midi. J'entrouvre les paupières, un peu ébloui, pour plonger à nouveau, mais cette fois dans un océan de vert délicat. Les yeux pleins de tendresse du seul amour que j'aurais jamais. Mon Immortelle si belle, ma Reine, Leizu…

— Te revoilà enfin ! souffle-t-elle contre ma bouche avant de fondre dessus et d'en prendre possession.

Elle me donne un baiser brûlant au goût de rose, une promesse de lendemain qui chante. Juste pour un instant, il n'y a qu'elle et moi. On oublie tout le reste. Mais la réalité nous rattrape bien vite.

— Il est réveillé ! crie ma sœur.

Lorsque Leizu se redresse en souriant, mon regard tombe sur un spectacle auquel je ne m'attendais pas : Davorka et mon ami Ashar, enlacés, qui s'embrassent à perdre haleine. Il n'y a aucune place à l'imagination quant aux sentiments qu'ils éprouvent l'un pour l'autre. Mon petit volcan vient d'exploser et moi, j'ai raté quelque chose ! Mais étrangement, cela ne me surprend pas plus que ça et je suis surtout très heureux pour eux.

Je me souviens tout à coup du pourquoi de ma présence dans ce jardin. Je sonde l'intérieur de mon corps à la recherche de Metyr et je souffle de soulagement quand il s'adresse à moi.

— *Je suis là, mon compagnon. Vous rejoindre dans votre éternité n'a pas été une partie de plaisir, mais je suis bien là.*

— *Heureux de te retrouver, mon ami. Tu as bien le droit de te reposer, maintenant.*

Je l'entends soupirer d'aise puis il se roule en boule au creux de mon ventre, fatigué par l'épreuve qu'il vient de traverser. Je n'ai plus ce trou béant dans la poitrine, je suis enfin entier. Un peu vaseux, je prends appui sur l'arbre contre lequel je me suis réveillé et je me lève.

— Comment va notre petite voy… Eh ! Mais attends ! (Je me tourne vers Ashar.) Si tu es là, Nicolas aussi, non ?

— Vois par toi-même, me répond Leizu.

Je les cherche du regard sans les trouver. Vaiana n'est plus à l'endroit où je l'ai laissée ce matin et aucune trace de son mari. Ryūjin, lui, est toujours assis sur la chaise de la maison de soin de Byblos, l'air serein. Son petit sourire bienveillant aux lèvres, il a le regard perdu par-delà les cimes des arbres du jardin.

— Où sont-ils ? Et Tihomir, il est parti ?

— Justement, ajoute-t-elle en pointant le ciel du doigt.

J'aperçois le compagnon de mon frère qui tourne au-dessus du palais.

— Vraiment ?

— Vraiment ! Depuis leur première rencontre, Grysat avait très envie de partager un moment avec Vaiana. Comme nous allons bientôt repartir pour Byblos, il lui a fait un gros caprice. Nicolas ne voulait pas la laisser seule pour son premier vol…

******

À peine deux heures plus tard, nous sommes de retour à Byblos, dans la chambre que nous avons quittée le matin même. Nos petits instants de joie me semblent déjà très loin, la tristesse se lit à nouveau sur tous les visages. Le Dieu Dragon se lève enfin.

— Mes enfants, ma mission auprès de vous s'achève ici. Pour la suite, vous n'aurez pas besoin de moi.

Son sourire est tout à coup plus franc.

Il nous cache encore quelque chose ce diable de Dieu…

Une vague fraîche balaye mon esprit alors qu'un rire tonitruant résonne dans ma tête.

— *J'aime beaucoup ton humour ! Je te confie mon plus précieux trésor, jeune Aleksander, prends grand soin de son cœur !*

Il se retire aussi vite qu'il est entré et poursuit à voix

haute, les yeux dans ceux de Leizu :

— Le devoir m'appelle, ma fille, je dois retourner dans mon palais. Si par malheur tu avais un jour besoin de moi, ou si par bonheur tu voulais juste me rendre visite, tu sais où me trouver, Reine Blanche.

Sans plus de cérémonie, il disparaît. Mais sur le lit, il laisse un cadeau enveloppé d'un tissu bleu changeant. Étant le plus proche, je me penche et défait le nœud qui le ferme. L'étoffe soyeuse glisse sur un objet qui n'est autre qu'une couronne. Elle est magnifique de simplicité. Je la prends en mains pour mieux la regarder. C'est un cercle parfait d'un métal pâle et lisse au toucher, recouvert sur l'extérieur d'un entrelacs de fines branches d'une teinte plus sombre, qui évoquent les racines d'un arbre. Quelques replats ressemblent d'ailleurs à des feuilles délicates. Dispersées sur son pourtour, quatre petites protubérances dépassent tels des boutons de fleur. Sur la face interne du cercle, des mots sont gravés. Je m'approche de la fenêtre.

— Il y a quelque chose à l'intérieur ? s'enquiert Leizu.

— Oui, un truc écrit… C'est… du dragonyr ancien ?

— Et ça dit quoi ? demande à son tour ma sœur.

— Attends : « Par la… valeur… de son âme…

— …je choisis mon porteur. Même dans les plus profondes ténèbres, tu trouveras le chemin vers la lumière et protégeras ce qui doit l'être. Tant que la promesse tiendra, les roses fleuriront. » récite Ba'alat Gebal en entrant dans la chambre. C'est la couronne de Waldemar… Je la lui avais confiée avant votre arrivée, dans l'hypothèse où l'issue de la bataille ne nous aurait pas été favorable.

— C'est donc pour cette raison que vous étiez dans les cryptes quand nous sommes arrivés, comprend Nicolas.

Leizu regarde son amie en plissant les paupières. En un battement de cils, elle attrape ses mains et grimace de douleur. La gardienne essaye discrètement de se dégager de sa poigne, mais elle tient bon. Pendant quelques instants, le silence revient dans la chambre, puis elle la lâche.

Et voilà ! Elle recommence ! Le combat contre Ogme a dû lui laisser des traces…

— Tu n'étais pas obligée, petite fleur.

— Bien sûr que si, voyons !

— Quand il est parti, Ryūjin m'a conseillé de venir te voir toutes affaires cessantes. Maintenant je sais pourquoi…

Elle se tourne vers moi qui tiens toujours la couronne.

— Il m'a aussi transmis un dernier message pour vous : « Avec le soleil couchant apparaissent parfois, chevauchant ses rayons, les objets de nos vœux les plus chers, parés de merveilleuses couleurs. » Il m'a dit que vous comprendriez…

Ça, pour comprendre ! J'ai parfaitement saisi, oui !

Je l'entends rire dans ma tête comme s'il y était encore. Je jette un coup d'œil par la fenêtre, le soleil décline déjà.

— J'y crois pas ! Jusqu'au bout, il aura été le maître du jeu ! Viens, Lili ! Nicolas, rassemble la famille !

Je souris d'une oreille à l'autre mais ne dis rien. Je veux garder la surprise ! Je sors de la chambre au pas de charge et dépose, au passage, la coiffe royale dans les mains de la Dame, interdite.

— Tenez ! Elle est à vous, non ?

— Non ! Mais je…

— Pas le temps !

Je suis déjà dans la grande salle où les enfants sont tous réunis.

— Venez avec moi !

— Qu'est-ce qui se passe ? demande Benoît.

— Vous verrez bien !

Nous dépassons rapidement la porte sud de l'acropole et nous engageons dans les rues plus étroites de la ville basse.

Certaines d'entre elles ont déjà retrouvé leur activité. Enfin, la sortie de la ville ! Je modère mon allure car si je m'écoutais, j'y serais déjà. La bande de désert, théâtre de la bataille, a été débarrassée des corps ennemis. Plus loin sur notre droite, ils se consument dans un immense feu. Sa fumée se dissipe en direction du port, épargnant ainsi l'odeur terrible de chair brûlée aux habitants de la cité.

Les couleurs, autour de nous, deviennent plus chaudes alors que le soleil entame sa chute vers la mer. Nous avançons encore un peu. Puis soudain, en haut d'une petite colline, se découpent deux silhouettes noires sur fond de ciel bleu teinté de rose et d'orange. Mon cœur se gonfle d'une joie indicible.

Nicolas est le premier à réagir. Il en tombe à la renverse, les yeux ronds. C'est ensuite au tour de mon âme sœur. Avec lenteur, une main se lève vers sa bouche et une larme de sang glisse sur sa joue.

Les contours des deux personnes se précisent. Une crinière de feu flotte dans le vent aux côtés d'une chevelure aussi blanche que la neige.

Élodie fait quelques pas hésitants, choquée, avant de se mettre à courir vers son fils, ivre de bonheur. Elle ne devance Mickaël que de quelques mètres.

Siobhán et Romain marchent vers nous, nimbés des couleurs flamboyantes promises. Cette guerre insensée se termine enfin, ainsi que le premier jour du reste de nos vies.

Épilogue

Leizu

Deux mois plus tard…

Aleksander s'empare de ma longue tresse et la pose avec délicatesse sur mon épaule. Il se plaque ensuite contre mon dos, m'entoure de ses bras et m'embrasse dans le cou.

— Tu es magnifique, *telam*, me glisse-t-il à l'oreille. Il a bon goût ce diable de Dieu.

— S'il t'entendait…

— Je suis sûr qu'il rirait ! Tu te sens prête ?

J'observe notre reflet dans la psyché devant laquelle j'ajustais la ceinture de perles nacrées et de corail, seules touches de couleurs de la magnifique robe offerte par Ryūjin-sama. Créée pour l'occasion, elle est faite d'un tissu blanc plus doux que la soie. Le buste en cache-cœur froncé, elle s'évase jusqu'à effleurer le sol. Le croisement, sur ma poitrine, est orné d'une coquille aux couleurs changeantes. De mes épaules tombe une courte traîne vaporeuse incrustée d'une multitude de minuscules pierres de lune. Entre la délicatesse de l'étoffe et la tendresse d'Alek, j'ai l'impression d'être enveloppée de nuages. D'ailleurs, lui aussi est très beau dans son pantalon chino et sa chemise en soie, tous deux d'un noir profond.

— Autant qu'on peut l'être avant son propre couronnement, je suppose…

Il me tourne face à lui et me serre dans ses bras.

— De quoi t'inquiètes-tu, hein ? La création du nouveau Grand Conseil s'est bien passée, et la première réunion aussi. Il n'y a aucune raison pour que ça ne dure pas comme ça !

— C'est bien grâce à Louis, pas à moi.

— Que tu crois ! Tu es la pierre angulaire de cette assemblée, Lili. Louis n'a fait que concrétiser ce qui se trouvait déjà dans ta petite tête.

Je soupire. J'ai toujours ce poids sur le cœur dont je n'arrive pas à identifier l'origine.

Je me remémore le chemin parcouru ces dernières semaines, dont le point d'orgue furent les élections. La surprise des délégations envoyées par tous les Peuples de l'Ombre a été totale. Elles ne s'attendaient pas à ça ! Terminé, le pouvoir entre les mains d'un cercle restreint ! Tout est à reconstruire après les divisions soigneusement entretenues par les Immortels. La confiance sera longue à restaurer entre chacun de nous, mais j'y mettrai toute mon énergie, de même que Louis et toute ma famille. Personne ne s'en souvient à part moi, on dirait, mais à l'époque de Waldemar, le Conseil de l'Ombre fonctionnait *déjà* de manière démocratique.

Peut-être devrions-nous reprendre ce nom, en fait…

— C'est une bonne idée, ma chérie. Tu devrais en parler à ton super secrétaire.

Je m'habitue peu à peu à notre lien télépathique permanent. Je ne sais pas d'où cela nous vient, je cherche toujours… Mon secrétaire, hein ? Le choix des votants s'était porté sur Louis comme représentant des Immortels, mais il a décliné. De manière naturelle, il s'est imposé comme mon bras droit, lui qui est si à l'aise avec la paperasse. J'ai hérité, dans la foulée, d'un clan entier de guerriers espions. Les Norsk Skogkatt, très attachés à mon petit Prince, n'ont pas hésité une seconde à me « prêter allégeance » pour rester près de lui. Ce sont leurs mots, pas les miens. Je ne suis pas une adepte de la soumission ni de l'obéissance absolue de ceux que je considère comme des membres de ma famille. Mais ils n'ont rien voulu entendre…

Quelles têtes de pioche, ces gros chats ! Mais le problème n'est pas là…

— C'est bien vrai, ça ! Tu penses encore à Erland et sa mère ?

— À leur serment, oui… Je ne voulais pas les enchaîner à moi, mais ils ne m'ont pas laissé le choix.

Alek m'entraîne vers le fond de la pièce où se trouve mon soi-disant bureau, couvert de piles de documents tous plus importants et urgents les uns que les autres, bien sûr…

— Romain, Erland et moi allons commencer à les entraîner à partir de la semaine prochaine.

— Eh bien ! J'imagine que tu vas leur faire bénéficier des méthodes de la Garde Royale.

— C'est comme ça que j'ai appris, dit-il en haussant les épaules.

— Je leur souhaite bien du plaisir !

— C'est eux qui ont insisté pour nous avoir comme instructeurs. D'ailleurs, à propos de Tic et Tac…

Il attrape une liasse de feuillets et me la tend.

— Tu connais ces deux petits trublions, toi ! Si tu continues, tu vas te retrouver avec un sobriquet que tu n'apprécieras pas ! (Je m'en saisis.) Ça ne peut pas attendre demain ?

— Nous sommes en avance et je leur ai promis que je t'en parlerai. C'est une idée très intéressante…

Je lis la première page pour lui faire plaisir.

— L'Office des Brumes… De quoi s'agit-il ?

— Ils souhaitent créer un bureau d'enquête dédié aux affaires qui touchent, de près ou de loin, les Mondes Cachés et ses Peuples. Une sorte de police spécialisée afin de protéger le voile du secret…

— C'est en effet une grande idée… Je lirai le dossier avec attention. (Je le feuillette.) Mission, budget, locaux, tout y est ! Ils ont même pensé au personnel… Nicolas, Vaiana…

— En parlant de notre petite voyageuse… Je lui ai proposé d'assister aux entraînements des chats pour renforcer son corps. Je crois qu'elle va accepter.

— Ses bracelets ne suffisent pas ?

— Si, bien sûr ! Depuis qu'elle porte celui que Ryūjin lui a envoyé, elle a repris un peu de poids. Mais ce sont des béquilles. Je préfèrerais qu'elle n'en ait pas besoin…

Je poursuis ma lecture.

— Mmm… C'est vrai, ce serait mieux… Je vois qu'ils comptent aussi embaucher Siobhán et Awa. Son démon est d'accord avec ça ?

— Je n'en ai pas la moindre idée. Je suppose que oui…

Aleksander replace une mèche rebelle derrière mon oreille avec nonchalance.

— Tu sais, je l'ai bien observé, et plus j'y pense, plus je me dis qu'il doit appartenir à la famille royale…

— Qu'est-ce qui te fait dire ça ?

— Sa puissance, ses vêtements, et surtout la couleur de ses yeux. Ce violet n'est pas commun, même parmi son peuple.

— Tu en sais, des choses, toi ! En ce qui me concerne, je n'avais jamais rencontré de démon avant lui.

— J'ai plusieurs fois eu l'occasion de me rendre dans leur domaine, mais c'est une trop longue histoire pour te la raconter maintenant. Dis-moi plutôt comment tu trouves Romain en ce moment.

— Heu… Je ne sais pas trop. Il est… normal, je dirais. Il n'a rien perdu de ses capacités physiques, si c'est à ça que tu fais allusion. Je m'en serais rendu compte à l'entraînement. Pourquoi ? Tu as senti quelque chose ?

— Disons que… La mort, puis la résurrection et la perte de son don, ça fait beaucoup… Il y avait un tel détachement dans sa façon de nous rapporter ce qui s'est passé ! J'ai peur de passer à côté de quelque chose d'important…

Voilà l'origine de mon malaise ! Je suis inquiète pour lui ! Ce doit être ça…

— À mon avis, tu te fais du souci pour rien. L'explication qu'il nous a donnée est plutôt logique. Il s'est servi de sa source pour revenir à la vie et ça l'a tarie, point final. La massue du Dagda n'a été qu'un catalyseur. Lui aussi a payé le prix fort dans cette histoire. Je te rappelle que son joujou est cassé.

— À t'écouter, ça a l'air si simple… Mais si je perdais mon don de guérison, je serais dévastée !

— Ma chérie… À la différence de lui, ton don te définit. Il fait partie intégrante de ta personnalité. Je ne pense pas que ce soit le cas de Romain… Plus qu'un guérisseur, c'est un guerrier-né, Lili. Même si cette capacité est un lien très fort entre vous et surtout avec toi, il est assez sûr de nos sentiments à son égard pour ne pas se sentir exclu ou rejeté.

— Évidemment que ça ne change rien pour nous !

— Ça ressemble un peu à la Transition, tu ne trouves pas ? Tu meurs, puis tu reviens différent…

— Tu en parles avec une telle légèreté…

— C'est parce qu'il s'agit d'une décision que j'ai prise en mon âme et conscience, *telam*. Personne ne m'a imposé quoi que ce soit. J'ai choisi de te donner ma vie et je n'ai aucun regret. Si c'était à refaire, je ne changerais rien !

Je le sais déjà, mais l'entendre le dire me bouleverse. Les larmes me montent aux yeux. Il prend mon visage en coupe et embrasse mes paupières avant qu'elles coulent. Puis il me caresse les joues de ses pouces.

Plus le moment fatidique approche, plus j'ai de questions qui se bousculent dans ma tête ! C'est… pénible. Et il reste là, face à moi, calme et détendu…

— Je répondrai à chacune d'entre elles, Leizu. Tout va bien se passer, d'accord ?

— J'aurais aimé que tu sois à mes côtés dans le nouveau Conseil. Mais, comme Louis, tu as refusé le siège. Pourquoi ?

— D'abord, rien ni personne ne m'empêchera de rester auprès de toi. Comme tu l'as si bien dit devant toutes les délégations, tout est à réinventer, y compris l'étiquette de ta cour. Les choses se dérouleront telles que tu les auras décidées.

Je grimace. Mon aversion pour toute forme de protocole, de rigidité, ne s'arrange pas. Il continue, toujours aussi serein :

— Ensuite, pour la même raison que celle des enfants, je ne pouvais que refuser cette charge.

— C'est à dire ? Ils ne m'ont rien dit…

— Parce que l'accepter signifie rester dans la lumière et être prêt à s'opposer à toi aux yeux de tout le Conseil. J'ai eu plus que ma part d'exposition lorsque j'étais Prince Héritier. Aujourd'hui, je cherche plutôt l'ombre. La tienne, pour être plus précis. Mais il n'y a pas que ça. Nous formons un clan, Lili, dont tu dois rester l'unique représentante. C'est une question d'équité, d'équilibre des forces…

Je pose rageusement le tas de papier sur le bureau.

— Tu t'y mets aussi ? L'équilibre, toujours l'équilibre… La Grande Mère n'avait que ce mot à la bouche ! J'en ai soupé !

Il me prend à nouveau dans ses bras et me serre contre lui.

— Toutes les questions que tu te poses tout à coup et

cette sensation étrange et désagréable ne sont que des symptômes. Depuis tout à l'heure, tu essayes de tromper ton angoisse, Lili. Elle ne disparaîtra pas en me cherchant la bagarre, tu sais ? Je te connais par cœur, ma belle. Je ne mordrai pas à cet hameçon-là.

Je retrouve peu à peu mon calme.

Il a raison, je ne gagnerai rien à m'énerver, surtout contre lui…

— Tu as tout compris !

— Arrête de faire ça ! C'est…

— Perturbant ? Agaçant ? Bizarre ? Amusant, peut-être…

Je ris malgré moi, et le miracle Aleksander se produit à nouveau. Le poids sur ma poitrine disparaît, remplacé par une douce chaleur qui envahit tout mon corps.

Il trouve toujours les mots dont j'ai besoin, ce diable d'homme…

— Dragon… Diable d'homme-dragon, j'insiste !

Son rire se joint au mien alors que quelqu'un frappe à ma porte et entre en trombe sans attendre ma réponse.

— Tout est bon ? demande Romain à mon âme sœur.

— Ça ira, maintenant, répond-il avec un clin d'œil complice.

— Oh ! Vous !

— On te connaît par cœur, *baba.*

— Décidément, je n'ai de secret pour personne !

Il me tend une main que je prends sans hésitation, et me fait tourner en me fixant, les yeux rieurs.

— Tu es sublime et je te jure que je vais très bien, O.K. ?

Je jette à Alek un regard un peu de travers.

— Cafard !

— Si tu savais ! Allez, ma Lili, tout le monde t'attend…

**

Quelques heures après le couronnement, la fête bât

encore son plein dans la grande salle du palais de Oloba. Alek et moi profitons d'un instant d'inattention de Louis et de nos invités pour nous évader dans le jardin. Main dans la main, nous courons vers la roseraie, hilares. Notre fuite est un peu puérile, je l'avoue.

— N'avais-je pas raison ? se targue mon amoureux, très fier de lui. Les roses de ta couronne n'ont rien à envier à celles-ci !

— Si, je te l'accorde. Tout s'est merveilleusement bien passé.

— Pourtant, il n'y avait pas que des amis dans l'assistance. La tête que tirait le Roi des Bêtes…

— Lorenzo est stupide, mais pas si méchant que ça. Tu verras.

— Et le discours de Ba'alat Gebal était très beau.

— Oui, il m'a beaucoup touchée. Je ne pensais vraiment pas qu'elle viendrait.

— Elle n'aurait manqué ça pour rien au monde, je te le garantis ! Comme tous tes amis, d'ailleurs. Je suis fier de toi, mon amour. Tu n'as pas grimacé une seule fois pendant les serments d'allégeance !

Je plisse le nez et tire la langue, juste pour le faire mentir.

— Tous ces vœux, ces promesses, ce sont autant de chaînes que je ne veux imposer à personne. Je n'ai pas aimé les regarder ployer les genoux devant moi.

— Tu vas détester ce que je m'apprête à faire, alors…

Là, au milieu des roses en fleur, comme un rappel de ma senteur et de ma couronne, Aleksander, tout sourire, fouille dans sa poche et pose un genou à terre.

Kami-sama…

— Si je devais à nouveau choisir mon destin parmi tous les possibles, je te choisirais encore et toujours. Il y a longtemps, tu sauvais ma mère, tu mettais au monde ses jumeaux et tu me rendais ma joie de vivre. Ce jour-là, tu as aussi dérobé mon cœur. Aujourd'hui, tu es ma raison, ma folie, mon tout. Je t'ai déjà donné ma vie, mon nom importe peu, alors je t'offre la promesse de t'aimer jusqu'à ce que les étoiles s'éteignent et que les Mondes disparaissent. Laisse-moi être ton bouclier, ton allié ou ton refuge si tu en as besoin. Leizu, me feras-tu le bonheur d'accepter de m'épouser ?

Les mains sur la bouche, je reste figée, interdite, les larmes aux yeux. Je ne réussis à bredouiller qu'un petit « oui » timide, mais il suffit à illuminer son visage. Il se relève avec lenteur et me prend la main. La bague qu'il me passe au doigt, un simple anneau d'or blanc surmonté d'une pierre de lune, brille sous l'astre de la nuit comme si Tsukuyomi-sama nous donnait son assentiment.

— Elle est magnifique ! Merci…

— Moins que toi, *telam*. Demain, nous partons et nous ne reviendrons que le mois prochain, alors… J'ai envie de voler avec toi, murmure-t-il contre ma bouche avant de m'embrasser avec la langueur de l'amour.

— Tu lis dans mes pensées…

— Et pas qu'un peu !

J'éclate de rire et laisse ma place dans le monde à Kimiko. Mais je reste le plus près possible de la surface. Je veux en profiter ! Aleksander m'imite sans perdre une seconde et nos compagnons décollent.

À travers les sens de ma moitié, je danse dans le ciel avec l'homme de ma vie. Corps contre corps, enlacés, deux dragons filent comme des flèches au-dessus des montagnes rouges du royaume d'Héridane. Le blanc et le noir, à la fois opposés et si complémentaires… Cette nuit, sous les étoiles, tels le yin et le yang, nous ne faisons qu'un, enfin libres de nous aimer. Plus tard, nos corps humains se redécouvriront et s'aimeront jusqu'à entremêler nos âmes. C'est une promesse sans mot d'Aleksander et j'ai bien l'intention de tout faire pour qu'il la tienne. Ses baisers et ses caresses ont réveillé mon corps endormi depuis plus de deux millénaires, depuis lui alors qu'il était encore Suzaku. Il a rallumé un feu que je pensais éteint à jamais et qui, aujourd'hui, ne demande qu'à être alimenté pour devenir brasier et brûler pour l'éternité.

Vous avez aimé ce dernier tome ?

Alors faites-le savoir à d'autres lecteurs !

♥ Si vous avez apprécié votre découverte ou votre moment de lecture, merci de prendre quelques instants pour laisser votre avis sur Amazon, sur toute autre plateforme d'achat ou encore sur les réseaux sociaux. Ce serait vraiment gentil de votre part. Ce geste est d'une grande aide aux auteurs indépendants. Il porte nos romans plus haut. ♥

Familles, clans et proches

Famille Fresney (Humains)

Benoît * : Fils de Léonie, père de Nicolas, chirurgien orthopédique à la retraite.
Liliane : Mère de Nicolas, infirmière de bloc à la retraite.
Nicolas * : Petit-fils de Léonie, médecin psychiatre, veuf.
Vaiana : Voyageuse, nouvelle épouse et âme sœur de Nicolas.
Élodie * (épouse Demieu) : Petite-fille de Léonie, sœur aînée de Nicolas, mère de Romain et médecin radiologue.
Mickaël (Demieu) : Mari d'Élodie, père de Romain et avocat.
Romain * (Demieu) : Fils d'Élodie et arrière-petit-fils de Léonie, médecin anesthésiste.
Hans : Thérianthrope tigre, frère adoptif de Nicolas.
Angélique : Fée empathe, sœur adoptive de Romain.

* Descendants de Leizu

Clan MacGruagáin (Petit Peuple)

Fínola : Princesse héritière de son peuple, sœur jumelle de Fianait (Nita).
Cadhan : Commandant de la garde Royale.

Famille O'Greaney (Sorciers élémentaires)

Sithmaith : Cheffe de famille, grand-mère de Siobhán et sorcière de l'air.

Siobhán : Plus jeune petite-fille de Sithmaith et sorcière de feu.
Connor : Fils de Sithmaith, père de Siobhán et sorcier de l'eau/glace.
Aslinn : Femme de Connor, mère de Siobhán et sorcière de la terre.
Kelan : Frère aîné de Connor, sorcier de l'eau.
Cillín : Femme de Kelan, sorcière de l'eau/glace.
Macha : Fille aînée de Kelan et Cillín, sorcière de l'eau.
Moreen : Fille cadette de Kelan et Cillín, sorcière de l'air.

Peuple de Byblos (Cité cachée)

Ba'alat Gebal/Geblit : Dame de Byblos, Avatar de la Déesse Ashtart.
Abdolonymos fils de Hanno : Peuple de Alhurras, Guerrier thérianthrope immortel Ratel (Vesperis/ créature du crépuscule)
Cabiria fille de Hanno : Alhurras, Prêtresse d'Ashtart.
Shaphat : Alhurras, Grande Prêtresse de la Lune, désavouée.
Gisgo de Cyrrhus : Alhurras, Général des forces armées de Byblos, thérianthrope Lion de Syrie.

Les Immortels (Peuple de la Nuit)

Leizu/Himawari (*Baba*) : Ascendante de toute la famille Fresney, fille adoptive du roi Dragon Volodymyr Shardra de Oloba, pratique et enseigne la magie de sang, guérisseuse.
Louis (Prince de Paris) : Membre du premier cercle du Grand Conseil, responsable de l'Europe de l'Ouest.
William Caldwell : Membre du premier cercle du Grand Conseil, responsable de l'Amérique du Nord.

Wlademar Balvyre : Dernier Roi des Ombres, en Sommeil depuis près d'un millénaire sous la cité de Byblos.

Les Sidhes (Peuple des Collines)

Fódla Dé Danann : Reine des Tuatha Dé Danann restée dans le Sidh pour diriger son peuple.
Ériu Dé Danann : Sœur de Fódla, Royaume des Dieux.
Banba Dé Danann : Sœur de Fódla, Royaume des Dieux.
Liadan Filimora : Décédée, sidhe de l'eau, amante de Fódla et associée de Manar Ballaban.
Wyrran Miramaris : Chef des rebelles, ancien Grand Chambellan de la reine Fódla.
Kharis Miramaris : Fils cadet de Wyrran, chef adjoint des rebelles.
Eoghan Magrel : Colosse à la tête des guerriers rebelles.
Gaelin Vallen : Espion rebelle placé à la cour de Fódla.

Clan des Norsk Skogkatt (Peuple des Bêtes), au service du Prince de Paris

Freya Viken/Skygge : Matriarche et cheffe du clan.
Brunhilde Viken : Fille aînée de Freya, mère d'Erland et de Kyrre, Commandant de la garde du Prince de Paris.
Svein Viken/Vegar : Époux de Brunhilde et père d'Erland.
Erland Viken/Pacha : Fils de Brunhilde, homme lige et ami proche du Prince de Paris.
Kyrre Viken : Frère aîné d'Erland.

Clan des Aquatiques du Pacifique (Peuple des Bêtes)

Naea : Patriarche et chef du clan, clef du portail d'Héridane.

Hautiare : Épouse de Manatea, amie de Nicolas, Clairvoyante et clef du portail d'Héridane.
Maru : Chef des *Aitos*, les guerriers du clan, clef du portail d'Héridane.

Dragons d'Héridane (Peuple Premier des Bêtes)

Volodymyr Shardra/Agan (Volodya ou *Jiji*) : Roi d'Héridane, Terre des Dragons.
Héfadia (Effie) **Shardra/Millyth** : Reine d'Héridane, décédée, mais son esprit est l'hôte de celui de Vaiana.
Aleksander Shardra/Metyr : Fils aîné de Volodymyr et Héfadia, Prince Héritier, Général Principal des armées.
Tihomir Shardra/Grysat : Fils cadet du couple royal, Prince, Capitaine et frère jumeau de Davorka.
Davorka Shardra/Milinala : Fille cadette du couple royal, Princesse, Capitaine Principal et sœur jumelle de Tihomir.
Ashar Ehayem/Olkor : Commandant en chef de la Garde Royale, proche de la famille royale.
Holger Slettan : Grand Économe du palais, proche de la famille royale.

Autres personnages :

Anne Sylven : Thérianthrope Loup, fille de l'Alpha du Clan des Cévennes.
Grigory Babinsky : Thérianthrope Ours, chef du Clan des Balkans.
Awa Diokhana : Petite-fille de Seynabou Diokhana, Héritière du Cercle de Démonistes Diokhana ;

Autres romans de l'auteure

Trilogie Les Mondes Cachés

- 🕮 **Les Mondes Cachés** – Tome 1 : Vaiana
- 🕮 **Les Mondes Cachés** – Tome 2 : Siobhán

Duologie Malgré mes Cicatrices

- 🕮 *Malgré mes* CICATRICES – Acte 1

R.G. BIERNE

R.G. est une dévoreuse de livres. Ce qu'elle préfère ? Les histoires pleines d'émotions qui font voyager, avec *Happy End*, bien sûr ! La lecture, ainsi que l'écriture, lui ont à chaque fois permis de se relever et d'aller de l'avant lors de moments difficiles.

Il lui aura fallu plusieurs années pour vraiment se lancer, mais depuis 2020, elle fait ce qu'elle aime : raconter des histoires. Son esprit foisonne d'idées, et elle n'a pas l'intention d'abandonner son rêve d'écriture de sitôt.

Amour, voyage et magie sont au cœur de ses récits.

Comme elle aime à le rappeler : « Le grand amour est possible et la magie existe tout autour de nous. Il suffit d'ouvrir son cœur. Cultivez l'optimisme et le rêve avec application, ils sont deux des clefs du bonheur. »

Voilà ce que R.G. Bierne aimerait partager avec ceux qui la liront.

Pour trouver ses autres ouvrages, lui envoyer un petit mot, ou la suivre sur les réseaux, flashez et laissez-vous guider :

Remerciements

Un immense merci à mes alpha et bêta-lectrices. Cécile, Christel et Laurence, sans vos retours, cette histoire ne serait pas tout à fait la même.

Une tendre pensée et mille mercis à ma correctrice, Maenola. C'est toujours un véritable bonheur de travailler avec toi. Et encore navrée de t'avoir sollicitée à toute heure, même le week-end de Pâques ;-)

Ma filleule adorée, Anaïs D., merci pour ton aide sur ma couverture.

À mes amis, Emmanuel et Marlène, un grand merci pour vos encouragements et pour m'avoir offert deux résidences d'auteur cinq étoiles (promis, je ne le ferai plus pendant nos vacances ;-).

À Martial Reynord, ami auteur, merci pour nos échanges sur l'écriture, toujours aussi enrichissants.

Un grand merci à mon mari et mes garçons, pour leur soutien inconditionnel et leur patience, quand je passe des journées entières dans mon bureau, et qu'à 20h00, je ne sais toujours quoi faire à dîner. Je vous aime.

Et enfin, à vous, chers lecteurs, merci de votre confiance. Grâce à vous, je continue de faire ce que j'aime : partager des émotions et toutes les histoires que j'ai dans la tête.

Dépôt légal : avril 2026
Imprimés à la demande
ISBN : 978-2-9592234-0-2

www.ingramcontent.com/pod-product-compliance
Lightning Source LLC
LaVergne TN
LVHW020657110826
845149LV00012B/2020

* 9 7 8 2 9 5 9 2 2 3 4 0 2 *